ULRIKE KRONECK / CONNY RUTSCH

Wer mordet schon im Osnabrücker Land?

SARKASTISCH, AMÜSANT, UNKONVENTIONELL Mord und Totschlag? – Im Osnabrücker Land? Nein, denn nicht alle mörderischen Ambitionen führen in den grotesken und tragikomischen Geschichten zum Erfolg und so manche Untaten liegen schon lange zurück und unter einer Torfschicht im Moor verborgen.

Zwei Ermittler führen die Leserinnen und Leser durch die vielfältige Region – vom Teutoburger Wald, den Grönegau und das Wiehengebirge über die Varusregion bis zum Artland: Hauptkommissarin Irmela Hagekötter, die nach ihrer Pensionierung zu erfrischend unkonventionellen Mitteln greift, und Thaddäus Just, Fotojournalist, der mit seinem Terrier Vincent im Schlepptau auf einer alten DKW immer wieder in kriminelle Geschichten gerät.

Ulrike Kroneck, Lektorin und Autorin, kommt aus dem Osnabrücker Land und ist nach vielen Jahren in Berlin dort wieder angekommen.

Conny Rutsch arbeitet als freie Journalistin bei der Neuen Osnabrücker Zeitung. Dass sie ihre Heimat wie aus der Westentasche kennen, beweisen sie mit der Beschreibung von 125 Ausflugszielen, die ihre Kurzkrimis zum Reiseführer werden lassen.

Beide leben in Buer, einem Ortsteil der Kleinstadt Melle im Grönegau. Sie nehmen die Leserinnen und Leser von der südlichen Landesgrenze zu Westfalen über die Höhen vom Wiehengebirge und Teutoburger Wald bis in die flacheren Gefilde des Nordens durch das gesamte Osnabrücker Land mit auf spannende Reisen.

Bisherige Veröffentlichungen im Gmeiner-Verlag.
Ulrike Kroneck:
Selbstgerecht (2015)
Ehe, Affären und andere Vergnügen (2014)
Grundlos (2013)
Das Frauenkomplott (2012)

ULRIKE KRONECK /
CONNY RUTSCH

Wer mordet schon im Osnabrücker Land?

11 Kurzkrimis und 125 Freizeittipps

GMEINER SPANNUNG

Personen und Handlung sind frei erfunden.
Ähnlichkeiten mit lebenden oder toten Personen
sind rein zufällig und nicht beabsichtigt.

Besuchen Sie uns im Internet:
www.gmeiner-verlag.de

Im Ehnried 5, 88605 Meßkirch
Telefon 07575/2095-0
info@gmeiner-verlag.de

2. Auflage 2015

Lektorat: Claudia Senghaas, Kirchardt
Herstellung: Mirjam Hecht
Umschlaggestaltung: U.O.R.G. Lutz Eberle, Stuttgart
unter Verwendung eines Fotos von: © Fotolyse – Fotolia.com
und © Fly_dragonfly – Fotolia.com
Druck: CPI books GmbH, Leck
Printed in Germany
ISBN 978-3-8392-1777-1

INHALTSVERZEICHNIS

KUNST KANN TÖDLICH SEIN

VON ULRIKE KRONECK UND CONNY RUTSCH

Irmela Hagekötter hatte sich breitschlagen lassen, auf die Vernissage zu gehen. Sie liebte solche Veranstaltungen nicht besonders, aber ihrer Nichte Ebba zuliebe stand sie nun im KuK Dissen [1] und wartete darauf, dass der Fotograf Thaddäus Just etwas zu seinen Arbeiten sagen würde.

Wie alle hatte auch sie ein Glas Prosecco in der Hand, und da sie niemanden außer Ebba kannte, lehnte sie sich an einen der Türrahmen des Ausstellungsraums und beobachtete das Treiben. Beobachten und sich ein Bild von der Lage machen war ihre Leidenschaft, auch wenn sie seit einiger Zeit nicht mehr im aktiven Dienst war. Ebba stolzierte mit ihren nicht enden wollenden Beinen an den Fotografien ihres persönlichen Kunstgurus vorbei. Sie zeigten Besonderheiten des Osnabrücker Landes aus einer ungewöhnlichen Perspektive – und als Schwarz-Weiß-Fotos.

Irmela versuchte den Künstler auszumachen. Ebba hatte geschwärmt, Just sei größer als sie, die mit 1.82 immer auf der Suche nach Männern war, die ihr – zumindest was die Länge anging – überlegen waren. Irmela hatte ihn schnell entdeckt. Mit seinen fast 1.90 überragte er alle, die mit ihren Proseccogläsern um ihn herumscharwenzelten.

»Ach du lieber Gott«, stöhnte Irmela, »wieder so eine Kunsttunte.« Ebba mit ihren 23 Jahren war, wie sie fand, nicht ganz geschmackssicher. Seit Irmela außer Dienst war, erlaubte sie sich nach Herzenslust, politisch inkorrekt zu sein – und vor allem parteilich. Das hatte sie als leitende Kriminalhauptkommissarin der Mordkommission Osnabrück zu ihren aktiven Zeiten nicht gedurft. Da hieß es immer objektiv bleiben. Aber dieser Fotograf schien ihr, objektiv betrachtet, tuntig. Außerdem machte ihn das Hündchen, das er auf dem Arm trug, ein Yorkshire Terrier mit Schleife, nicht männlicher. Er bediente ihrer Ansicht nach einige Klischees.

Sie bezog Position an der großen Eingangstür des Ausstellungsraums und beobachtete weiter, wie dieser Mann nun einige Menschen – offensichtlich von der Presse – mit Küsschen links, Küsschen rechts begrüßte. Ihre großgewachsene Nichte hatte sich mittlerweile zu ihr gesellt und ihren Körper elegisch an die Wand gelehnt. Irmela schaute zu ihr auf: »Ebba, ich glaube, ich geh wieder.«

»Tante Irmela«, seufzte Ebba. »Du kannst mich jetzt nicht allein lassen.«

»Nun, sag ja nicht, dass du hier Hemmungen hast«, stöhnte Irmela. Sie kannte ihre Nichte, und wenn diese etwas nicht hatte, dann waren das Hemmungen.

»Komm, Irmela, ich stelle dir Thaddäus Just vor. Er wird dir gefallen.« Sie beugte sich an das Ohr ihrer Tante: »Aber ich muss erst mal aufs Klo!«

»Das ist etwas mehr Information als ich benötige«, zitierte Irmela einen Film, weil der Satz genau ihre Meinung spiegelte.

Der bezopfte Mann war mittlerweile vor eine große Schwarz-Weiß-Fotografie getanzt und sie konnte sehen, wie die dazugehörigen Arme mit ausladender Geste irgendwelche, wahrscheinlich wichtigen Worte begleiteten.

»Oh Gottogott«, stöhnte sie laut auf und verzog ihren Mund. Hoffentlich sehe ich jetzt nicht aus wie eine vertrocknete Zitrone. Das hatte ihr einmal ein angetrunkener Künstler gesagt, dem sie nicht an den Lippen gehangen hatte, sondern als Zeuge in einer Mordsache befragen wollte. »Vertrocknete Zitrone!« Damals war sie 31 Jahre alt gewesen, vor genau 30 Jahren. Als leitende Beamtin, die einer »besonderen Belastung« ausgesetzt war wie sie, musste sie schon mit 61 in den Ruhestand gehen. Jedenfalls hatte sie seit damals die Künstler gefressen. Sie hielt sie samt und sonders für Narzissten.

Irmela versuchte entspannter auszusehen als sie sich fühlte, lehnte sich an den Pfosten und schloss die Augen. Denn jetzt schien der Künstler Anstalten zu machen, sich lauthals zu produzieren und seine Werke zu erläutern.

»Sehr geehrte Damen und Herren«, begann der eitle Hagestolz. »Ich freue mich, dass Sie zum Werkstattgespräch …«

»Oh je«, stieß Irmela Hageкötter aus. »Oh je, Thaddäus Just, fasse dich kurz.«

»Noch war ich doch nicht allzu geschwätzig«, sagte ein freundlicher Riese, der lässig an der Wand neben ihr stand.

»Wie bitte?« Irmela musterte den attraktiven Mann. Schlank, wie er war, konnte er seine Jeans tragen, darüber ein weißes Leinenhemd und eine schwarze Leinenweste. Auf jeden Fall war er eine angenehme und gepflegte Erscheinung für seine 43 Jahre, auf die ihn Irmela taxierte. Sie musste zu ihm aufschauen, denn er war mindestens 30 Zentimeter größer als sie. Er hatte kinnlanges braunes Haar, das ihn aber nicht wie Prinz Eisenherz aussehen ließ, sondern durchaus männlich.

»Ich meinte nicht Sie«, entschuldigte sie sich.

»Ach so«, sagte der Mann und schwieg.

Der Bezopfte gestikulierte jetzt in Richtung der Eingangstür und alle drehten ihre Köpfe und guckten zu

Irmela. Nein, zu dem großen Kerl neben ihr. Sie legte den Kopf in den Nacken und schaute ihn ebenfalls an.

»Der Künstler ist jetzt gern bereit, Ihre Fragen zu beantworten«, rief der Bezopfte und wies mit der Hand auf den Mann neben ihr. Thaddäus Just lächelte und flüsterte ihr ins Ohr. »Ja. Sie entschuldigen mich bitte, ich muss mal eben meine Pflicht tun.«

Irmela Hagekötter wurde rot, so vermutete sie, verfluchte sich für ihre ungerechte Voreiligkeit: »Tut mir leid, Sie sind Thaddäus Just?«

»So ist es«, strahlte der Mann, ging auf den Herrn mit dem Zopf zu und schüttelte ihm die Hand. »Vielen Dank für Ihre einführenden Worte, Dr. Hühmann.« Dr. Hühmann, Fachbereichsleiter für Kunst und Kultur an der Kreisvolkshochschule, zeichnete selbst mit hartem Bleistift und hatte sich die Förderung der Kunst im Osnabrücker Raum zur Aufgabe gemacht. Er verbeugte sich dankend vor Thaddäus Just, senkte voller Bescheidenheit die Lider und trat zur Seite.

Thaddäus Just begann seine großformatigen Schwarz-Weiß-Fotografien zu erläutern, die alte Industrieanlagen in den Mittelpunkt stellten: die Gebäude von Homann Dissen, den Kamin des ehemaligen Burton-Werks in Buer, das Kalkwerk auf dem Langenberg zwischen Iburg und Lienen, die großen Anlagen des alten Stahlwerks in Georgsmarienhütte, die Kanal-Schleuse am Stichkanal in Osnabrück … Die Ausstellung würde in den nächsten Monaten in verschiedenen Kunst- und Kulturvereinen des Landkreises zu sehen sein. Die nächste Station sollte in Zusammenarbeit mit dem Kunstverein WIR in Fürstenau 2 stattfinden.

Thaddäus Just sprach drei Minuten und 21 Sekunden. Seine Bilder zeigten die Objekte aus der Perspektive des

»arglosen Betrachters« und versuchten dem Sachlichen dadurch einen emotionalen Aspekt hinzuzufügen. Manche Bilder seien noch mit einer alten Hasselblad aufgenommen. »Auf jeden Fall kommt es mir darauf an, das Objekt zu zeigen und wenig mit Fotoshop zu arbeiten. Ich nutze dabei immer das Originallicht.«

Irmela war beeindruckt, sie liebte es, wenn jemand kurz und knapp das Wesen einer Sache darlegte. Für die Art von Künstler konnte sie sich durchaus erwärmen. Das schien auch Ebba neben ihr zu meinen, die sich auf der Toilette die Lippen nachgezogen hatte, und nun sichtlich verklärt seinen Worten lauschte. »Ist der nicht cool?«

»Ist der nicht ein bisschen zu alt für dich mit seinen 43 Jahren.«

»Er ist schon 48. Ich habe nichts gegen alte Männer.«

Nach dem offiziellen Teil begaben sich alle mit ihren Gläsern in den Garten des KuK. Er lag mitten in Dissen. Dr. Hühmann hatte Thaddäus Just am Arm genommen und versuchte, ihn in ein Gespräch über Bauhausfotografie zu verwickeln. Das gelang nicht, denn eine dünne Frau brach, ohne sich zu entschuldigen, in den Versuch der kulturellen Kommunikation des Dr. Hühmann ein.

»Detlef, ich muss jetzt mit Thaddäus Just über mein Anliegen sprechen.« Nach dieser Ansage presste sie die Lippen zu einer schmalen Linie zusammen und zog ihren Mund in die Breite.

Dr. Hühmann schluckte und knipste ein starres Lächeln an. »Darf ich vorstellen, meine Frau …«

Die Gattin von Dr. Hühmann würdigte ihn keiner weiteren Aufmerksamkeit und griff an Thaddäus' Arm. »Sie müssen …«, sagte sie mit Nachdruck, »Sie müssen unbedingt meine Skulpturen fotografieren.« Sie hatte zu dünne

Beine für die schwarzen Leggins, und für das kurze Hängerchen war sie zu alt. Thaddäus schätzte sie auf Mitte 50.

»Gerne, Frau Hühmann.«

Sie lächelte schmallippig: »Hühmann-Girrel.«

In einiger Entfernung unter einem Ginko lag ein Irischer Terrier, der ohne Kläfferei vorbildlich auf seinen Herrn wartete. »Darf ich Ihnen im Gegenzug meinen Begleiter vorstellen?« Thaddäus befreite den Hund von der Leine: »Das ist Vincent.« An Frau Hühmann-Girrel gewandt, wiederholte er: »Vincent-Just.«

Frau Hühmann-Girrel griff nach dem Yorkshireterrier auf dem Arm ihres Gatten und setzte ihn auf den Rasen. »Lauf Minni.« Vincent pflegte keine Vorurteile gegen Schoßhündchen und flitzte mit der kleinen Minni in die Büsche.

»Wir sollten darüber in Ruhe sprechen«, versuchte Thaddäus die etwas angespannte Kommunikation des Ehepaars zu ignorieren. »Ich kann doch morgen in Ihrem Atelier vorbeikommen und möglicherweise gleich Fotos Ihrer Skulpturen machen.« Thaddäus' suchende Blicke hatten Irmela Hagekötter und Ebba an der anderen Seite des Gartens zwischen den Gästen gefunden. Er winkte Ebba entschuldigend zu.

»Hallo, Thaddäus,« rief die blonde Ebba so süß und so laut zu ihm hinüber, dass sie nicht nur seine Aufmerksamkeit bekam. Er griff die Gelegenheit beim Schopf, entschuldigte sich, er müsse zu seinen persönlichen Gästen, sie könnten gleich noch Genaueres besprechen und gesellte sich zu den beiden Frauen. Er strahlte Ebba an und nahm sie in den Arm wie eine Tochter.

»Das ist Thaddäus Just«, sagte Ebba zu Irmela und drehte sich aus der Umarmung.

»Von Ihnen hab ich ja schon viel gehört, Frau Hauptkommissarin.« Thaddäus ignorierte die Avancen der jungen Frau. Sie war ihm offensichtlich viel zu jung.

»A.D.«, korrigierte Irmela Hagekötter. Doch sie wusste bereits alles über Thaddäus Just und sie war sich sicher, dass auch er über ihre gesamte Vita im Bilde war. Ebba hatte bei Thaddäus in Hannover vor einem halben Jahr ein Fotoseminar besucht und lag ihrer Tante seitdem mit ihrer Schwärmerei in den Ohren.

Ein Aufheulen ließ mit einem Schlag alle Gespräche verstummen. Alle drehten die Köpfe. Wie auf einer Bühne präsentierte sich ein großes Gezeter. Dr. Hühmann stand im Zentrum des Geschehens. An seinem rechten Arm hing seine Gattin, an seiner Linken zerrte eine kleine dralle Frau.

»Silvya«, bat Dr. Hühmann kläglich. »Bitte.« Er zog seinen Arm zurück, aber seine Gattin ließ nicht locker.

Die pummelige Frau zerrte am anderen Ellbogen von Dr. Hühmann. Ihr hennaroter Pagenkopf war etwa in seiner Brusthöhe. »Du hast mir was anderes zugesagt. Du hast mir versprochen, ich bin die nächste Künstlerin in deiner Ausstellungsreihe. Ich bin es, die im Schafsstall 3 Bad Essen ausstellen wird.« Sie stampfte mit dem Fuß auf.

Dr. Hühmann zog seinen Arm zurück. »Gunda, bitte, nicht hier.« Er schaute missbilligend auf sie herunter und versuchte seinen Arm zu befreien. Zwei-, dreimal zog er ihn zurück, aber sie hing so fest an ihm wie ein Hund an der Hose des Briefträgers auf der Witzseite der alten Fleischerzeitungen.

»Das ist Gunda Schwertfeger-Rose«, tuschelte jemand neben Thaddäus und Irmela. »Sie ist die Kunst- und Werklehrerin meiner Tochter an der Waldorfschule.« Seit einigen Jahren stellte sie ihre Arbeiten in der Öffentlichkeit aus.

Frau Schwertfeger-Rose hob ihre Stimme um einige Dezibel: »Genau hier, Detlef. Genau hier!« Sie reckte ihre runden Brüste vor, ließ seinen Arm unvermittelt los und fuhr sich mit beiden Händen durch ihren hennaroten Pagenkopf. Das Publikum hatte den Kreis ein wenig enger um die handelnden Personen gezogen.

Silvya Hühmann-Girrel hatte den Arm ihres Mannes ebenfalls freigegeben und sich nun Gunda Schertfeger-Rose zugewandt. »Du glaubst doch nicht ernsthaft, dass du mit deinen albernen Fruchtbildern allen Ernstes eine Ausstellung bestücken könntest.« Mit dem Zeigefinger stieß sie in Gundas vorgerecktes Dekolleté.

Gunda schnaubte vor Wut. »Fass mich nicht an!«

»Ich fasse an, was ich will.« Sie griff jetzt mit der ganzen Hand zwischen die Brüste von Gunda Schertfeger-Rose und zerrte sie an der Leinenbluse zu sich heran. Zwei Knöpfe sprangen ab. Durch diese Attacke aus dem Gleichgewicht gebracht, kippte ihr die aufheulende Gunda den Rest des Proseccos ins Gesicht.

»Du...duuuu ...duuuu ...« Silvya stampfte ihre Stilettos in den Rasen, holte mit dem rechten Arm weit aus und gab ihrer Widersacherin eine Ohrfeige.

Das Publikum kommentierte diesen Angriff mit einem interessierten Raunen.

Irmela, Thaddäus und Ebba hatten sich, als das Theater losging, vorsichtig in die hinteren Reihen und rückwärts in Richtung Gartenpforte geschoben. Von dort pfiff Thaddäus nach seinem Hund. Weil sie den aufregenden Abend noch nicht beenden wollten und Ebba mit ihrem

Schwarm noch einige Zeit verbringen wollte, schlug sie vor, sich im Jazzclub Dissen [4] noch das heutige Dixiekonzert anzuhören. Schließlich sollten sich Irmela und Thaddäus kennenlernen. Das taten sie auch. Es dauerte bis nach Mitternacht, bis die müde Antialkoholikerin Ebba die beiden fahruntüchtigen neuen Freunde nach Hause fahren konnte.

*

Am folgenden Morgen holte Thaddäus Just Irmela Hagekötter in ihrer Wohnung im Osnabrücker Katharinenviertel zu Fuß ab. Seine alte DKW mit Beiwagen stand noch in Dissen vor dem KuK. Ebba hätte ihn gern in den Norden des Landkreises gefahren, aber sie war zum »Ausdrucksmalen« in der Meller Wilden Rose [5] angemeldet und dieser Schritt auf ihrem Weg zu ihrem Selbst war ihr letztlich wichtiger als Thaddäus. Irmela, die den gesamten Landkreis kannte wie ihre Westentasche und vorhatte ihn demnächst zu durchwandern, hatte ihn ermuntert, sich auf jeden Fall mit ihr gemeinsam das Stift Börstel [6] anzusehen und anschließend den Arbeitskotten von Silvya Hühmann-Girrel ganz in der Nähe von Berge bei Fürstenau aufzusuchen. Eigentlich hatte Thaddäus nach dem Abend mit den beiden Damen keine große Lust mehr, der Einladung von Silvya zu folgen.

»Ach, Berge, ist das nicht der kleine Ort, in dem jedes Jahr das große Bikertreff [7] ist?« Einer seiner Freunde sei dort immer.

Irmela versprach ihm, auch ohne Motorrad sei der Nordkreis besonders schön. »Die Gegend ist von einer beschaulichen Weite und Ruhe und strahlt einen Frieden aus, wie man es sich in der Stadt gar nicht vorstellen kann«, hatte sie ihm vorgeschwärmt und angeboten, ihn in ihrem Auto dorthin zu fahren.

Das Bild, das sich ihnen jedoch bei ihrer Ankunft in Berge bot, war alles andere als friedlich. Irmela und Thaddäus hatten ihr Auto unter einer großen Eiche auf dem Kotten der Silvya Hühmann-Girrel abgestellt. Dort standen bereits drei weitere. Sie überquerten den Rasen. Mehrere mit Nägeln bespickte alte Eichenbalken, in die wie übereinandergelegte Spinnennetze Wollfäden gezogen waren, standen auf grob zugesägten Holzklötzen. Zu sehen war niemand. Die beiden näherten sich der offenen Tür an der Seite des Fachwerkhauses.

»Hallo!«, rief Thaddäus. »Hallo?« wiederholte er nach einiger Zeit. Aber es kam keine Antwort. »Eigenartig.« Die Stille wirkte beklemmend, würde er später sagen, obwohl es eigentlich draußen keinerlei Anhaltspunkte für das gab, was geschehen war.

Sie traten in den Flur und Thaddäus rief noch einmal: »Ist hier wer?«

»Psst«, sagte Irmela, die ein leises Geräusch glaubte vernommen zu haben. Sie blieben stehen und lauschten leicht vorgeneigt in das Haus. Aus dem hinteren Raum, wahrscheinlich aus der Diele, vernahmen sie ein kurzes Kratzen. Dann war es wieder ruhig.

»Hallo«, rief Thaddäus etwas zaghafter in die Stille.

Irmela Hagekötter ging an ihm vorbei und öffnete die Tür am Ende des Ganges, die direkt in die große Diele führte.

Silvya Hühmann-Girrel lag in der Diele ihres Kottens auf dem Rücken, das Gesicht zur Seite gewendet, den Hinterkopf in einer Blutlache, das Haar verklebt. Der

Hüftschmeichler über ihren Leggins war zu einer Wurst zusammengerollt und bis zum Bauchnabel hochgerutscht. Ihre rechte Hand umschloss eine Nagelpistole, die über den Schlauch mit dem Kompressor verbunden war. Ihre Augen waren geschlossen.

Die Augen der drallen Gunda Schwertfeger-Rose standen weit offen. Sie lag Fuß an Fuß mit Silvya auf dem Lehmboden der Diele, auf den ersten Blick unverletzt, aber augenscheinlich tot. Ihr Leinenrock war bis über beide Knie geschoben.

Der Mann, an dem die beiden Frauen gestern noch gezerrt hatten, saß wie ein Schiedsrichter auf Höhe der Füße auf einer Kiste – und nickte mit dem Kopf wie ein alter Marabu. Vor ihm auf dem Boden lag ein Kuhfuß. Dr. Hühmann schien erstarrt. Deshalb hatte er auf ihr Rufen wahrscheinlich nicht geantwortet. Er schien sie nicht gehört zu haben.

»Was ist denn hier passiert?«, fragte Thaddäus den gestern bei seiner einführenden Rede noch so souverän sprechenden Dr. Hühmann.

»Ich habe die Polizei schon gerufen«, antwortete Dr. Hühmann und blieb sitzen, wo er war. Ein Handy lag in seinem Schoß. »Zwei Tote.«

Irmela Hagekötter blickte Dr. Hühmann prüfend an. Er schien ganz ruhig zu sein. Sie beugte sich über Silvya, legte die Hand an deren Halsschlagader und warf einen Blick auf Thaddäus: »Sie hat Puls.«

Dr. Hühmann schien zusammenzuzucken, blieb aber weiterhin sitzen.

»Haben Sie auch den Notarzt gerufen?« Thaddäus Just zog sein Handy aus der Tasche.

Dr. Hühmann hatte nicht wahrgenommen, was Thaddäus gesagt hatte, sondern nickte weiter mit dem Kopf. »Silvya hat Gunda erschossen.« Er zeigte mit der Hand auf die Nagelpistole in der Hand seiner Frau.

In der Ferne heulte das Martinshorn. Irmela Hagekötter stand auf und ging zu Gunda. Eine Prüfung der Vitalfunktionen schien sich zu erübrigen. Trotzdem beugte sie sich zu der Frau mit den aufgerissenen Augen herunter. Dr. Hühmann verfolgte Irmelas Tun aus den Augenwinkeln. »Ich konnte es nicht verhindern. Ich hab es versucht«, sagte er leise.

Irmela schaute auf Thaddäus, der dabei war, den Notarzt zu verständigen. Dr. Hühmann fest im Blick näherte Irmela sich erneut Frau Hühmann-Girrel.

In diesem Moment schien wieder Leben in Hühmann zu fahren. Er stand auf und trat neben den leblosen Körper von Gunda, schüttelte den Kopf und flüsterte: »Tot, mein Gott.« Abrupt drehte er sich um und trat neben Irmela. »Die beiden haben sich wieder so angeschrien«, sagte er in Richtung Thaddäus, der immer noch an der Tür stand. »Sie haben die beiden doch gestern erlebt, hier ging das schon wieder los. Ich wollte schlichten, und dann das hier. Die ganze Zeit hat sie die Nagelpistole in der Hand und plötzlich zielt sie auf Gunda.«

Er schluchzte vernehmlich und fuhr sich mit der bloßen Hand über die Nase. »Ich konnte nicht mehr eingreifen, ich wollte … Ich habe den Kuhfuß hier vom Tisch genommen und damit zugeschlagen, aber sie hatte schon abgedrückt.« Mit der Hand zeigte er auf Gunda Schwertfeger-Rose. »Sie ist sofort umgefallen.«

»Wer?« Irmela betrachtete Dr. Hühmann skeptisch. Sein Blick war fahrig und er schien nicht ganz orientiert.

»Gunda, sie fiel wie von der Axt gefällt auf den Rücken.«

Dr. Hühmann schüttelte den Kopf, als könne er das alles nicht glauben. »Dann fiel Silvya um. Tot.«

»So schlimm scheint es aber mit ihrer Frau nicht zu sein«, sagte Irmela, die die ganze Zeit, während Dr. Hühmann gesprochen hatte, dessen Frau beobachtete, und bemerkte, dass sie versuchte die Augen zu öffnen.

»Oh, sie lebt?« Etwas verzagt stellte Dr. Hühmann das fest. »Wie schön.«

Während die mittlerweile eingetroffene Polizei und die Spurensicherung die Sache in die Hand nahm, hoben die Sanitäter Silvya Hühmann-Girrel auf die Trage. In dem Moment klappte sie die Augen auf und stöhnte. Dr. Detlef Hühmann wollte den Sanitätern mit der Trage zum Krankenwagen folgen. Doch der zuständige Beamte hielt ihn zurück: »Herr Dr. Hühmann, bitte.« Er wies mit der Hand auf einen Stuhl und dort fand Detlef Hühmann Gelegenheit seine Geschichte zu erzählen.

Im Großen und Ganzen entsprach diese Darstellung der, die er vor Irmela Hagekötter und Thaddäus Just zusammengestammelt hatte. Ein Geständnis anderer Art musste Dr. Hühmann jedoch vor dem Beamten ablegen, um zu erklären, warum die drei überhaupt im Kotten zusammengetroffen waren: Gunda Schwertfeger-Rose war nämlich seit einem halben Jahr seine Geliebte. Das hatte, so die beiden Beobachter der Auseinandersetzung vom Vorabend, auf der Hand gelegen. Über die Kunst allein könne ein solcher Streit, wie ihn sich die beiden gestern geliefert hatten, nicht ausbrechen. Dr. Hühmann hatte seiner drallen Geliebten, nachdem er es geschafft hatte, sie zu ihrem Auto zu führen, versprochen, am nächsten Morgen alles zu klären. Und das war, wie sie von ihm verlangt hatte, nicht nur, ihr die Zusage für die Ausstellung zu geben, sondern auch seiner Frau zu sagen, dass er Gunda liebe und mit ihr sein weiteres Leben verbringen wolle.

»Gunda hat darauf bestanden: Sie wollte dabei sein, wenn ich es meiner Frau ins Gesicht sage.«

*

»Meinst du, dass es so geschehen ist?« Thaddäus Just saß, nachdem sie zwei Stunden befragt worden waren, mit Irmela Hagekötter in der Klosterschenke des Klosters Malgarten [8].

»Silvya Hühmann hat mal an einer freien Kunstakademie, die es in dieser Gegend gab, Kurse gegeben«, sagte Thaddäus, der in einem Flyer las, den er aus dem Atelier mitgenommen hatte. »Ansonsten unterrichtet sie an der Integrierten Gesamtschule.« Thaddäus drehte den Flyer um und las vor. »Sie möchte mit ihren Skultpuren im eigentlichen Sinne bewahrend wirken, indem sie altes Material in seiner ihm eigenen Schönheit darstellt.«

Irmela Hagekötter nahm ein Stück von ihrem Apfelkuchen. »Aha«, sagte sie mit vollem Mund.

Thaddäus Just fuhr fort. »Ja. Die Kombination von organischen mit nichtorganischen Stoffen in ihren gleichermaßen bodenständigen wie flüchtigen Skulpturen greift die Dichotomie allen Lebens auf.«

Irmela Hagekötter nickte: »Ich verstehe.«

Thaddäus drehte den Prospekt um und zeigte Irmela ein Foto einer großen Skulptur, eines alten Eichenbalkens, mit einem Muster eingeschossener Nägel, in die mehrere übereinanderliegende Netze von Wollfäden geknotet waren. »›Das Netz aus selbst gesponnener und gefilzter Wolle setzt dem Starren des menschlichen Artefakts das

Genom der Welt in seiner Vergänglichkeit entgegen und führt es dadurch zur Einheit.‹«

Irmela nahm ein weiteres Stück vom Apfelkuchen: »Das schreibt sie selbst?«

Nein, das habe ein Professor der Kunstakademie Düsseldorf über ihre Kunst gesagt. Denn – das wusste Thaddäus Just aus seinen Gesprächen mit Dr. Hühmann während der Vorbereitungszeit zu seiner Ausstellung – Silvya Hühmann-Girrel sei im letzten Jahr sogar bei der Art Cologne zugelassen gewesen. »Sie machte in gewissem Sinn Karriere. Aus diesem Grund stellt sie auch in allen Kunstvereinen und Ausstellungsräumen des Osnabrücker Landkreises aus.« Denn die Kunstvereine seien natürlich allesamt autonom und hätten ihre eigenen Programme. »Da hat selbstverständlich ein Dr. Hühmann überhaupt nicht mitzureden, nur weil er Fachbereichsleiter für Kunst und Kultur an der Kreisvolkshochschule ist. Gunda Schwertfeger-Rose als Geliebte hat das aber wohl als Liebesentzug ihres Liebhabers interpretiert.«

Irmela bestellte sich noch einen Apfelkuchen. Sie gehörte zu den überschlanken, zähen Frauen, die zum Neid der Frauen, die sich ab 50 zur Matrone entwickeln, so viel Apfelkuchen und Sahneeis essen konnte, wie sie wollte, ohne dick zu werden. »Thaddäus, ich weiß, wie die Strukturen hier im Land sind.« Im Landkreis gebe es eine Reihe sehr aktiver Kunstvereine. In der Stadt Melle seien es sogar zwei, die sich der Kultur verschrieben haben: der Kunstverein Melle [9] und in Wellingholzhausen das Fachwerk 1775 [10], eine Kreativinitiative. Im Norden des Landkreises das gestern bereits erwähnte WIR in Fürstenau und der Kulturverein Lift [11] in Quakenbrück. Auch Bissendorf habe einen rührigen Verein [12], der viele auch musikalische Veranstaltungen organisiere. Die Gemeinde Belm stelle das Rathaus dafür zur Verfügung.

»Ich bin oft auf Ausstellungen, kannte bis gestern aber keinen Dr. Hühmann. Er hat offenbar seiner Freundin den großen Zampano gemacht.« Irmela hatte sich ihr Bild von Dr. Hühmann bereits gestern nur aufgrund seines Haupthaares gebildet. Ihr heutiges Urteil sah im Grunde nicht anders aus. Sie dankte der Bedienung für den neuen Apfelkuchen und fuhr fort: »So ist er zwischen die beiden Künstlerinnen geraten.«

»Glücklich sah er gestern mit den beiden Frauen jedenfalls nicht aus«, fasste Thaddäus die Sachlage zusammen.

Irmela nickte: »Heute auch nicht.«

*

Silvya Hühmann-Girrel brauchte einige Tage, bis sie, wie die Polizei es zu nennen pflegte, »orientiert« war. Sie hatte Glück gehabt. Der Schlag ihres Mannes mit ihrem eigenen Kuhfuß hatte mit der meisten Kraft ihre rechte Schulter getroffen und ihren Kopf nur gestreift. Sie hatte daher eine schwere Gehirnerschütterung und ein gebrochenes Schlüsselbein.

»Rischtig fest zujeschlagen hat er nisch«, steckte Jupp Schmitz von der Kriminalpolizei Osnabrück Irmela. Jupp Schmitz war ein Kollege aus ihrer aktiven Zeit, der seit mehr als 25 Jahren in Osnabrück wohnte, aber seine Kölner Herkunft nicht verleugnen konnte. Irmela und er hatten regelmäßigen Kontakt und spielten alle zwei Wochen Backgammon miteinander. Diese Tatsache, so Schmitz, stütze die Aussage des Dr. Hühmann. Er habe sie vom Schuss abhalten wollen, aber nicht gewagt, zu stark zuzuschlagen.

»Dann ist aber ein metallener Kuhfuß nicht das geeignete Werkzeug«, warf Thaddäus ein. Er kraulte Vincent hinter den Ohren, der ihn dafür dankbar anschmachtete. Sie saßen auf dem kleinen Balkon von Irmelas Wohnung, tranken Wein und sprachen über die schwierige Sachlage in diesem Fall. Jupp Schmitz setzte auf Irmelas langjährige Erfahrung und wollte die neue Situation mit ihr erörtern.

»Da hast du rescht«, stimmte Schmitz zu. »Aber es sei der einzisch jreifbare Jejenstand gewesen, um sie aufzuhalten. Sagt der Doktor.« Schmitz zweifelte daran.

Irmela stimmte ihm zu. »Man kann auch jemandem in den Arm fallen, der mit einer Nagelpistole schießen will.«

Thaddäus Just bedauerte zum wiederholten Mal, dass er nicht geistesgegenwärtig genug gewesen sei, sofort die Lage, in der sie Dr. Hühmann gesehen hatten, mit seiner Kamera aufzunehmen. Er warf sich amateurhaftes Verhalten vor, weil er zu wenig Erfahrung mit Ermordeten habe.

»Jetzt aber haben wir ein Problem!«, griff Jupp Schmitz das Thema wieder auf.

Silvya Hühmann-Girrel war nämlich aufgewacht und konnte sich an nichts erinnern. Sie hatte eine komplette Amnesie: »Behauptet sie jedenfalls.« Das Letzte, was ihr noch im Bewusstsein war, war der Abend vor der Tat. Sie war noch in der Nacht, »nach dem Skandal, den diese Provinztuse« abgezogen habe, in ihren Atelierkotten gefahren. An die Fahrt konnte sie sich auch noch gut erinnern, immerhin waren es über 80 Kilometer, einmal vom Süden des Landkreises in den Norden. Sie hatte die Nase voll von den Eskapaden ihres Mannes und keine Lust, die Nacht mit ihm zu verbringen – das Ehepaar wohnte in der Nähe von Bramsche. Deshalb war sie weitergefahren zu ihrem Atelier und hatte dort geschlafen. Das Glas Wein, das sie noch in der Küche getrunken hatte, war das Letzte, an das sie sich erinnern konnte.

»Aber jetzt kommts: Sie sacht zwar, sie könne sisch nicht daran erinnern, was passiert ist! Aber eins, sacht sie, weiß sie mit Sischerheit: Sie hat dieser blöden Kuh nicht zwei Nägel ins Hirn jeschossen!«

Der arme Kollege von Irmela hatte nun die unerfreuliche Aufgabe, die beiden sich widersprechenden Aussagen des zerstrittenen Ehepaars abzuwägen.

»Wenn Sie es nicht war, dann muss es ja Hühmann gewesen sein«, schloss Thaddäus. »Warum sollte er das aber tun?«

Das genau war die Frage: Sie diskutierten bei mehreren Gläsern Wein, dass es eigentlich niemals einen hinreichenden Grund gibt, irgendjemanden umzubringen. Dass Menschen jedoch in Zustände geraten, in denen sie der Ansicht sind, die einzige Möglichkeit zu handeln, sei die Beendigung dieses Zustandes durch die Eliminierung der vermeintlichen Verursacher.

»Also war es die Gattin, die die Liebhaberin nicht mehr ertragen konnte«, legte Thaddäus noch einmal nahe.

Silvya Hühmann-Girrel aber behauptete bei ihrer ersten Vernehmung im Krankenbett, ihr Mann sei, seit sie ihn kenne, testosterongesteuert und nehme, was ihm unter die Augen komme, weil es seinem Ego schmeichle. Sie sei doch nicht eifersüchtig auf eine Frau, die mit Fruchtsaft male.

Zudem hatte die Spurenlage Hühmanns Version, seine Frau habe geschossen, ein wenig in Zweifel ziehen lassen. »Er hat sie nämlich an den Füßen in die Position gezogen, in der wir sie gefunden haben.« Dabei hatte sich ihr Hüftschmeichler aufgerollt. Diese Positionsveränderung hatte wahrscheinlich das Geräusch verursacht, das Irmela Hagekötter vernommen hatte, als die beiden am Tatort ankamen. Dr. Hühmann, der mit jedem Verhör fahriger wurde, hatte das auch zugegeben, denn er hatte sie aufrichten wollen.

»An den Füßen?«, staunte Thaddäus.

Auch das konnte Dr. Hühmann erklären. Denn er musste, um sie an den Schultern aufrichten zu können, hinter sie treten. Da aber stand der Werkzeugtisch im Weg. Dann habe er aber gedacht, sie sei tot, und hatte sich mit dem Kuhfuß auf die Kiste gesetzt.

»Wo ist Dr. Hühmann jetzt eigentlich?«, wollte Thaddäus wissen.

»Der hat sisch jestern auf den Jertrudenberg begeben – wegen einer ›dissoziativen Störung‹.« Jupp Schmitz rollte mit den Augen. »Diese hypersensiblen Künstler! Jetzt ist er nisch mehr vernehmungsfähisch.«

»Wohin?«, fragte Thaddäus Just.

»Er hat sisch selbst einjeliefert in die Psyschatrie der Ameosklinik in Osnabrück, umgangssprachlich ›Jertrudenberg‹, weil dort seit 150 Jahren die ›Irrenanstalt‹ liegt.« Jupp Schmitz lachte.

»Gertrudenberg«, korrigierte Irmela überflüssigerweise seine Aussprache und stand auf: »So, Leute, ich bin auch sensibel und hab Hunger!« Sie ging zur Küche, um etwas zu essen und eine weitere Flasche Wein zu holen. »Was frisst denn der Hund?«

»Vincent frisst alles außer Milchreis«, rief Thaddäus hinterher. So bekam der Hund wie die anderen ein Vollkornbrot mit Roquefort und ein paar Paprikaschnitze.

*

Der Aufenthalt in der Psychiatrie und die täglichen Gruppengespräche, in denen Dr. Hühmann seine Probleme im Kreise einer interessierten, vorwiegend weiblichen Patientengruppe vortragen konnte, tat ihm gut. Die Therapie wirkte auf ihn so ausgleichend, dass er seine Wahrnehmungs- und Gedächtnisabspaltungen nicht mehr aufrechterhielt. Im Gegenteil fühlte er sich befreit, endlich einmal alles »rauszulassen.«

»Letztlich war es banal.« Irmela Hagekötter hatte sich mit Thaddäus Just, weil er unbedingt dort hinwollte, im Skulpturenpark am Renkenörener See 13 in Hilter getroffen. Ganz in der Nähe, wo vor einem Monat ihre Bekanntschaft angefangen hatte. Sie wanderten durch die Anlage und Irmela berichtete, was sie aus erster Hand von Jupp Schmitz erfahren hatte.

»Dr. Hühmann ging sein eigenes Leben auf die Nerven. Vor allem Gunda Schwertfeger-Rose. Und seine Frau ebenso. Er war in der psychischen Klemme und wollte diesen Zustand beenden.«

Als er im Atelier plötzlich wie am Abend zuvor zwischen den beiden Frauen stand, die wie die Megären aufeinander losgingen und sich gegenseitig als Kunsthandwerkerinnen beschimpften, war das für ihn ein Deja Vu. Er war sein ganzes Leben über immer wieder in Situationen geraten, in denen er nicht mehr entscheiden konnte und Frauen an ihm rumgezerrt hatten. »Dabei hatte er immer gedacht, wenn er sich der Gunst von Frauen versicherte, die von ihm abhängig sind, würde ihn das aufwerten.« Aber immer hatte er die Kontrolle verloren.

Das sollte ein Ende haben. Deshalb nahm er die Nagelpistole, die seine Frau auf den Tisch gelegt hatte und brachte Gunda mit zwei Nägeln zum Schweigen. Die durchschlugen ihr Stirnbein kurz oberhalb des Haaransatzes. Die Stille löste in ihm Erleichterung aus. Als seine Frau zu schreien begann, wollte er mit dem Kuhfuß, der hinter ihr lag, ein für alle Mal für Ruhe sorgen. Die lange gemeinsame Zeit, die sie miteinander verbracht hatten, hatte ihn letztlich aber daran gehindert, wirklich fest zuzuschlagen. »Immerhin war sie ja meine Frau«, erklärte er seine Zurückhaltung bei dem Schlag.

Die unberechtigten Anschuldigungen gegen Silvya Hühmann-Girrel trugen erheblich zur Bekanntheit der Künstlerin bei. Sie wurde zur nächsten Nord-Art eingeladen und bekam auf ZDF Kultur ein eigenes Feature.

1 **Kunst und Kultur KuK Dissen e.V.**: Am Krümpel 1a, 49201 Dissen a. T. W. Der Kunstverein wurde 1998 in Dissen gegründet. Ziel des Vereins ist, Plastiken und Skulpturen in der Stadt aufzustellen. Außerdem veranstaltet er Kunstausstellungen und Museumsfahrten.
www.kukdissen.de

2 **Kunstverein Fürstenau WIR**: Mozartstraße 7, 49584 Fürstenau. Das Alte Rathaus der Stadt ist der Ort für Kunst und Kultur des Kunstvereins »WIR« e.V. Regelmäßig veranstaltet er Ausstellungen mit Künstlern aus der ganzen Welt.
www.fuerstenau.de

3 **Schafstall:** Bergstr. 31, 49152 Bad Essen. Im August 1982, kurz nach der Gründung des Vereins »Kunst- und Museumskreis Bad Essen e.V.« zeigte er die erste Kunstausstellung. Im historischen Schafstall, einem unter Denkmalschutz stehenden Gebäude in Bad Essen, fand der Verein einige Räume für seine anspruchsvollen Ausstellungen. In Zusammenarbeit mit dem Kur- und Verkehrsvereins Bad Essen finden das ganze Jahr über im Schafstall kulturelle Veranstaltungen statt.
www.schafstallbadessen.de

4 **Jazz Club Dissen**: Bahnhofstraße 66, 49201 Dissen. Unter dem Namen »Jazz at the Railwaystation« finden im Alten Bahnhof Dissen Dixielandkonzerte

statt, die über die regionalen Grenzen hinaus bekannt und beliebt sind.
www.jazz-club-dissen.de

5 **Wilde Rose:** Kulturzentrum Wilde Rose e.V. Borgholzhausener Straße 75, 49324 Melle. Im Meller Ortsteil Altenmelle haben einige Künstler und Kunstpädagogen ein Zentrum für Musik, Kunst, Kultur, Pädagogik, Therapie und Sinneserfahrungen entwickelt. Neue Musik und Kunstprojekte, ein Atelier für Ausdrucksmalen sind nur einige Beispiele für die kulturellen Angebote dieser Einrichtung.
www.wilde-rose.com

6 **Stift Börstel:** 49626 Börstel. Zwischen Berge und Herzlake liegt das ehemalige Zisterzienserkloster im Norden des Landkreises Osnabrück. Das Stift liegt wie schon zu früheren Zeiten etwa eine Stunde Fußweg von einer nächsten Ansiedlung entfernt. Das Kloster wurde 1246 zum ersten Mal erwähnt. Das Zentrum der Anlage ist die ehemalige frühgotische Klosterkirche »St. Marien«. Das Ziegelmauerwerk zeigt Spitzbögen und Arkaden sowie dekorative Ornamentik. Das Stift ist als Evangelisches Damenstift Wohnort alleinstehender Frauen, die in christlicher Gemeinschaft leben und arbeiten. Das Stift Börstel bietet ein Programm für Einkehrzeiten oder Meditationstage und Platz für Tagungen oder Feiern mit Unterbringungsmöglichkeiten.
www.boerstel.de

7 **Bikertreffen in Berge**: Die Arbeitsgemeinschaft Christlicher Motorradfahrer an der Lutherkirche zu Berge besteht sei 1989. Die etwa 20 Mitglieder arbeiten jedes Jahr zwei Motorradgottesdienste aus, die unter dem Motto »Mehr Partnerschaft und Sicherheit im Straßenverkehr« stehen. Der Gottesdienst zum Beginn der Saison findet Ende April, der Saisonabschlussgottesdienst Ende September statt, im Frühjahr bei schönem Wetter auch als Open-Air-Veranstaltung. Auch Trauungen und Taufen wurden im Rahmen dieser Gottesdienste schon vorgenommen. Die gesammelten Kollekten werden für Hilfsorganisationen, aber auch für Leitplankenprotektoren zum Schutz der Biker verwendet.
www.acm-berge.de

8 **Kloster Malgarten:** Am Kloster 2, 49565 Bramsche. Nordwestlich von Bramsche liegt das Kloster am Ufer der Hase. Es wurde als Benediktinerinnenkloster 1194 gegründet. Die Anlage besteht aus einem Konventsgebäude, der Kirche, einem Kreuzgang, einem Wohnflügel für die Laienschwestern, einem Brau- und einem Backhaus und einem Haus für die Äbtissinnen. Die Innenausstattung zeigt Kunstepochen von der Spätromanik bis zum Rokoko. Vom Klosterurlaub über Konzerte, Atelierveranstaltungen und Ausstellungen bietet das Kloster Malgarten die unterschiedlichsten kulturellen Veranstaltungen an.
www.kloster-malgarten.de

9 **Kunstverein Melle:** Der Verein zur Förderung von Kunst und Kultur in Melle e.V. wurde vor über 30 Jahren gegründet. Er zeigt Ausstellungen von Künstlern aus dem In- und Ausland, hat sich aber auch zum Ziel gesetzt, die Künstler aus der Region zu fördern. Auch die kunstpädagogische Arbeit mit Kindern stellt einen Schwerpunkt der Vereinsarbeit dar. Lesungen und musikalische Veranstaltungen im Zusammenhang mit den Kunstausstellungen ergänzen das Angebot des Vereins. Ausstellungsort: Engelgarten 31, 49324 Melle.
www.kunstverein-melle.de

10 **Fachwerk 1775:** Am Ring 40, 49326 Wellingholzhausen. Das älteste Haus im Dorf wurde vom örtlichen Heimatverein vor dem Verfall gerettet. Es ist eines der wenigen Vier-Ständer-Gebäude, die im Grönegau zu finden sind. Instandgesetzt wurde es aus den gleichen Materialien, wie sie zur Bauzeit des Hauses benutzt wurden. In den uralten Balken sind immer noch die Ringe zu sehen, an denen König V. von Hannover oder Reichspräsident Paul von Hindenburg ihre Pferde anbinden ließen. Heute ist es das Zentrum vieler kultureller Veranstaltungen, Kunstausstellungen oder Workshops.
www.fachwerk1775.de

11 **Kulturverein LIFT:** Restrup 10, 49626 Bippen-Restrup. Literatur, Film und Theater auf dem Land hat sich der Kulturverein auf die Fahnen geschrieben.
www.kulturverein-lift.de

12 **Kunstverein Bissendorf KuBiss:** Seit 1997 setzt sich der Verein zum Ziel, Kunst und Kultur in Bissendorf zu fördern. In unterschiedlichsten Veranstaltungen werden einheimische Künstler und Hobbykünstler unterstützt und gemeinnützige Aktionen durchgeführt. Theater, Fotografieren oder verschiedene Techniken der Malerei hat der Verein im Angebot.
www.kubiss.net

13 **Renkenörener See Hilter:** Zur Wolfsquelle, in Ebbendorf, einem Ortsteil von Hilter, liegt der Renkenörener See an der Wolfsquelle. Der See wurde in den 1970er Jahren vom Unternehmerehepaar Thomas angelegt und 30 Jahre später dem Heimatverein Borgloh überschrieben. In den Sommermonaten wird der Skulpturenpark am See an Wochenenden für die Öffentlichkeit geöffnet. Weiterhin ist das Gelände Ort für jährlich wechselnde Kunstausstellungen.
www.hilter.de

EBBA UND DER TOTE ARNOLD

VON ULRIKE KRONECK

Ebba lugte durch die Zweige.

Die Frau stand auf und wandte sich zum Gehen. Im Hintergrund hob sich das alte Speichergebäude am Bad Essener Hafen gegen den grauen Winterhimmel ab. Ebba joggte diese Strecke seit einigen Wochen, seit ihre Mutter Gerlinde angedeutet hatte, ihr hier eine Wohnung kaufen zu wollen. Der alte Speicher sollte als Landmarke für das neue Wohnviertel erhalten bleiben, wenn am Hafen Bad Essen 14 der neue Yachthafen Marina entstehen würde. Ebba lief bei Wind und Wetter, sie hatte sich auch heute nicht abhalten lassen, obwohl es Minus drei Grad waren.

Sie schob sich raus aus dem Hartriegelbusch, in dem sie sich versteckt hatte, und überlegte kurz, ob sie der Frau folgen sollte, oder hier hinter dem Busch ausharren und den Mann beobachten, der auch in das Verbrechen verstrickt war. Ihre Überlegungen erübrigten sich, denn nun hörte sie, wie der Mann in Richtung seines Lastkahns ging. Er lag kurz hinter dem alten Speicher.

Wie unheimlich! Hier sollte sie wohnen, wo ein Mord geschehen war? Ebba zog gegen die Kälte die Schultern hoch. Sie war erhitzt nach den fünf Kilometern, die sie bereits zurückgelegt hatte bis zur Hafenstraße. Nun fror sie unter ihrem kalten Schweiß. Vielleicht war es gar nicht die Kälte, sondern das Grauen, das ihr über den Rücken kroch. Schließlich hatte sie mit eigenen Augen gesehen, wie die beiden den schweren Körper, offensichtlich eingewickelt in eine dunkle Decke, in den Kanal geworfen hatten. Direkt neben dem Weg, den sie jeden Abend joggte. Sie war weitergelaufen, die Hafenstraße entlang am Speicher vorbei und am Parkplatz wieder auf den Fußpfad eingebogen. Sie hatte nicht sofort erfassen können, was geschehen war, und erst hinter den Büschen, die direkt am Ufer standen, Halt gemacht und zurückgeschaut.

Maria II. hieß der Kahn. Vielleicht hatte er Maria I. gerade eben versenkt, schoss es Ebba durch den Kopf.

Unsinn, sprach sie zu sich und versuchte die Fassung zu bewahren und das zu tun, was jetzt notwendig war.

Ein Wagen sprang an.

Verdammter Mist, fluchte Ebba lautlos. Sie spurtete los, den Pfad zurück, aber als sie den Parkplatz einsehen konnte, sah sie nur noch die Rücklichter eines kleinen Autos. Blau war es, das konnte sie gerade noch erkennen.

Ich bin eine Idiotin. Sie kramte ihr Handy aus der Jogginghose. Irmela würde sie nicht für voll nehmen. Wie konnte sie auch, wo sie sich derartig blöd angestellt hatte. Es war ja eindeutig gewesen, dass die Mörderin zum Parkplatz hatte gehen wollen. Für Ebba war es sicher, dass diese Frau eine Mörderin war, auch wenn sie möglicherweise nur geholfen hatte, die Leiche zu entsorgen. Aber wer eine Leiche verschwinden lässt, war Ebbas Ansicht nach ziemlich skrupellos.

»Hagekötter«, meldete sich ihre Tante sofort.

»Irmela, ich habe einen Mord gesehen«, zischte Ebba leise ins Handy, obwohl der Mann sich von ihr entfernte und fast auf seinem Kahn angekommen war. Hören konnte er sie nicht mehr.

»Ebba, wo treibst du dich um diese Zeit herum?«, fragte Irmela Hagekötter ungerührt.

»Ich bin gejoggt, da hab ich es gesehen.«

»Einen Mord.« Irmela Hagekötter nahm die Fernbedienung zur Hand und stellte »Polizeiruf 110«, der als unermüdliche Wiederholung auf einem Regionalprogramm lief, auf stumm. Sie verfolgte das lautlose Geschehen auf dem Bildschirm. Das letzte Mal, als Ebba sie in Sachen Mord angerufen hatte, war ihre Nichte auf einem Seminar für esoterische Studien des Inneren Kreises gewesen. Der Mord hatte sich in nichts aufgelöst, und man hatte die ganze Sache einem Erdgeist, der sich im Lauf der Studien materialisiert hatte, in die Schuhe geschoben. Entsprechend interessiert war Irmela Hagekötter nun. Die Auflösung ihres Polizeirufs ging lautlos dem Höhepunkt zu.

»Irmela, wirklich. Ich habe es diesmal nicht nur gesehen, ich habe auch gehört, wie die beiden darüber gesprochen haben.«

»Aha.«

»Tante Irmela, bitte.«

»Sag nicht Tante zu mir.« Irmela Hagekötter schaltete den Fernseher aus. Sie seufzte: »Wo ist denn der Mord geschehen?«

»Das weiß ich natürlich nicht. Ich habe nur gesehen, wie sie die Leiche ins Wasser geworfen haben.«

»Mann oder Frau?« Irmela schob sich eine Himmlische von Leysieffer in den Mund. Sie gehörte zu den schlanken, drahtigen Frauen, die auch mit über sechzig so viel Schokolade essen konnten, wie sie wollten, ohne dick zu werden.

»Das weiß ich nicht. Sie war ja eingewickelt.«

Ihre Nichte Ebba hatte eindeutig zu viel Phantasie. Wahrscheinlich hatten irgendwelche Umweltsünder ihren Abfall direkt in den Mittellandkanal entsorgt.

»Doch wohl ein Mann«, meinte nun Ebba.

»Guckte was Männliches aus der Decke?«, informierte sich Irmela.

»Arnold, ja. Wahrscheinlich hieß der Tote Arnold.« Ebba ärgerte sich über den Verlauf des Gesprächs mit ihrer Tante. Sie war so kühl und nie aufgeregt. Mit dieser Art konnte sie die Leute zur Weißglut treiben. Wahrscheinlich hatte sie während ihrer Verhöre als Hauptkommissarin der Polizeiinspektion Osnabrück die Verbrecher so dazu gebracht, alles zu gestehen, was sie wollte.

»Hat er noch gesprochen?«

»Ach, Irmela. Arnold heißt wahrscheinlich ihr Mann. Ich habe gehört, wie die beiden – eine Frau und ein Mann – darüber gesprochen haben, wie sie erklären sollten, dass Arnold verschwunden ist.«

Irmela Hagekötter, Hauptkommissarin a. D., lachte. »Du bist also der Ansicht, da schmeißen zwei Menschen einen Arnold eingewickelt in den Hafen von Bad Essen und überlegen sich hinterher, wie sie das Verschwinden des Gatten plausibel erklären können?«

Ebba wurde zornig auf ihre Tante. »Bitte Irmela, ich habe es gesehen, du musst es mir glauben. Ich habe nicht viel gehört, aber sie sagte: Im Museum ist er heute nicht gewesen … und dann: Wenn Arnold morgen nicht da ist …«

»Mein Gott, Kind, das kann doch alles Mögliche heißen«, stöhnte Irmela auf.

Aber Ebba schaffte es doch, ihre Lieblingstante dazu zu bewegen, sich am nächsten Tag mit der Angelegenheit zu befassen.

Und so stand Irmela Hagekötter am Dienstagmorgen am von Ebba beschriebenen Tatort, die es sich nicht nehmen ließ, ihrer Tante genau zu zeigen, wo die Leiche versenkt, der Lastkahn gelegen und sie gestanden hatte. Sie waren ein seltsames Paar, die kleine zähe Irmela mit ihrem kurzen grau-schwarz melierten dichten Bürstenhaarschnitt und ihre hochgewachsene Nichte mit den langen Beinen und dem blonden Haar.

»Ich habe mir Gedanken darüber gemacht, welches Museum sie mit ›Museum‹ gemeint haben könnten«, flüsterte Ebba.

»Du brauchst nicht zu flüstern.« Der Hafen von Bad Essen war menschenleer an diesem Morgen. Die Maria II. war nicht zu sehen. »Die Maria II. gehört übrigens einem Hagen Wischmeyer.«

Ebba staunte: »Irmela, du bist cool.«

Irmela zog eine Augenbraue hoch. Sie hatte sich am Morgen im Hafenamt Osnabrück über den Eigner der Maria II. informiert und als alte Häsin, wie sie sich nannte, keine Probleme gehabt, alles zu erfahren, was sie wollte. »Hugo vom Hafenamt ist ein alter Bekannter von mir.« Hagen Wischmeyer wohnte in Minden und war mit der Maria II. zurzeit auf dem Dortmund-Ems-Kanal auf dem Weg nach Papenburg zur Meyer-Werft. Übermorgen würde er zurück sein und im Osnabrücker Hafen **15** anlegen und Fracht aufnehmen.

»Wirklich Irmela, du bist echt cool.« Ebba war sicher, dass der Fall bald gelöst sein würde. »Also ich dachte, so wie die beiden aussahen, geht es entweder um das Museum für feldspurige Industriebahnen **16** in Osnabrück. Oder um das Museum für Industriekultur **17**.«

Irmela runzelte die Stirn, über diese eigenartige Vermutung. Sie liebte das 1871 errichtete Zentralgebäude des Museums mit seiner Rundbogenarchitektur. Jeden ihrer

Gäste schleppte sie in die Dauerausstellungen mit den Themen »Steinkohlebergbau«, »Mythos Dampf« »Frühe Fabriken« und »Frühindustrialisierung«. »Meinst du, weil es sich um den Kapitän eines Lastkahns handelt, interessiert er sich für alles, was sich mechanisch bewegt?«

»Ja. Nein. Irgendwie war es doch wohl Arnold, der was mit dem Museum zu tun hatte. Aber als Mann dieser Frau sollte er doch ähnliche Interessen haben wie seine Frau.« Ebba war aufgeregt. Sie konnte Irmelas Ansicht nach als Single eigentlich nichts Qualifiziertes dazu beitragen, welche gemeinsamen Interessen ein Paar haben könnte. Irmela fand, dass Ebba die meisten Männer mit ihrer durchgeknallten esoterischen Sichtweise verschreckte. Männer wollen Bier und Bratwurst und wenn sie bereit seien, sich das verquaste Zeug von Ebba anzuhören, dann nur mit dem Hintergedanken, dem alle Männer nachhingen. Ebba verdrehte meist die Augen, wenn Irmela solche Ansichten über die Männerwelt an den Tag legte, und fand sie ungerecht.

»Nicht alle Männer sind gleich«, beharrte Ebba. »Claus zum Beispiel …« Ebba wollte ansetzen von ihrem augenblicklichen Schwarm zu erzählen, den sie im vergangenen Sommer beim Obertonsingen an den Saurierspuren 18 kennengelernt hatte.

»Ebbakind«, wandte sich Irmela an sie. »Du gehst jetzt brav zur Arbeit und ich mache mich auf den Weg.«

*

Irmela Hagekötter hatte sich ihre Wanderschuhe mitgenommen und gedachte, das Angenehme einer ausgedehnten Winterwanderung mit dem Nützlichen zu verbinden. Sie wollte Ebbas Wunsch nachkommen und so folgte sie dem Stichwort »Museum«. Als Erstes setzte sie sich zum Museumspark Varusschlacht 19 in Bewegung. Dieses Museum gab immerhin einer ganzen Region seinen Namen. Die alten Römer schienen Irmela hier wesentlich näherliegend als das Felix-Nussbaum-Haus in Osnabrück. Ebba war einfach zu kompliziert. Eine Frau, die etwas mit einem Binnenschiffer hatte, würde wohl nur dann zum Hafen nach Bad Essen zum Tête-à-Tête fahren, wenn sie Irmelas Spürnase nach irgendwo am Kanal wohnen würde. Also machte sie eine winterliche Tour durch die am Mittellandkanal gelegenen Museen. Sie hatte Glück, es war Dienstag, Museumstag – denn Irmela Hagekötter passierte es nirgendwo in Europa – dass sie montags vor einem geschlossenen Museum stand. Als sie parkte, war es gerade 10 Uhr und geöffnet.

»Guten Tag«, grüßte Irmela und wackelte schrullig mit dem Kopf. Das war eine ihrer Rollen, die sie manchmal auf ihren Wanderungen spielte. Sie bediente damit die landläufige Voreingenommenheit, ein Mensch mit 61 sei alt. »Ich möchte gern Arnold sprechen.«

Die Angestellte schaute sie irritiert an. »Dr. Arnold?«

»Ja, ja. Dr. Arnold«, bestätigte Irmela Hagekötter und lächelte die junge Frau an.

»Dr. Arnold taucht zurzeit vor Ägypten nach römischen Münzen.«

Irmela wackelte begeistert mit dem Kopf. Sollte sie hier gleich einen Treffer für Ebba gelandet haben? »Ach, deshalb war er nicht im Museum?«, fragte sie daher ganz allgemein.

»Dr. Arnold ist schon seit zwei Jahren nicht mehr im Museum«, lächelte die junge Frau und freute sich, dass sie der netten bedauernswerten Dame behilflich sein konnte. Sie schien wohl an Parkinson erkrankt zu sein. »Er genießt seinen Ruhestand seit zwei Jahren in der Ägäis«, erklärte sie und sah Irmela mitleidig an.

»Ach, das ist nicht weiter schlimm«, bedankte sich Irmela und wackelte mit dem Kopf. »Dann grüßen Sie ihn schön, wenn er mal wieder auftaucht.«

Als sich die Tür hinter ihr schloss, schoss Irmela zum Auto und fuhr zu ihrer nächsten Station: dem Schnippenburgmuseum in Schwagstorf 20. Hier hatte sie allerdings Pech. Dieses kleine Museum hatte nur sonntags geöffnet. Das würde mit Ebbas Aussagen übereinstimmen. Am vergangenen Sonntag hätte also Arnold nicht im Museum gewesen sein können – wenn er denn Dienst gehabt hätte. Sie wählte die angegebene Nummer für einen Kontakt und hatte Glück. Ein freundlicher Herr wollte ihr eigentlich sofort die Ausstellung zeigen und schien ein wenig enttäuscht, dass sie nicht von kulturellen Absichten getrieben war, sondern nachfragte, ob einer der Mitarbeiter möglicherweise Arnold heiße. Sie sei eine alte Schulfreundin und auf der Suche nach Arnold, und Käthe und Luiselotte, zwei andere Mitschülerinnen vom Gymnasium, hätten ihr erzählt, Arnold arbeite jetzt ehrenamtlich beim Schnippenburgmuseum mit.

»Nein«, unterbrach der freundliche Herr Irmela Hagekötter, bevor sie weitere Schülerinnen mit altbackenen Namen aufzählen konnte, »bei uns gibt es keinen Arnold.«

Irmela seufzte und schaute auf ihre Armbanduhr. »Aber man hat mir gesagt, dass Arnold gestern nicht im Museum war«, insistierte sie.

Irmela hatte es nun aber geschafft, dem Herrn klarzumachen, dass sie nicht nur nervig war, sondern auch ausreichend verwirrt, und um nicht unhöflich zu sein, verriet er ihr, dass gestern ein Günther Schultgräfe nicht dagewesen sei, es einen Arnold aber nicht gebe.

»Ach, *Günther* war nicht da!«, frohlockte Irmela. »War er denn krank?« Immerhin hatte sie eine Tatsache, die Ebba ihr mitgeteilt hatte, bestätigen können. Irgendeine männliche Person war am Sonntag nicht im Museum erschienen. »Arnold, war ja auch sehr kränklich«, fügte Irmela noch sinnvollerweise hinzu.

»Günther, gnädige Frau«, stöhnte der Mann. »Aber Günther ist nicht kränklich. Er war nicht da, weil sein Hund weggelaufen ist, und er ihn den ganzen Tag suchen musste.«

»Ach, der arme Arnold«, setzte Irmela jetzt noch einen drauf. Wenn Ebba sie schon zu solch absurden Unternehmungen anstachelte, musste sie zumindest ihr Vergnügen haben. »Hat er den Hund denn wiedergefunden?«, fragte sie nun mitfühlend. »Günther war ja ganz vernarrt in den kleinen Hund.« Das wusste der freundliche Herr nicht, damit er sie aber auf elegante Weise loswerden würde, verriet er ihr die Adresse von Günther Schultgräfe. Aber sie werde dort jetzt kein Glück haben. Günther sei mit Sicherheit nicht zu Hause, sondern mit seinem Kahn unterwegs.

»Der Maria I.?«, fragte Irmela plötzlich sehr aufmerksam.

»Maria I.?« Ihr Gesprächspartner stutzte und war irritiert, dass die Dame, mit der er telefonierte, Günther erst gar nicht kannte, sondern ihn für Arnold hielt, nun aber wusste, dass er Kapitän eines Binnenschiffes war.

»Ach, entschuldigen Sie, Maria I. war ja das Schiff vom guten Arnold«, warf Irmela schnell ein. »Sein Schiff war doch die …?«

Aber der freundliche Herr konnte Irmela nicht mit dem Namen des Schiffes weiterhelfen. Nachdem sie das Gespräch beendet hatte, rief sie erneut bei ihrem alten Freund Hugo vom Hafenamt Osnabrück an, und während sie schwatzten, suchte er seine Dateien durch.

Günther Schultgräfes Schiff hieß Luise, erfuhr Irmela. Aber warum Schiffe immer Frauennamen trugen, konnte ihr Hugo auch dieses Mal nicht mit Sicherheit erläutern. Er vermutete, das stamme noch aus grauer Vorzeit, als Seeleute noch der festen Überzeugung gewesen waren, Frauen an Bord brächten Unglück und aus diesem Grund Frauen auch untersagten, an Bord eines Schiffes zu kommen. Daher machten die Seeleute das Meer und ihr Schiff zu ihrer Braut. »Ausgenommen die Reichsmarine, Irmela. Die gaben ihren Schiffen maskuline Namen wie Bismarck oder auch Hindenburg. Versenkt wurden sie trotzdem!« Hugo lachte herzlich und sagte, er freue sich auf den Apfelkuchen, den Irmela ihm zum Dank in den nächsten Tagen vorbeibringen wollte.

*

Die Frau, die Irmela die Tür öffnete, schaute skeptisch, schien aber erleichtert, als sie erkannte, dass es sich um eine Frau handelte, die offensichtlich auf Wanderschaft war, ein Umstand, den Irmela mit ihrem Rucksack, den Wanderschuhen und einem knorrigen Stock untermalte. Mit einem Blick taxierte sie die Frau auf Mitte dreißig. Sie sah etwas gelangweilt und nörgelig aus und schien ihr kleines Dorf Vehrte nicht für ein Idyll, sondern für ein ödes Nest zu halten. Noch war sie ziemlich hübsch, aber in einigen Jahren würden sich die Zeichen ihres Missmuts an den Mundwinkeln noch verstärken und einige Pfunde auf den Hüften ihre Attraktivität weiter beeinträchtigen. Irmela ging gleich in die Offensive.

»Ich bin auf der Walz.« Auf den skeptischen Blick der Frau präzisierte sie: »Rentnerwalz.« Sie sei jahrelang im Hafenamt Osnabrück in der Abteilung Wasserstandsmeldungen gewesen und habe ab und zu mit Günther zu tun gehabt. Jetzt wolle sie ihn einfach mal besuchen. »Ich bin hier ein paar Tage im Naturfreundehaus 21.

»Mein Mann ist unterwegs«, blockte die schlecht gelaunte Frau Schultgräfe ab.

»Zu Wasser?«

»Ja, mit der Luise.« Frau Schultgräfe blickte so missmutig, dass man hätte vermuten können, die Luise sei wirklich seine Braut.

Irmela steckte den Kopf ein wenig vor und lauschte in das Haus, ob sie irgendwo einen Hund hörte. Aber ein Hund schien hier nicht zu sein.

»Hat er denn seinen Hund wiedergefunden?«

Frau Schultgräfe sah Irmela noch finsterer an und schob das Kinn ein wenig vor, aber bevor sie irgendetwas sagen konnte, erklärte ihr Irmela, dass sie schon gestern versucht habe, ihn im Museum aufzusuchen, sie seien eigentlich verabredet gewesen, da habe man ihr von dem traurigen Ereignis berichtet.

»Nein, der Hund ist bis jetzt noch nicht wieder aufgetaucht«, unterbrach sie Frau Schultgräfe.

»Das ist ja traurig«, bekundete Irmela und sah die Frau von unten nach oben an.

»Ja, sehr«, bestätigte Frau Schultgräfe und blickte böse auf Irmela Hagekötter zurück.

»Der arme Günther, er liebt doch seinen … Wie hieß er noch mal?«

»Arnold«, knurrte Frau Schultgräfe jetzt durch die Zähne. Sie hatte ganz offensichtlich nicht so ein liebevolles Verhältnis zu Arnold wie ihr Mann.

Sie traut sich nicht, mich wegzuschicken, weil sie misstrauisch ist. Irmela hatte nun fast ein wenig Feuer gefangen an Ebbas Fall. Wenn das Griesgrämige auch in Frau Schultgräfes Natur zu liegen schien, so hatte dieses Misstrauen doch wohl einen handfesten Grund: Sie hatte offensichtlich etwas zu verbergen.

Durch Hugo vom Hafenamt bereits informiert, dass Günther Schultgräfe mit der Luise über den Rhein-Herne-Kanal auf dem Weg nach Duisburg war, wollte sie Frau Schultgräfe jetzt nicht unnötig aufscheuchen und zog es vor, sich zu verabschieden.

»Ist das ihr Auto?«, fragte Irmela mit einem freundlichen Blick auf den in der Einfahrt stehenden blauen Wagen mit Osnabrücker Nummernschild und machte ein anerkennendes Gesicht, begleitet von einer ebensolchen Handbewegung.

»Ja, wieso?«, fragte nun Frau Schultgräfe nicht mehr ganz so feindselig.

»Wie sind Sie denn mit dem zufrieden?«, fragte Irmela und legte ihren arglosen Gesichtsausdruck auf. »Ich will mir nämlich auch so einen zulegen.«

»Doch, ich bin ausgesprochen gut zufrieden«, nickte Frau Schultgräfe. »Hat ja auch viel Ladefläche.«

»Passte Arnold denn in den Wagen?«, kam Irmela noch einmal auf ihr Thema zurück.

Frau Schultgräfe räusperte sich. »Tut mir leid, Frau …, ich muss jetzt …« Die Tür schloss sich hinter der Frau und Irmela entschied sich, der Sache auf jeden Fall noch ein bisschen weiter nachzugehen.

*

»Du hast recht, Ebba«, sagte Irmela als sie ihre Nichte am Nachmittag in Bad Essen vor dem Gradierwerk 22 traf. »Da ist irgendwas nicht in Ordnung.« Sie gingen durch das wie eine Holzskulptur anmutende Gradierwerk, das überall erstaunliche Durchblicke bot. »Manchmal machen die Landesregierungen ja auch mal was ganz Schönes mit unserem Geld«, fand Irmela und fuhr mit ihrer behandschuhten Hand über die Holzflächen. Das Gelände der Landesgartenschau gefiel ihr immer wieder und im Sommer liebte sie es, auf dem historischen Marktplatz 23 von Bad Essen auf dem Markt einzukaufen und hinterher ein Eis zu essen. Aber Ebba hatte im Moment keinen Blick für das Miteinander von moderner und historischer Schönheit der kleinen Stadt. Sie hatte nur Interesse am »Fall Arnold«.

»Lass uns doch mal resümieren, was wir bis jetzt wissen«, forderte sie und stampfte mit den Füßen. Es war kalt und windig und ein feuchter Regen zog auf.

»Bis jetzt weiß ich nur, dass Frau Schultgräfe gestern mit ihrem blauen Kleinwagen hier in Bad Essen bei Hagen Wischmeyer auf der Maria II. war. Ihr Gatte ist unterwegs auf dem Rhein-Herne-Kanal …«

»Der Liebhaber …«, warf Ebba ein

»Möglicherweise der Liebhaber, der ist unterwegs auf dem Dortmund-Ems-Kanal. Außerdem ist seit Sonntag der Hund, den Frau Schultgräfe nicht mag, verschwunden. Aus diesem Grund war Günther auch am Sonntag nicht bei seiner ehrenamtlichen Tätigkeit im Museum.« Das war in der Tat nicht viel, aber Irmela hatte so eine Idee, die sie überprüfen wollte.

»Wie werden wir weiter vorgehen?«, fragte Ebba ihre Tante.

»Ich, meine Liebe. Ich«, betonte sie mit Nachdruck. »Ich werde vorgehen.«

Ebba sah ihrer Tante von oben in die Augen. »Na, gut, wenn du meinst. Aber informiere mich sofort, wenn du weitergekommen bist.«

*

Irmela Hagekötter hatte zwei unruhige Tage, denn Ebba rief alle halbe Stunde bei ihr an, um ihr weitere Vorschläge zu unterbreiten, wie sie genau vorgehen könne. Dabei wollte sich Irmela erst am nächsten Tag mit dem Fall, sollte es denn überhaupt einer sein, weiter beschäftigen.

»Irmela, ich fühle es, dass dieser Mann unsere Hilfe braucht«, insistierte sie beim zehnten Gespräch. »Es ist doch gar nicht sicher, dass er mit dem Schiff unterwegs ist. Das sagt doch nur die mörderische Gattin.«

Ebbas Tante stöhnte. »Unterstell nicht immer diese Dinge, Kind.«

»Sag nicht Kind zu mir. Ich empfange Schwingungen der Not.« Ebba bestand darauf, dass der ihrer Ansicht nach ertränkte Gatte ihr, da sie zufällig Zeuge des Verbrechens gewesen sei, Nachrichten aus dem Jenseits schicke, die es ihr unmöglich machten, ein Auge zuzutun.

»Du bist überspannt, Kind«, wiederholte Irmela.

Ebba ließ sich nicht beirren, wie es denn dem Wesen der etwas Überspannten entspricht, nicht sich selbst, sondern die anderen für uneinsichtig zu halten. Sie recherchierte also im Internet nach mutigen Tauchern, die sie möglicherweise, sollten sie denn nicht weiterkommen, engagieren konnte, um den Rufen des verschwundenen Günter Schultgräfe vom Grund des Mittellandkanals nachzukommen. Sie hatte bei Youtube ein schönes Video gefunden, wie Taucher im Dortmund-Ems-Kanal unterwegs waren, warum also nicht auch im Mittellandkanal. Sie erzählte natürlich nicht, dass sie eine Leiche heben wollte, sondern einen Sack mit alten Kandelabern, der ihr unglücklicherweise in den Kanal gefallen sei. Nachdem sie einen ihrer Gesprächspartner überzeugen konnte, dass sie keineswegs eine der schönen Kirchen der Gegend ausgeräumt habe, vereinbarten sie einen möglichen Auftrag.

Doch am Tag der Wiederkehr der Maria II. konnte Ebba es nicht aushalten. Irmela hatte ihr nicht sagen wollen, wie es nun weitergehe und was genau ihr nächster Schritt sei, also wollte sie sich selbst zum Osnabrücker Hafen begeben, um schon mal von Weitem zu sehen, was los war. Aber sie hatte sich das einfacher vorgestellt als es war. Erst fand sie den Weg nicht. Sie fuhr über die Römereschstraße in die Elbestraße, aber je näher sie kam, desto unübersichtlicher wurde für sie die Lage. Im Hafenbecken lagen drei Schiffe, aber von ihrer Position aus konnte sie die Namen nicht erkennen. Und für Ebba war ein Schiff ein Schiff. Ein Hafen ist schrecklich unübersichtlich, fand sie und parkte ihren Wagen. Es war schon dunkel, als Ebba ohne Orientierung versuchte, an das Hafenbecken zu gelangen. Von oben von der Römereschbrücke hatte das alles noch einfacher ausgesehen, aber als sie unten stand und versuchte – immerhin wollte sie ja nicht auffallen –, sich dem Hafenbecken zu nähern, wusste sie nicht mehr, wo genau sie eigentlich war. Außerdem fröstelte sie, ob vor Kälte oder Furcht, wusste sie nicht. Mit einem Mal packte sie das blanke Entsetzen bei der Vorstellung, sie könnte dem Mörder wirklich in die Arme laufen, und sie rannte so schnell sie konnte.

Der Poller stand in ihrem Fluchtweg, und Ebba ging wie ein gefällter Baum zu Boden.

*

Zu dieser Zeit saß Irmela Hagekötter in ihrem warmen Auto und beobachtete das Haus der Schultgräfes. Der blaue Wagen stand noch in der Einfahrt und Irmela wollte schon aufgeben und Ebba anrufen, als Frau Schultgräfe mit einem Mal die Tür öffnete und zu ihrem Wagen ging.

»Also doch«, nickte Irmela und startete. Es war nicht schwer, dem blauen Auto zu folgen in der Dunkelheit und die Fahrt ging nicht weit, sondern nur bis Ostercappeln. Sie fuhren am Kronensee 24 vorbei. Irmela war dort im letzen Jahr mit ihrer Schwester Gerlinde einmal zum Baden gewesen, daher kannte sie ihn.

Frau Schultgräfe parkte direkt auf dem Kirchplatz 25, der auch im Winter hübsch anzusehen war mit seiner Buchsbaumbepflanzung. Die Kirche St. Lambertus mit dem gedrungenen Turm beeindruckte Irmela immer wieder. Sie war zwar erst 1872 erbaut worden und nur der Westturm stammte aus früherer Zeit. Aber Irmela gefiel das gesamte Ensemble. Und hier gab es ein Café, das offensichtlich nicht nur von ihr ab und zu besucht wurde, sondern jetzt auch Ziel von Frau Schultgräfe war.

Hagen Wischmeyer, der von Ebba zum Liebhaber gekürte Binnenschiffer, musste, wenn er denn überhaupt da war, bereits im Café sitzen. Frauen kommen nicht zu früh. Und Irmela hatte recht. Als sie die Tür des Cafés öffnete, hatte sich Frau Schultgräfe gerade an einem kleinen Tisch gegenüber einem rotgesichtigen, kräftigen Mann mit Bauch von etwa Mitte dreißig niedergelassen. Als sie das Geräusch der Tür hörte, nahm Frau Schultgräfe rasch die Hand von seiner großen Hand und starrte verblüfft weiter in Irmelas Richtung.

»Irmela Hagekötter, Hauptkommissarin a. D«, stellte sie sich dem Mann vor, den sie aus der Nähe betrachtet, selbst wenn sie jünger gewesen wäre, nicht zum Liebhaber erkoren hätte.

Frau Schultgräfe starrte sie unverwandt an, sagte aber in ihrer Verblüffung nichts.

»Erlauben Sie?« Irmela setzte sich, ohne auf eine Antwort zu warten, auf den dritten Stuhl und legte ihre Handschuhe ab.

»Weshalb …?«, fragte Hagen Wischmeyer verunsichert.

»Ich habe nur eine kleine Frage«, begann Irmela Hagekötter. »Was meinen Sie, werden wir wohl feststellen, wenn wir das Paket, das Sie vor drei Tagen im Hafenbecken in Bad Essen versenkt haben, heraufholen lassen?«

Frau Schultgräfe riss die Augen eine Sekunde auf und versuchte – ja, da musste Irmela nun Ebba recht geben, – ihren Liebhaber davon abzuhalten, etwas zu sagen. Aber der hatte schon angesetzt.

»Verdammt, wir hätten das nicht tun sollen, aber …« Er war verärgert, Irmela sah ihm an, dass er offenbar von der Frau überredet worden war.

»Was hätten Sie nicht tun sollen?«

»Den Hund dort ins Wasser werfen«, sagte nun Frau Schultgräfe.

»Hier auf dem Land beerdigen wir doch eigentlich unsere Hunde im Garten«, fühlte Irmela Hagekötter weiter nach. »Warum musste Arnold denn verschwinden?«

Frau Schultgräfes Blick flackerte, und von diesem Augenblick an sagte sie nichts mehr.

*

Der Hund tauchte in diesem Winter nicht mehr auf. Eine Woche später setzte starker Frost ein und der Kanal fror zu. Doch selbst wenn, hätte niemand den toten Hund daraufhin untersucht, ob er eines natürlichen Todes gestorben war. Die örtliche Polizei hätte sich gewundert, dass jemand einen Hund im Kanal entsorgt und im Lokalteil des Wittlager Kreisblattes hätte möglicherweise eine Geschichte über das Seemannsgrab eines großen Appenzeller Sennenhundes gestanden.

Es würde nie ans Tageslicht kommen, was hätte geschehen können, weil es nicht geschah. Denn Irmela Hagekötter hatte verhindert, dass Günther Schultgräfe bei seiner nächsten Fahrt, bei der ihn seine Frau hätte begleiten wollen, nach dem Genuss von reichlich Valium als Beimischung in seinen Whiskey, beim Kniebeugentraining mit seiner Trainingsbleiweste über Bord der Luise ging.

Doch auch Geschichten, die nicht wahr werden, haben ihre Folgen in der Wirklichkeit. Günther Schultgräfe verließ seine Frau ein Jahr später sehr lebendig, obwohl er nicht erfahren hatte, dass sie seinen geliebten Arnold als Testfall für seinen Abgang benutzt hatte. Aber vielleicht – so würde Ebba sagen – gab es doch mehr zwischen Himmel und Erde, als wir uns denken, und der ungeliebte Gatte hat geahnt, dass es etwas anderes gewesen war als eine läufige Hündin, die den guten Arnold aus seinem Leben gebracht hatte.

14 **Hafen Bad Essen** am Mittellandkanal. Hafenstraße, 49152 Bad Essen.
Der Mittellandkanal ist mit 325,7 Kilometern Länge die längste künstliche Wasserstraße in Deutschland. Er verbindet den Dortmund-Ems-Kanal mit der Elbe und dem Elbe-Havel-Kanal. **Er fließt im Osnabrücker Land nördlich des Teutoburger Waldes und des Wiehengebirges nach Osten.** Sein nördlichster Punkt liegt bei Bramsche. Am Kanal kann man wunderbar Radfahren. Interessante Infos finden Sie hier: http://barresmo.jimdo.com/radfahren-am-kanal
Im Sommer befahren Fahrgastschiffe den Kanal: Informieren Sie sich an den jeweiligen Schiffsanlegestellen: Hörstel-Riesenbeck (0.36 km); Ibbenbüren-Uffeln (7.40 km); Leine-Linden/Kraftwerk (9.60 km); Steinbeck Recke, Kaimauer am Südufer (13,93 km); Bramsche; Wallenhorst-Hollage, Schiffsanleger nördlich der Hollager Schleuse im Stichkanal Osnabrück; Schiffsanleger Kalkriese (40.95 km) Südufer; Bad Essen, im Hafen, (61.15 km); Preußisch Oldendorf (73.15 km; Espelkamp/ Lübbecke (80.00 km); Hille (89.00 km); Südhemmern (92.40 km); Minden/Schachtschleuse Oberhafen (99.50 km).

15 **Osnabrücker Hafen**: Hafenstraße 5, 49090 Osnabrück. Der Hafen ist durch den Stichkanal Osnabrück (auch *Zweigkanal*) mit dem Mittellandkanal verbunden. Seit 2007 wird auf dem Stichkanal wieder Personenschifffahrt betrieben. Außerdem besteht die

Möglichkeit am Stichkanal entlang ins Umland zu fahren.
www.stadtwerke-osnabrueck.de

16 **Museum für feldspurige Industriebahnen:** Fürstenauerweg 180, 49090 Osnabrück
Hier werden unterschiedliche Feldbahnen und Loks ausgestellt und von April bis Oktober zu bestimmten Zeiten Fahrten mit diesen Bahnen angeboten.
www.feldspur.de/fahrtermine

17 **Museum für Industriekultur:** Süberweg 50a, 49090 Osnabrück, Parkplatz: Fürstenauer Weg 120, 49090 Osnabrück. Eine Dauerausstellung über die Arbeits- und Lebenswelt im Zeitalter der Industrialisierung öffnet einen Blick in vergangene Zeiten. Historische Dampfmaschinen oder die Magie des Steinkohlenwaldes sind Ausgangspunkt einer Entdeckungsreise für die ganze Familie. Sonderausstellungen mit den unterschiedlichsten Themen gehören ebenfalls zum Programm des Museums. Auch Führungen für Kindergruppen oder Kindergeburtstage richtet das Museum aus.
www.industriekultur-museumos.de

18 **Saurierspuren:** An der L83 Ortsausgang Barkhausen Richtung Melle rechts. In dem stillgelegten Steinbruch an der Hunte wurden 1921 die ersten Dinosaurierspuren gefunden. 60 Jahre später wurde der Steinbruch unter Naturschutz gestellt und weitere Trittsiegel freigelegt. Die senkrecht gestellte Felswand aus Sandstein zeigt die rundlichen Hinterfußeindrü-

cke des Elephantopoides barkhausenensis sowie die mit 63 Zentimetern doppelt so großen dreizehigen Trittsiegel des Megalosauripus barkhausensis. Saurier in Lebensgröße und Infotafeln geben Einblick in die Naturgeschichte. Jedes Jahr im Sommer bietet der Steinbruch den Künstlern eines Obertonfestivals bei gutem Wetter eine beeindruckende Kulisse.
www.badessen.de

19 **Varusschlacht im Osnabrücker Land** – Museum und Park Kalkriese: Venner Straße 69, 49565 Bramsche-Kalkriese. Die Ursprünge des archäologischen Museums liegen im Jahr 1993, der angeschlossene 20 Hektar große Museumspark entstand zur Expo 2000. Hier begannen Ende der 1980er-Jahre Ausgrabungen, deren Funde nahelegen, dass an dieser Stelle die Varusschlacht zwischen römischen Legionen und den germanischen Stämmen stattgefunden hatte. Diese Schlacht gibt heute einer ganzen Region den Namen.
www.kalkriese-varusschlacht.de. Siehe auch Anmerkung 111.

20 **Museum Schnippenburg**: Mühlenstraße 2, 49179 Ostercappeln-Schwagstorf. Die Schnippenburg befindet sich im Naturpark Nördlicher Teutoburger Wald. Es handelt sich um eine Ringwallanlage aus der vorrömischen Eisenzeit. Sie ist heute kaum noch auszumachen. Bei Ausgrabungen 2001 wurden 1500 Fundstücke geborgen. Sie werden im 2010 eröffneten Museum gezeigt.
www.schnippenburg.de

21 **Naturfreundehaus Vehrte:** Engelriede 1, 49191 Belm-Vehrte. Das Seminar- und Gästehaus liegt im Naturpark Terra Vita, 12 Kilometer nordöstlich von Osnabrück und lädt zu Wanderungen und Radtouren im Teutoburger Wald und ins Natura-2000-Gebiet Dümmer ein. Es ist voll bewirtschaftet, verfügt aber auch über eine Selbstversorgerküche. www.naturfreundehaus-vehrte.de

22 **Gradierwerk Bad Essen (SoleArena)**: Am Freibad, 49152 Bad Essen. Die vermutlich in Europa einmalige SoleArena, als Rondell begehbar, (Kleinstgradierwerk) im Kurpark Bad Essen misst im Umfang 45 Meter und ist 6 Meter hoch. Sie wird gespeist mit Sole aus der Bad Essener Solequelle in Harpenfeld. www.badessen.de

23 **Historischer Marktplatz Bad Essen**: Der Kurort im Osten des Landkreises Osnabrück liegt an der Deutschen Fachwerkstraße. Schmucke Fachwerkbauten aus dem 17. Jahrhundert findet der Tourist vor allem im Ortskern am malerischen Kirchplatz, der von 100-jährigen Linden umgeben ist. Ein Wehrspeicher von 1663, oder das Hünnefelder Totenhaus, im 18. und 19. Jahrhundert Grabstätte der Familie von dem Bussche-Hünnefeld. Die historische und heute noch funktionstüchtige Wassermühle am südlichen Ausgang des Ortes ist das Wahrzeichen Bad Essens und auch auf dem Gemeindewappen zu sehen. www.badessen.de

24 **Freizeitpark Kronensee:** Zum Kronensee 9, 49179 Ostercappeln-Schwagstorf. In der Nähe des Mittellandkanals zwischen Venner Moor und Wiehengebirge liegt der Ferienpark Kronensee landschaftlich reizvoll eingebettet. Der 40 Hektar große Bade- und Wassersportsee mit Naturfreibad bietet ein sportlich abwechslungsreiches Betätigungsfeld. Spielplätze, Minigolfanlage, Angelmöglichkeiten und ein Campingplatz (ganzjährig geöffnet) laden zum Verweilen ein.
www.kronensee.de

25 **Kirchplatz Ostercappeln:** Ursprünglich wurde die katholische Pfarrkirche St. Lambertus als zweijochiger romanischer Saalbau errichtet und in der Zeit zwischen Romanik und Gotik um einen Chor und ein Querhaus erweitert. Nach dem Abriss der alten Kirche 1872 blieb der im 13. Jahrhundert erbaute ursprünglich romanische Westturm mit gotischem Obergeschoss erhalten. Die 1874 vollendete neugotische Kirche ist eine dreischiffige Hallenkirche mit breiten Spitzbogenfenstern. Einige Kunstgegenstände stammen noch aus der Vorgängerkirche wie ein spätromanischer Taufstein oder ein hölzernes Triumphkreuz. Von dem alten Instrument, das der Orgelbauer Christian Vater 1737 baute, sind heute noch drei Register erhalten. Die Kirche liegt idyllisch an dem von hübschen Fachwerkhäusern und Rabatten gesäumten Kirchplatz.
www.ostercappeln.de

DER KRÄUTERGARTEN

VON CONNY RUTSCH

Lotte schärfte ihr großes Küchenmesser. Wütend trieb sie die Klinge über den Wetzstahl. Sie freute sich überhaupt nicht auf ihre Kusine. Je mehr sie darüber nachdachte, wie anstrengend dieser Besuch werden würde, desto heftiger tobten ihre Gedanken.

Eigentlich müsste ich froh sein, dass ich überhaupt noch Familie habe, dachte sie und rührte entschlossen im Suppentopf. Sie wohnte mit ihrer Großmutter in einem kleinen Häuschen am Waldrand des Moseler Berges oberhalb von Oldendorf im Grönegau [26].

Nachdem ihre Eltern im Urlaub auf Teneriffa vor zwei Jahren zusammen mit den Eltern ihrer Kusine tödlich verunglückt waren, war sie zu ihrer Oma in den Landkreis Osnabrück gezogen.

Zunächst hatte sie die Oma nur an den Wochenenden besucht, für sie gekocht und ihr den Haushalt in Ordnung gehalten. Aber als die alte Dame zu kränkeln begann und ihr Haus verkaufen wollte, blieb Lotte bei ihr und bezog im ersten Stock unter gemütlichen Dachschrägen zwei kleine Zimmer. Ihren Beruf als Krankenschwester gab sie leichten Herzens auf. Ihre Eltern hatten sie durch ein Erbe finanziell unabhängig gemacht. Nun baute sie in dem großen Garten Gemüse, Kräuter und Blumen an, hielt ein paar Hühner und freute sich darüber, der Großmutter einen erquicklichen Lebensabend bieten zu können.

Wenn nur dieser Besuch schon vorbei wäre, dachte Lotte und streute ein bisschen Petersilie auf die Suppe.

Den Brokkoli hatte sie vor zwei Stunden geerntet und mit Brühe und Sahne sowie einigen Schinkenwürfeln für das Wochenende vorbereitet. Einen kleinen Teller zum Kosten servierte sie der Oma zum Abendessen.

»Was würde ich nur ohne dich tun«, freute sich die Großmutter über die liebevolle Zuwendung der Enkelin. »Aber bitte, keinen Streit mit Astrid.«

Unwillig schob Lotte eine Haarsträhne aus ihrem erhitzten Gesicht. »Ich will mich gar nicht streiten«, sagte sie. Sie will ja einfach nur das Haus, wenn du mal nicht mehr da bist, aber diesen Satz formulierte sie nur in Gedanken. Sie stellte sich vor, wie Astrid ganz und gar großstädtisch das kleine Häuschen mit Beschlag belegen würde. Lilien würde sie mitbringen. »Totenblumen«, dachte Lotte verächtlich und blickte auf die fröhlichen Farben des Gartenblumenstraußes, den sie in einem geschliffenen Wasserglas auf den Esstisch gestellt hatte.

Astrid bedachte die Großmutter bei jedem ihrer Gott-sei-Dank seltenen Besuche mit einer riesigen Schachtel Pralinen, die diese aber wegen ihrer Diabetes gar nicht essen durfte. Naja, Lotte würde ihr Bestes geben, um ein möglichst harmonisches Wochenende zu gestalten.

Sie stellte den Suppentopf zum Abkühlen auf die Feldsteinmauer vor das üppig mit Blauregen umrankte Küchenfenster und holte den Krimi hervor, um der Großmutter vor dem Schlafengehen noch ein wenig vorzulesen. Das genossen sie beide.

*

Thaddäus Just plante seine nächste Motorradtour. Die Jahreszeit passte genau für den Auftrag, den er vom renommierten Ratgeberverlag Bischof & Unke erhalten hatte. Ein Buch über giftige Gartenpflanzen sollte neu auf den Markt kommen, und Thaddäus Just war für die Fotografien gebucht worden.

Als Fotograf hatte er seinen Traumberuf gefunden. Die Arbeit mit Passbildvergrößerungen und Hochzeitsbildern hatte er schon früh gelangweilt abgebrochen und sich dann in die digitale Fotografie eingefuchst.

Mit einem Freund war er einige Jahre nach Südamerika gegangen und hatte sich eine Zeit lang vorgemacht, das Landleben würde ihm Freude bereiten. Aber statt sich auf die Rinderzucht zu konzentrieren, hatte er sich ein altes Motorrad gekauft und auf den ausgedehnten Touren mit seiner Kamera Land und Leute erkundet. Die Fotos veröffentlichte er in opulent gestalteten Bildbänden. Die Fachpresse war dadurch auf ihn aufmerksam geworden.

Seine kleine Wohnung in Hannover hatte er nie aufgegeben, nur hin und wieder vermietet. Nun lebte er wieder dort und gönnte sich von Zeit zu Zeit Motorradtouren quer durch Deutschland. Seit vielen Jahren arbeitete er selbstständig und konnte nun, mit achtundvierzig Jahren, von seinem Job sehr gut leben.

Thaddäus Just hatte seine alte DKW mit Beiwagen schon für den nächsten Ausflug vorbereitet. Geputzt und aufgetankt stand die Maschine in der Garage. Mit seinem Oldtimer erntete Thaddäus überall Aufsehen. Es war aber nicht nur das Zweirad mit dem Beiwagen, nach dem die Leute sich umdrehten. Mit ungläubigem Staunen wurde Vincent, sein irischer Terrier, bedacht, der ihn überallhin begleitete und den Beiwagen stolz als sein Eigentum betrachtete. Es hatte nur wenig Zeit gebraucht, den drahthaarigen Rüden daran zu gewöhnen, während der Fahrt im Brustgeschirr und mit einer kleinen Lederkappe um den Kopf sitzen zu bleiben. Und immer, wenn Thaddäus mit dem Deckel seines Motorradkoffers klapperte, schoss der quirlige Terrier heran, um nur ja keine Ausfahrt zu verpassen.

Thaddäus freute sich auf den Ausflug. Das Wetter würde schön werden. Er hatte sich das Osnabrücker Land zum Ziel genommen, wollte viel über Land reisen, in Gärten schauen und sich über die giftigen Pflanzen schlaufragen. Sicherlich würde er genügend Motive finden, die er in seinem neuen Projekt verarbeiten konnte.

*

Lotte kam zu dem Schluss, sich gegen ihre Kusine zu wappnen und die Tagesabläufe am Wochenenden wie gewohnt einzuhalten.

»Komm, wir laufen ein Stück«, schlug sie der Großmutter vor.

»Lass uns doch noch bis zum Dunkelwerden warten«, bat diese. »Dann gehen wir bis zur Sternwarte 27. Da sehen wir vielleicht ein paar Sternschnuppen, und wir können uns etwas wünschen.«

Eigentlich fand Lotte den abendlichen Spaziergang zu weit für die Großmutter. Sie hatten heute schon einen Ausflug zur Expo-Sternwarte 28 unternommen und waren dort auf den Höhen des Wiehengebirges in der späten Vormittagssonne zwischen den Getreidefeldern spazieren gegangen.

Aber auch Lotte selber schaute immer gerne in den hohen Himmel über den Hügeln von Oberholsten und freute sich, dass ihre Großmutter so unternehmungslustig war.

»Was wirst du tun, wenn dich Astrid wieder nach deinen finanziellen Verhältnissen fragt?«, begann sie behutsam ein Gespräch, als sie beide zwischen den Kornblumen am Ackerrain auf die Anhöhe spazierten, auf der die Sternwarte mit ihrer runden Kuppel weithin zu sehen war. Aber noch bevor die Großmutter antworten konnte, störte Lottes Handy die Abendidylle.

»Ich bin's, Astrid«, hörte sie die Kusine mit ihrer aufgesetzt fröhlichen Stimme ins Telefon säuseln. Übergangslos kam sie zur Sache: »Ich denke, Oma wird's ja nicht mehr so lange machen, dann wäre es wichtig, dass ich als einzige kompetente Hinterbliebene auch Einsicht in ihr Konto habe.«

Lotte war schockiert. Dermaßen drastisch hatte sich die Kusine noch nie ausgedrückt. »Ich bin immerhin genauso ihre Enkelin wie du«, zischte sie.

»Naja, du hast ja von Tuten und Blasen keine Ahnung«, höhnte Astrid, »und ihr Testament möchte ich auch sehen, damit ich Bescheid weiß«, setzte sie nach.

»Als würde Großmutter im Sterben liegen«, platzte Lotte heraus. Sie hatte sich während des Telefongespräches von der Oma abgewandt, damit die alte Dame nicht hören konnte, was sie sprach.

»Na, das wird ja wohl nicht mehr so lange dauern«, fauchte die Kusine. »Bis morgen dann.«

Wieder kochte in Lotte die Wut hoch. Diese widerliche Person, dachte sie. Dabei kümmert sie sich keine Spur um die Oma und ignoriert auch noch, dass ich ihr viel näher stehe. Was arbeitet sie eigentlich?, überlegte sie. Nie war davon die Rede gewesen. Immer fuhr sie mit schicken Autos vor, trug elegante Kostüme und Hosenanzüge und immer die passenden Handtaschen dazu.

Lotte selbst fühlte sich in Jeans am wohlsten, die sie sowohl zur Gartenarbeit als auch zum Einkaufen in Osnabrück trug. Eine Handtasche besaß sie gar nicht, Geldbörse und Hausschlüssel passten in die Hosentaschen.

Die Großmutter hatte schon vor geraumer Zeit verfügt, dass Lotte das Haus einmal bekommen sollte, weil sie sich um alles kümmerte und immer bei ihr war. Lotte wollte das Häuschen, an dem ihre Kindheitserinnerungen hingen, gerne erhalten. Außerdem liebte sie das Osnabrücker Berg- und Hügelland, nachdem sie so viele Jahre in Großstädten verbracht hatte. Eines stand nun fest: Sie musste die Großmutter vor Ärger und Streit schützen. Und sich selbst auch. Ihr kam die Galle hoch, wenn sie an die Kusine dachte.

»Was war denn los?«, fragte die alte Dame nun besorgt, als sie sah, dass Lotte nach dem Telefongespräch blass geworden war.

»Ach komm, lass uns den Abend genießen«, wich Lotte aus. Ihr Herz klopfte bis zum Hals, als sie den kleinen bitterbösen Gedanken beiseite schob, der ihr an diesem ansonsten so friedlichen Abend das erste Mal kam.

*

Ein heißer Augusttag zog herauf. Der rote Sonnenball hatte die hannoverschen Messehallen gespenstisch erleuchtet, als Thaddäus Just die frühe Runde mit dem Hund gegangen war. »Wir fahren bald los«, erklärte der seinem vierbeinigen Freund Vincent, »dann haben wir viel vom Tag.«

Zurück in der Wohnung fütterte er den Hund, packte Jeans, Hemden und ein paar T-Shirts in die Motorradtasche, sein Waschzeug und ein Handtuch dazu und legte die Motorradkombi zurecht. Die faltbare Tasche für Hundefutter hatte er schon am Vorabend zusammen mit dem Reisetrinknapf eingesteckt. Thaddäus griff nach seinem Helm, und schon schoss der Terrier freudig wedelnd heran. Aufgeregt sprang er in den Beiwagen und ließ sich das Geschirr umlegen. Thaddäus startete den Motor der alten Maschine. Los ging die Reise Richtung Grönegau.

Nach gemütlichen zwei Stunden Fahrt über die Landstraßen des Weserberglandes legten die beiden eine Pause in Buer in der Nähe von Melle ein. In der historischen Kirchhofsburg 29 lockte eine Gaststätte.

Mit Blick auf die alten Fachwerkhäuser und die mächtige Martinikirche mit dem als »Buerschen Bleistift« bekannten markanten Turm genoss Thaddäus einen großen Eisbecher. Vincent schleckte eine Kugel aus seiner eigenen kleinen Plastikschale. »Ausnahmsweise, und weil es so warm ist«, erklärte ihm sein Herrchen.

Weiter ging die Fahrt. Thaddäus verwarf den Gedanken, sich das Gut Ostenwalde 30, das an der Straße nach Oldendorf liegt, aus der Nähe anzusehen. Aus den Augenwinkeln nahm er auch die Diedrichsburg 31 auf dem Berg hinter dem Gut wahr. In den verwinkelten Gassen Oldendorfs ließ Thaddäus den Hund ein wenig auslaufen. Neugierig spazierte er selbst zu der kleinen weißen Kirche 32. Sie wird abgeschlossen sein, dachte er und fasste an die Klinke. Im selben Moment zuckte er erschrocken zurück. Die Kirchentür landete mit Schwung beinahe an seinem Kopf, als eine junge Frau temperamentvollen Schrittes die Kirche verließ.

»Sind Sie verrückt, mich so zu erschrecken?«, sagte sie kühl.

»Ganz meinerseits«, entgegnete Thaddäus und schüttelte unwillig seine braunen Locken, die ihm bis an den Kragen der Motorradjacke reichten. »Ist es schön da drinnen?«, versuchte er es freundlicher.

»Na, Kirche eben«, zischte sie. »Ich interessiere mich nur für das ›Tor zum Paradies‹.«

Diese Skulptur war Thaddäus durchaus bekannt. Einige Arbeiten eines Holzbildhauers aus Wellingholzhausen hatte er schon vor Jahren in einem Fotoband über norddeutsche Künstler abgebildet. Ich werde ihn besuchen, weit ist es ja nicht bis dahin, dachte er.

»Ich möchte diese Skulptur unbedingt kaufen«, erklärte die Blonde in dem wie angegossen sitzenden Kostüm noch kurz, bevor sie die Kirchentür schloss, den Schlüssel herumdrehte und an Thaddäus vorbei zu ihrem Sportflitzer rauschte.

»Entschuldigung, und wie komme ich jetzt in die Kirche?«, rief Thaddäus

»Sie müssen sich den Schlüssel beim Pastor holen.« Mit diesen Worten war sie schon auf der Hauptstraße.

Na, danke, dachte Thaddäus ärgerlich, verschob den Kirchenbesuch und pfiff nach Vincent, der die Maulwurfshaufen in der kleinen Grünanlage aufmerksam bewachte. Die beiden machten sich von Oldendorf in Richtung Bad Essen auf. Thaddäus kannte die bei Motorradfahrern beliebte Serpentinenstrecke durch den Berg nur vom Hörensagen. Der Fahrspaß auf der kurvenreichen Waldstrecke wurde ein wenig durch die Schwellen gedämpft, die in die Straße eingelassen waren, um schwere Verkehrsunfälle zu vermeiden.

Am Reiterwaldstadion 33 legte Thaddäus eine weitere Pause ein und ließ den Terrier in der Nachmittagssonne auf dem Gelände der alten Reitanlage toben. Dass hier schon große Reiter wie Hans-Günter Winkler in den 50er-Jahren gestartet waren, kannte er aus Erzählungen einiger pferdeverrückter Freunde.

*

»Da bist du ja«, sagte Lotte höflich-distanziert, als Astrid aus ihrem Sportwagen stieg. Ihr lief es kalt den Rücken herunter, als sie die Kusine genauer ansah. Eine ungesunde Sonnenstudiobräune hatte Spuren in ihrem Gesicht hinterlassen, die auch unter dem teuren Make-up nicht zu übersehen waren. Sie wirkt wie eine gepflegte alte Ledertasche, dachte Lotte und musste innerlich grinsen. Dabei war die Kusine einige Jahre jünger als sie. Schlank, eigentlich schon mager, sah sie aus; das Kostüm saß perfekt und passte so gar nicht in die ländliche Umgebung, genauso wenig wie der Strauß der weißen Lilien, den sie in der Hand hielt.

Beinahe geistesabwesend blickte Astrid die Kusine an.

»Nimm das hier weg«, stieß sie aus, als ein neugieriges Huhn sich bedächtig pickend näherte. »Das ist ja widerlich.«

Bevor aber Lotte die alte Henne vorsichtig verscheuchen wollte, hatte Astrid sie schon lauthals und mit ihrer Handtasche wedelnd in die Flucht geschlagen. Aufgackernd rannte das erschrockene Huhn in die Eiben- und Tollkirschenhecke vor dem Haus.

»Das musste jetzt aber nicht sein«, versuchte Lotte freundlich zu bleiben.

»Wo ist Oma?«, fragte Astrid ungehalten und stöckelte an Lotte vorbei ins Haus. »Ihh, das riecht ja hier nach Zwiebeln, wie schrecklich«, blaffte sie.

»Na, ihr streitet ja schon gleich in der ersten Minute«, versuchte die Großmutter zu schlichten.

»Wie du das hier aushältst«, murmelte Astrid zu Lotte gewandt und küsste die Großmutter zur Begrüßung auf beide Wangen.

In diesem Augenblick knatterte auf der schmalen Straße vor dem Haus ein altes Motorrad heran.

»Sieh mal, Oma, wie nett.« Lotte holte die Großmutter in den kleinen Vorgarten, den sie mit viel Lavendel von der Straße abzugrenzen versuchte.

Im Beiwagen der Maschine wehten die Ohren des roten Terriers im Fahrtwind. Thaddäus hielt das Gefährt vor der Feldsteinmauer an.

»Guten Tag«, grüßte er die beiden Frauen, nachdem er seinen Helm abgenommen hatte. »Das ist ja ein zauberhaftes Häuschen.« Er stieg vom Motorrad und befreite Vincent von seinem Brustgeschirr. Der verstand es als Signal zum Aussteigen, sprang über die kleine Beiwagentür und einer Katze nach, die hinter Kübeln von Engelstrompeten und einem Beet prächtig blühender Eisenhutpflanzen verschwand.

»Vincent, hierher!« Das Kommando ließ den Terrier sofort zurückkehren.

»Nehmen Sie bloß den Köter da weg«, ertönte eine Stimme von der Haustür. »Ach, Sie schon wieder«, sagte Thaddäus und übersah sie einfach. Er stellte sich Lotte und der alten Dame vor und bat darum, einige Fotos vom Haus und dem anheimelnden Garten machen zu dürfen.

»Selbstverständlich gerne«, antworteten die beiden Frauen fast wie aus einem Mund.

»Kennen Sie sich auch mit giftigen Gartenpflanzen aus?«, fragte Thaddäus neugierig.

»Natürlich«, antwortete Lotte, »einige finden Sie in unserem Garten,« und wies auf die kleinen sauber angelegten Blumen- und Kräuterbeete.

Thaddäus erklärte kurz sein Interesse daran, worauf Lotte ihn bat: »Wenn Sie länger in der Gegend sind, dann kommen Sie doch besser morgen wieder. Unser Gast ist grade eingetroffen. Meine Kusine Astrid Küppermann aus Düsseldorf.«

»Sehr gerne«, freute sich Thaddäus.

»Am späten Nachmittag ist das Licht sehr schön hier am Berg«, verabschiedete Lotte den freundlichen Fremden und fügte hinzu: »Und ein Abendessen bekommen Sie auch, wenn Sie Lust haben.«

»Ein sehr netter Mann und so ein gut erzogener Hund«, lobte die Großmutter.

»Ein ungehobelter Angeber«, fügte Astrid zähneknirschend hinzu. »Wir sollten uns einen Preis für die Überlassung der Location überlegen, wenn er hier Fotos machen will.«

Geldgierige Ziege, dachte Lotte, hielt aber um des Friedens Willen ihren Mund. Nur der kleine hässliche Gedanke von gestern Abend, der hielt in ihrem Kopf nicht still.

*

Etwa um die Zeit, als Thaddäus spät die laue Sommernacht mit Vincent genoss, schreckte Lotte in ihrem kleinen Schlafzimmer hoch. Ein leises Geräusch hatte sie geweckt. Was war das gewesen?

Mit klopfendem Herzen stand sie auf, vermied auf die beiden knarrenden Holzdielen vor ihrem Bett zu treten und zog sich einen leichten Pulli über ihr Schlafshirt. Vorsichtig öffnete sie die Schlafzimmertür.

Da war es wieder. Ein leises Quietschen unten im Haus ließ sie aufmerken.

Sie schlich auf den Flur. Im Gästezimmer nebenan war es dunkel. Einen Lichtschein hätte sie unter der alten Tür hindurch bemerkt.

Jetzt hörte sie es deutlich. Von unten aus dem Wohnzimmer der Großmutter drangen Geräusche von Schubladen, die auf und zu geschoben wurden. Lotte wurde es nun doch bange. Sie griff nach ihrer großen Taschenlampe auf der Anrichte neben der Tür und schlich vorsichtig bis zur Treppe.

Unten war alles dunkel. Aber da. Was war das? Der Lichtkegel einer Taschenlampe flammte kurz in ihre Richtung auf.

Ein Einbrecher? Hier? Lotte wusste, welche der Holzstufen unter ihrem Gewicht knarzen würden und überwand sie mit vorsichtigen Schritten. Sie erreichte den unteren Flur. Da, wieder flackerte der Lichtschein unter der Wohnzimmertür. Leise trat sie an die Tür und drückte vorsichtig die Klinke herunter. Sie hob ihre Taschenlampe wie eine Waffe vor ihren Körper und knipste sie an.

»Was machst du denn hier?«, kreischte ihre Kusine.

Lottes Herz klopfte jetzt bis zum Hals hinauf. Mit zitternder Hand schaffte sie es, den Lichtschalter zu finden. Sprachlos sah sie auf das Durcheinander auf Großmutters Sekretär. Astrid hielt ihr Smartphone in der Hand und war im Begriff, die Dokumente, in denen sie eben noch gewühlt hatte, abzufotografieren, während sie schnell einen Papierstapel beiseite schob.

»Bist du verrückt geworden?«, stieß Lotte mit gepresster Stimme aus. »Was fällt dir ein, in Omas Sachen herumzuspionieren?«

»Ich spioniere nicht, ich habe ein Anrecht darauf zu sehen, was hier vorgeht,« erklärte Astrid kalt. »Ihr redet ja nicht mit mir.«

»Großmutter wird sich furchtbar aufregen und das ist Gift für ihr Herz.« Lotte schrie beinahe. Gift, Gift, schoss es ihr durch den Kopf. Sie packte die Kusine kurzerhand und fest am Arm. »Um Omas Friedens willen vergesse ich diesen Vorfall. Du weißt, dass es nicht in Ordnung ist, in ihren Sachen zu wühlen. Ich werde ihr nichts davon sagen, weil es sie nur aufregen würde. Du bleibst noch bis morgen zum Abendessen, dann verabschiedest du dich und wirst dich hier so schnell nicht wieder blicken lassen.« Lotte versuchte sehr selbstbewusst zu klingen.

Der Kusine stand die Überraschung ins Gesicht geschrieben. So forsch war sie von Lotte noch nie angegangen worden. Sie widersprach nicht. Insgeheim war sie froh, wenn sie diesen lästigen Pflichtbesuch auf dem schrecklichen Land schnell beenden konnte.

Nachdem Lotte wieder zu Bett gegangen war, kochte ihre Wut erst richtig hoch. Sie hatte sich einen Kamillentee, gemischt mit Rosmarinnadeln, gekocht und versuchte sich zu beruhigen, fand aber keinen Schlaf. Im Grunde ihres Herzens verstand sie nun mit einem Mal, dass Menschen im Affekt morden können.

*

Thaddäus Just erwachte gleichzeitig von einem Sonnenstrahl, der ihn im Gesicht kitzelte, und vom ungeduldigen Knurren seines Hundes, der dringend nach draußen wollte und sich wunderte, warum sein Herrchen heute morgen so lange und regungslos in einem fremden Bett und in einem fremden Zimmer lag.

Thaddäus hatte sich nach der Begegnung mit den Frauen in Oberholsten im nahe gelegenen Westerhausen ein Zimmer in einem kleinen Hotel genommen, am Tresen der Gaststätte einige Gläser Bier getrunken, und war nach einem letzten Hundespaziergang erschöpft eingeschlafen.

»Zu viel Bier«, erklärte er dem Hund. Er duschte und spazierte noch vor dem Frühstück durch die Felder nahe bei der Hauptstraße.

Kurz darauf saß er im Hotel an einem liebevoll eingedeckten Tisch und genoss ein reichhaltiges Frühstück. Aus Gründen, die er sich selber noch nicht eingestehen wollte, freute er sich auf den Abend in dem verwunschenen kleinen Häuschen in Oberholsten. Die junge Frau war so erfrischend natürlich und ungekünstelt freundlich zu ihm gewesen. Bis dahin wollte er sich die Gegend ansehen und mit Gartenbesitzern ins Gespräch kommen.

Gleich nach dem Frühstück startete er das Motorrad für seine Erkundungsfahrt. Vincent im Beiwagen, die Kamera schussbereit in der Packtasche, fuhr er los.

Auf seine Fotoreise hatte er sich wie immer sorgfältig vorbereitet und war in Sachen Giftpflanzen beinahe schon ein Fachmann geworden. Auf der Fahrt schaute er sich in den Vorgärten um. Überall Kirschlorbeer, dachte er. Ob sich die Hausbesitzer gar keine Gedanken darüber machen, wie gefährlich der für Kinder werden konnte?

Er machte sich auf den Weg zurück nach Oldendorf und entschied sich an einem besonders schönen Garten zu halten, um einige Fotos zu machen. Er parkte sein

Motorrad. »Du bleibst hier«, ermahnte er den Hund, legte den Helm in den Beiwagen und klingelte an der Haustür.

»Entschuldigen Sie bitte die Störung«, grüßte er den Mann, der ihm öffnete. Er stellte sich vor und erklärte sein Anliegen.

»Oh ja, ich weiß, wie gefährlich Pflanzen oder ihre Früchte sein können«, erklärte der Hausherr. »Ich selbst habe versucht, solche Pflanzen in meinem Garten zu vermeiden.« Sie traten beide auf die schmalen Wege zwischen den gepflegten Blumenrabatten. »Schauen Sie hier, aber sogar der Buchsbaum ist giftig und der Farn ebenso«, erklärte der Mann. Thaddäus bat ihn, einige Fotos machen zu dürfen und suchte sich die richtigen Standorte in der Mittagssonne. Nach einer Tasse Kaffee, zu der ihn der freundliche Herr eingeladen hatte und ihm fröhlich plaudernd weiter über seine Gartenarbeit erzählte, verabschiedete sich Thaddäus, nachdem Vincent eine große Schüssel mit Wasser ausgeschlabbert hatte, die der nette Gartenbesitzer ihm zum Motorrad herausgebracht hatte.

»Ach übrigens«, hielt der Mann ihn noch einmal zurück, »in Oberholsten wohnt eine junge Frau, die Ihnen sicherlich viel mehr über giftige Pflanzen erzählen kann. Sie wird auch für Pilze immer wieder um Rat gefragt. Lotte Meiersberg heißt sie.«

Thaddäus wunderte sich kaum über diesen Zufall. »Die junge Frau kenne ich schon,« erklärte er, »bei ihr und ihrer Großmutter darf ich heute auch fotografieren, und sie hat mich zum Abendessen eingeladen.«

»Na, dann passen Sie mal schön auf, was sie Ihnen vorsetzt«, witzelte der Mann mit einem Augenzwinkern.

Thaddäus musste lachen, als er seine Maschine bestieg. Die kann doch keiner Fliege etwas zuleide tun, dachte er und freute sich immer mehr auf das Treffen.

*

Lotte war mit der Großmutter zum Einkaufen in Melle gewesen. Ihr fehlten nur noch einige Zutaten für das Abendessen. Ich hoffe, dem netten Fotografen wird es schmecken, dachte sie und verwandelte schon in Gedanken ihre Einkäufe in einen leckeren Salat als Vorspeise. Früh am Morgen hatte sie ein Kräuterbrot gebacken, das zur vorbereiteten Suppe sicher gut schmecken würde. Ihr bereitete es immer wieder großes Vergnügen, nur rasch in den Garten zu gehen, um zu ernten, was sie für den täglichen Bedarf benötigte.

Gleich nachdem sie heute früh aufgestanden war, als Astrid sich in ihrem Bett noch mal umdrehte und von der Großmutter auch noch nichts zu hören war, hatte Lotte den Sekretär im Wohnzimmer wieder aufgeräumt. Vorsichtshalber nahm sie die wichtigsten Papiere mit in ihr Schlafzimmer und versteckte sie hinter ihrem Kleiderschrank.

Wie armselig ist doch diese blöde Kuh, dachte sie. Den Sekretär der Großmutter verschloss sie sorgfältig und bewahrte den kleinen Schlüssel in ihrer Hosentasche auf.

»Bin ich froh, wenn Astrid wieder weg ist«, entfuhr es ihr, als die beiden Frauen nach ihrem Spaziergang wieder zu Hause waren.

»So schlimm ist es doch gar nicht«, entgegnete die Großmutter. Nein, schlimmer, dachte Lotte und versuchte sich nun auf das Abendessen und ihren Besuch zu konzentrieren.

Sie verstauten ihre Einkäufe in der Küche, als Lottes Idee langsam Gestalt annahm.

»Oma, wollen wir mal schauen, ob es schon Blaubeeren gibt? Die würden wunderbar zu meinem Salat passen.«

»Gerne, gleich hinter der Waldkante standen immer welche.«

Gesagt getan. Lautlos sprang ein Reh über den Weg. Die beiden Frauen sahen sich an und lächelten. »Wie lange habe ich so etwas vermisst«, flüsterte Lotte. Fast hatte sie ihre Wut über das Erlebnis der vergangenen Nacht vergessen. Aber nun fraß sich wieder Abscheu in ihr Herz. Sie will uns auseinanderbringen, sie will der Oma schaden, nur um sich zu bereichern, überlegte sie. Und mit klopfendem Herzen dachte sie an das Abendessen. Eine Lektion will ich ihr erteilen, die sie niemals vergessen wird, schwor sie sich.

»Schau mal, tatsächlich schon Blaubeeren«, rief die Großmutter, »und nun haben wir gar keinen Korb dabei.«

»Das macht nichts«, entgegnete Lotte. »Für den kurzen Weg tut es dieser Plastikbeutel auch.« Wie immer trug sie für solche Fälle einen in der Hosentasche. Eifrig sammelten die beiden Frauen die tiefblauen Beeren ein. »Oma, wir müssen später genau nachsehen, dass wir keine Zecken mit nach Hause bringen«, lachte Lotte. Sie wusste, dass die kleinen Blutsauger gefährlich sein könnten. »Ich möchte sowieso noch unter die Dusche, bevor ich schlafen gehe«, antwortete die Großmutter.

*

Thaddäus hatte seine gemütliche Motorradtour durch den Grönegau immer wieder unterbrochen, um die Besitzer von besonders schönen Gärten nach ihren Pflanzen zu befragen und Fotos zu machen.

Jetzt hatte er seine Maschine am Waldrand des Wiehengebirges abgestellt, um mit Vincent vor dem Besuch in Oberholsten einen ausgiebigen Spaziergang zu machen. Fröhlich sprang der rote Terrier über die Waldwege, schnupperte am Wegesrand und erkundete das Unterholz unter Buchen und Fichten.

Thaddäus dachte über sein neues Projekt nach. Interessant ist das mit den giftigen Pflanzen, dachte er. Ihm war eingefallen, dass ihn seine Mutter schon früher darauf aufmerksam gemacht hatte, niemals irgendetwas zu pflücken und zu essen, was er nicht kannte. Er wusste, dass sogar die grünen oberirdisch wachsenden Früchte der Kartoffel giftig waren. Seine Mutter hatte aus Holunderblüten und später auch aus den schwarzen Beeren leckeren Saft und Sirup hergestellt. Jetzt wusste er auf einmal wieder, dass auch die noch unreifen Früchte des Hausstrauches durchaus gefährlich sein konnten. Spannend ist das Landleben, dachte er und war froh, dass Vincent nur das fraß, was er ihm vorsetzte.

Zurück im Hotel schlenderte er an der Küche vorbei. Es roch nach Braten und frischen Kräutern. Er hatte ordentlichen Hunger. In seinem Zimmer fütterte er den Hund und zog sich um.

Dann setzte er wieder den Helm auf, schnallte Vincent im Beiwagen an und tuckerte langsam den Oldendorfer Berg hinauf. Die Sonne stand günstig, um stimmungsvolle Fotos machen zu können. Vincent verstand zwar nicht, warum sein Herrchen immer wieder anhielt und ihn nicht zum Toben aus dem Beiwagen ließ, aber er blieb gelassen auf seinem Platz sitzen.

Thaddäus hatte die Fahrt durch den nördlichen Grönegau bis hinein in das angrenzende Hasetal genossen. Er hatte sich die Wasserschlossanlage der Schelenburg 34 angesehen und sich darüber amüsiert, dass die beiden Kirchen in dem kleinen Luftkurort Schledehausen denselben Namen tragen: St. Laurentius 35.

*

»Möchtest du die Blaubeeren lieber als Nachtisch?«, fragte sie die Oma, nachdem sie ins Haus zurückgekehrt waren.

»Du wirst schon wissen, was du mit ihnen anstellen willst«, antwortete die alte Dame. »Ich bin gespannt, was dir einfällt.«

Lotte musste grinsen. Ein einfacher Blaubeernachtisch wäre ihr viel zu langweilig.

Sie inspizierte ihr Gemüsebeet und erntete Feldsalat. Tomaten und Gurken zog sie in dem kleinen Gewächshäuschen gleich neben dem Kräuterbeet. In ihren Weidenkorb sammelte sie Thymian, Rosmarin, Salbei und Basilikum, Petersilie und einige andere würzige Kräuter für die Suppe, die bereits auf dem Herd köchelte.

Die Großmutter hatte in der Küche schon alles bereit gestellt, was Lotte zum Vorbereiten der Mahlzeit brauchen würde. Lotte wusch den Salat und die anderen Gartenfrüchte sorgfältig. Währenddessen rauschte Astrid mit ihrem Sportflitzer heran.

»Wir haben dich schon vermisst«, freute sich die Großmutter.

»Ich war in Osnabrück und habe mir eine Handtasche gekauft«, strahlte Astrid.

»Wie schön«, sagte die Großmutter und »Wie viele brauchst du denn noch?«, fragte Lotte.

»Du weißt eben nicht, was Spaß macht«, höhnte Astrid.

Die Wut, die Lotte im Laufe des Tages fast vergessen hatte, regte sich wieder.

»Hilf doch bitte der Oma beim Duschen«, versuchte sie es freundlich. »Wir waren im Wald und haben Blaubeeren gesammelt. Ich möchte nicht, dass Oma vielleicht einen Zeckenbiss hat.«

»Ich soll die Oma duschen? Wie bist du denn drauf?« Astrid wandte sich ab.

»Das kann sie nicht mehr allein, und ich möchte das Abendessen machen.«

»Sieh zu, wie du fertig wirst, ich kann und will das nicht«, setzte Astrid nach. »Wie eklig.«

»Großmutter, ich helfe dir später nach dem Abendessen im Bad.« Lotte versuchte, ganz ruhig zu bleiben und sagte zu Astrid gewandt, die noch immer in der Terrassentür stand: »Sei doch ausnahmsweise so nett und pflück mir noch ein paar von den dunklen Beeren dort vorne. Du kannst den Strauch gar nicht verfehlen.«

»Wenn's unbedingt sein muss«, nölte Astrid.

Jetzt hab ich's entschieden, und niemand wird es merken, dachte Lotte. Sie wunderte sich, dass sie so ruhig war. Seelenruhig stand sie am Fenster und beobachtete Astrid, die von den glänzenden schwarzen Früchten eine Handvoll pflückte.

*

Das Motorrad hielt vor dem idyllischen Kräutergarten. Thaddäus befreite den Hund aus dem Geschirr, packte seine Kamera aus der Tasche und grüßte Lotte, die eben auf der Terrasse den Abendbrottisch fertig gedeckt hatte.

»Ich freue mich, Sie zu sehen, schauen Sie sich schon mal um, bald gibt es Abendessen.«

Während der Hund die nahe Waldkante erkundete, nutzte Thaddäus die schon schräg stehende Sonne, um Haus und Garten zu fotografieren. Später trat er in die Küche, in der Lotte mit den letzten Vorbereitungen für das Abendessen beschäftigt war.

Die beiden unterhielten sich einen Moment, und Thaddäus sah dabei zu, wie Lotte den Salat in einer großen Keramikschüssel mischte.

»Sie kennen sich wohl mit Kräutern gut aus?«

»Ja, das kann man so sagen. Ich habe viel von meiner Oma gelernt und auch Kurse der Uni besucht. Jetzt bin ich so etwas wie die Kräuter- und Pilzexpertin. Manchmal kommen sogar Schulklassen hier herauf, denen ich meinen Kräutergarten erkläre.«

Thaddäus bewunderte die dekorativen Glasflaschen mit den Kräuterzweigen in gelbem Öl oder rotem Essig.

»Stellen Sie die auch selber her?«

»Ha, sie ist ja so was wie unsere Kräuterhexe«, tönte Astrids Stimme von der Tür her. »Da muss man schon aufpassen, was man zu essen bekommt.«

»Pass du nur auf«, sagte Lotte tonlos und begann, die Blaubeeren auf den Salat zu streuen.

»Ja«, antwortete sie dann zu Thaddäus gewandt, »ich kaufe gutes Öl und hin und wieder besonderen Essig und gebe ihnen mit meinen Kräutern eine besondere Note. Öffnen Sie doch bitte schon die Weinflasche. Sie steht dort im Kühlschrank, ich bringe die Suppe sofort.«

»Musst du wirklich jedem, sogar unserem Gast, Arbeit

aufzwingen?«, nörgelte Astrid, die eben wieder die Küche betreten hatte.

»Arbeit ist das nun wirklich nicht«, versuchte Thaddäus einzulenken und dachte, wie reizend Lotte doch sei und wie nervig ihre Kusine.

Lotte verteilte den Salat auf kleine Schüsseln. Astrid hatte sie ein besonders hübsches Schüsselchen angerichtet und reichte es ihr. »Hier, bitte, du kannst gerne schon mal anfangen«, sagte sie über die Schulter und rührte im Topf. »Die Beeren hast du dir vorhin selber gepflückt. Guten Appetit.«

Astrid war froh, nicht weiter von Lotte mit Arbeit behelligt zu werden und setzte sich zur Großmutter an den Tisch auf die Terrasse.

Thaddäus hatte die Weinflasche entkorkt und goss der alten Dame ein wenig in ihr Glas.

»Mir dürfen Sie gerne mehr einschenken«, sagte Astrid, ohne Thaddäus eines Blickes zu würdigen, und schob sich eine Gabel voll Salat in den Mund.

Thaddäus schlenderte noch einmal zurück in die Küche und fragte Lotte noch ein wenig über ihren Kräutergarten aus.

»Ich versuche immer wieder, auch die alten und schon fast vergessenen Kräuter anzubauen«, erzählte sie. Sie nahm die große Suppenkelle vom Haken über dem Herd und begann, die Suppe in eine Terrine zu füllen.

»Die duftet ja herrlich«, sagte Thaddäus, »kann ich noch etwas helfen?«

»Das schafft Lotte schon allein, schließlich hat sie Sie ja eingeladen«, bemerkte Astrid. Sie hatte inzwischen ihren Salat aufgegessen.

»Kommen Sie«, bat Lotte Thaddäus ebenfalls an den Tisch. Sie verteilte die Suppe auf die Teller, setzte sich dann und reichte das frische Kräuterbrot in die Runde. »Guten Appetit.«

Astrid füllte ihr Weinglas ein zweites Mal auf und trank es in schnellen Schlucken leer.

»Astrid, sei vorsichtig«, mahnte Lotte, »du willst doch noch fahren.«

»Ja, ja, danke für den mütterlichen Gedanken. Ich weiß schon, was ich tue.«

»Die Suppe ist köstlich, wie immer«, lobte die Großmutter das Abendessen und kostete auch den Salat.

Astrid schien sich verschluckt zu haben und schnappte nach Luft.

»Sie sind ja ganz blass«, sagte Thaddäus. »Ist Ihnen nicht gut?«

»Hab den Wein wohl zu hastig getrunken«, sagte Astrid und hustete wieder. »Ich glaube, ich lege mich einen Augenblick hin. Die Suppe finde ich sowieso nicht so toll.« Ihr vernichtender Blick auf Lotte blieb Thaddäus nicht verborgen. Sie stand auf und verschwand im Haus.

»Es tut mir leid, junger Mann«, versuchte die Großmutter zu erklären, »ich verstehe nicht, warum Astrid immer wieder Streit anfangen muss. Mich belastet das sehr.«

»Vergesst sie doch einfach und lasst euch die Suppe schmecken«, sagte Lotte und begann mit Appetit zu essen.

Vincent hatte inzwischen alle Maulwurfshaufen im Garten inspiziert und nun bemerkt, dass da für ihn vielleicht ein leckeres Häppchen vom Tisch fallen könnte. Er trabte heran und legte sich zu Lottes Füßen.

»Ein freundlicher Hund ist das«, sagte sie, streichelte seinen Kopf und begann wieder, mit Thaddäus über die Pflanzen in ihrem Garten zu fachsimpeln. Thaddäus genoss die Ruhe am Tisch, seitdem Astrid gegangen war.

»Es ist doch erstaunlich, wie viele giftige Pflanzen sich in den Gärten finden«, sagte er. »Die Leute machen sich wohl gar keine Gedanken darüber, dass Kinder gerne die farbenfrohen Früchte von Sträuchern essen.«

»Das kann wirklich sehr gefährlich werden«, gab Lotte ihm recht.

»Wächst bei Ihnen eigentlich auch die Tollkirsche?«, wollte Thaddäus wissen.

»Nein«, antwortete Lotte schnell, »die ist wirklich sehr gefährlich.«

»Darf ich bitte noch ein paar Fotos machen?«, fragte Thaddäus, nachdem er mit einem Stück Brot den Rest der Suppe von seinem Teller aufgetunkt hatte.

»Selbstverständlich gerne.« Lotte begann den Tisch abzuräumen.

»Wenn Sie mich brauchen, dann sagen Sie gerne Bescheid.«

Als sie ins Haus zurückkehrte, hörte sie von Astrid nichts mehr.

Die Großmutter stand auf. »Ich bin mal schnell im Bad«, sagte sie zu Lotte. Kurze Zeit später kam sie aufgeregt wieder in die Küche. »Ich glaube, mit Astrid stimmt etwas nicht.«

»Was soll denn mit ihr nicht stimmen?«, fragte Lotte.

Die Großmutter stand in der Tür zum Badezimmer und zeigte auf die am Boden liegende Astrid. »Schau doch mal selbst«, sagte die Großmutter. »Sie liegt da und rührt sich nicht.«

Thaddäus befestigte im Garten gerade seine Kamera auf dem Stativ, als er den Schrei hörte. Er rannte ins Haus. »Lotte, wo sind Sie?«

»Hier im Bad, ich glaube, Astrid ist tot.«

Thaddäus eilte zu den beiden Frauen, die mit schreckgeweiteten Augen auf Astrid hinunterschauten. Sie lag zusammengekrümmt auf den Fliesen, der Mund war weit aufgerissen, die Augen starrten leer an die Wand.

»Ich rufe den Notarzt.« Thaddäus holte sein Handy aus der Jeansweste.

»Das ist wohl schon zu spät«, sagte Lotte und setzte einen bedauernden Blick auf. »Sie atmet nicht mehr, und Puls fühle ich auch nicht.«

Thaddäus hatte inzwischen die Notfallnummer getippt und fragte Lotte nach der genauen Adresse. Dann sah er sich die leblose Frau auf dem Badezimmerboden an.

»Ich bin als Motorradfahrer ganz gut in erster Hilfe«, sagte Thaddäus fachmännisch. »Aber hier ist wohl nichts mehr zu machen.«

»Was ist denn, was ist denn mit Astrid?« Die Großmutter schnappte nach Luft.

»Oma, ganz ruhig.« Lotte fühlte ihr ebenfalls den Puls. »Dein Blutdruck, komm leg dich ein bisschen auf die Couch.«

Nach zehn Minuten standen Notarzt und Rettungssanitäter im Bad der Großmutter. Auch sie untersuchten die junge Frau, die so still auf dem Boden lag. »Was ist hier passiert?«, fragten sie.

»Meiner Kusine war nicht gut, sie wollte sich hinlegen«, erklärte Lotte. Sie wunderte sich selbst, wie ruhig sie geblieben war. Es muss mir doch jeder ansehen, wie sehr meine Knie zittern.

»Sie ist tot«, sagte der Notarzt. »Wir können nichts mehr tun.«

»Wie schrecklich.« Oma war wieder aufgestanden.

»Ja, in der Tat«, fand auch Thaddäus und legte einen

langen Blick auf die reizende Lotte. Er entschied sich doch lieber, nur die Fotos zu schießen und den anderen Gedanken, den die lebenslustige Frau in ihm ausgelöst hatte, zu verwerfen. Das Landleben schien ihm doch zu gefährlich.

26 **Der Grönegau**: Gemarkungsbezeichnung für den früheren sächsischen Gau, der die Fläche der Stadt Melle in Niedersachsen mit ihren Ortsteilen einnimmt. Er liegt zwischen Bielefeld und Osnabrück, dem Wiehengebirge und dem Teutoburger Wald.

27 **Sternwarte Oldendorf**: in 49324 Oldendorf der Beschilderung Sternwarte folgen. Auf dem Oldendorfer Berg betreibt eine Arbeitsgemeinschaft im Naturwissenschaftlichen Verein Osnabrück eine Sternwarte mit einem Spiegeldurchmesser von 60 cm. Der Verein bietet regelmäßig Führungen an. Diese Sternwarte ist auch das Ende des Planetenweges, der im Grönenberg Park in Melle beginnt.
www.naturwissenschaftlicher-verein-os.de

28 **Expo-Sternwarte Oberholsten**: Rattinghauser Weg (neben Hausnr. 6) in 49324 Melle-Oldendorf, nur wenige Hundert Meter von der alten Sternwarte entfernt, wurde anlässlich der Expo 2000 eine zweite Sternwarte errichtet. Der Durchmesser des Newton-Teleskops beträgt 1.20 Meter mit einer Brennweite von 4.40 Meter und ist damit das größte Newton-Teleskop, das auch für öffentliche Beobachtungen genutzt wird.
www.sternwarte-melle.de

29 **Kirchhofsburg Buer**: Die 1855 fertiggestellte Kirche mit dem bleistiftförmigen Turm ist der Mittelpunkt der Kirchenburg des Meller Ortsteils Buer mit

schönen alten Fachwerkfassaden. Der Platz wird alle zwei Jahre für die örtliche Wirtschaftsschau »Buer Markt« genutzt. Jährlich findet hier zum Muttertag ein Kunsthandwerkermarkt, Anfang Dezember der Nikolausmarkt und donnerstags der Wochenmarkt statt.
www.melle.info

30 **Gut Ostenwalde:** Osnabrücker Straße 75, 49324 Oldendorf. Der Bau dieser dreiflügeligen Niederungsburg stammt aus dem 17. Jahrhundert und wurde 1945 vom britischen Oberkommandant Feldmarschall Montgomery bewohnt, über den der Heimatdichter Wilhelm Fredemann Anekdoten festgehalten hat. Zur Straßenseite bildet die Orangerie den Abschluss der Gutsanlage, die sich in Privatbesitz befindet. Zum Gut gehört eine restaurierte und funktionstüchtige Ölmühle von 1681 und die Diedrichsburg in den Meller Bergen.
www.gut-ostenwalde.de

31 **Diedrichsburg:** Holzhausener Straße 17, 49328 Melle. Erbaut 1844-1860, erreichbar zu Fuß durch einen Wildschweinpark, in dem die Tiere in ihrer natürlichen Umgebung zu beobachten sind. Vom 26 Meter hohen Turm hat man einen schönen Blick bis zum Teutoburger Wald in südlicher Richtung und auf der anderen Seite bis nach Osnabrück. Die Burg steht für Gastronomiebesucher und Feierlichkeiten zur Verfügung.
www.diedrichsburg.de

32 **Marienkirche Oldendorf:** Die einschiffige kleine Kirche wurde Anfang des 12. Jahrhunderts fertiggestellt. Der dreiflügelige geschnitzte Altar zeigt die Leidensgeschichte Christi. Die Kirche ist von der Hauptstraße, die durch den Ort führt, zu sehen. Eine Informationstafel auf dem Kirchplatz gibt Auskunft darüber, wo der Kirchenschlüssel zu erhalten ist.
www.mariengemeinde-oldendorf.de

33 **Reiterwaldstadion:** Lage an der Straße zwischen Oldendorf und Bad Essen. Schon die Anfahrt über die Serpentinenstrecke lohnt einen Ausflug dorthin. Das Stadion ist mit verschiedenen festen Geländehindernissen ausgestattet. Auch Parcourspringturniere werden hier ausgetragen. Spazierwege rund um das Stadion führen durch den für die Gegend typischen Mischwald.
www.rufv-oldendorf.de

34 **Schelenburg:** Burgweg 1, 49143 Bissendorf/Schledehausen. Die Wasserburg gehört zu den ältesten Burganlagen im Osnabrücker Land und stammt wahrscheinlich aus dem 11. Jahrhundert. Nach Brandzerstörungen von Wohn- und Wirtschaftsgebäuden wurden diese im Stil der Renaissance aus Bruchsandstein wieder erbaut.
www.schelenburg.de

35 **St. Laurentius und St. Laurentius in Schledehausen:** Im Zentrum des idyllisch gelegenen Schledehausen liegen zwei Kirchen gleichen Namens nur wenige Meter voneinander entfernt. Während die katholi-

sche St. Laurentius-Kirche in ihrer schlichten neoromanischen Bauweise eher protestantisch wirkt, macht die evangelische St. Laurentius-Kirche mit ihrer prächtigen Ausstattung einen beinahe katholischen Eindruck. Im 13. Jahrhundert wurde eine Schledehausener Kirche zum ersten Mal erwähnt, zu der Zeit katholisch. Großer Einfluss eines der Burgherren der Schelenburg ließ einen großen Teil der Einwohner zum evangelischen Glauben übertreten, die Kirche blieb aber katholisch. Im 19. Jahrhundert kauften die Protestanten den Katholiken die Rechte an der älteren Kirche ab. Daraufhin wurde 1898 in ihrer unmittelbaren Nähe eine neue, kleinere Kirche gebaut.
www.bissendorf.de

DAS SKELETT IM MOOR

VON ULRIKE KRONECK

Wäre die alte Katze von Heidemarie Brautkemper nicht in dieser Nacht gestorben, dann wäre es wahrscheinlich nie ans Tageslicht gekommen. So aber nahm Heidemarie ihren großen rot-weißen Kater, legte ihn in einen großen Schuhkarton, den sie noch vom letzten Winter hatte, als sie sich die derben braunen Stiefel hatte schicken lassen. Sie legte ein paar Akeleien zwischen den Bauch und die angewinkelten Pfoten und drückte den Deckel auf den Karton.

Heidemarie wohnte in einem Reihenhaus irgendwo in einer Siedlung in Bramsche. Natürlich hätte sie Minkus in ihrem schmalen Garten beerdigen können. Aber sie fürchtete, dass die Nachbarn sie beobachten könnten, und außerdem wollte sie ihrem alten Kater ein Grab in der freien Natur geben. So entschied sie sich, Minkus dort zu begraben, wo sie sich selbst wohlfühlte – im Vennermoor 36. Sie nahm den Karton, legte ihn vorsichtig in den Fußraum ihres Autos und in 20 Minuten hatte sie den Parkplatz erreicht, an dem sie immer parkte, wenn sie im Moor spazieren gehen wollte. Normalerweise folgte sie hier dem Venner Moorgraben zu den Abzweigungen, die ins renaturierte Moor führten. In dieser Nacht aber ging sie, unter einem Arm den Karton, in der anderen Hand einen Damenspaten, nur ein kurzes Stück über den Weg bis zu einer mit niedrigen Bäumen bewachsene Fläche an der rechten Seite. Der Mond schien hell genug, sodass sie die Taschenlampe, die sie sicherheitshalber mitgenommen hatte, nicht gebrauchen musste.

Der Boden war weich, und sie kam gut voran, maß mit dem Stil die Tiefe des Grabes und entschied sich bei knapp einem Meter, dass es nun tief genug sei. Weiter hätte sie ohnehin nicht graben können. Denn ihr Spaten stieß auf etwas Hartes. Wahrscheinlich altes Holz, vermutete Heidemarie und warf ein Stück einer braunweißen, mit Erde verklebten Wurzel, die sie am Boden des Lochs gelockert hatte, mit einem Schwung auf den Erdhaufen. Nachdem sie Minkus in seinem Karton beerdigt und das Grab mit dem Aushub bedeckt hatte, blieb sie noch eine Minute stehen und sah zum Mond. Sie hätte gern irgendetwas aufgestellt, damit sie die Stelle wiederfinden konnte. Aber sie wollte keine unnötige Aufmerksamkeit auf Minkus' letzte Ruhestätte lenken, und so versuchte sie die Stelle mit alten Blättern und Zweigen zu bedecken. Für das ungeübte Auge war selbst im hellen Mondschein kaum noch etwas vom Katzengrab zu erkennen. Heidemarie war traurig, als sie den Weg zurückging, aber hier hatte er jetzt einen sicheren Platz gefunden für seinen Weg in den Katzenhimmel.

*

Wirklich sicher war vor Brutus gar nichts. Vor allen Dingen keine Dinge, die richtig eklig rochen. Brutus wälzte sich nicht nur mit Vorliebe in Schafskot oder fraß Wühlmäuse. Er grub auch mit Leidenschaft tiefe Löcher, um entweder frische Knochen zu vergraben, oder irgendwelche alten Knochen wieder auszugraben.

Deshalb war das erste Ziel, das Brutus ansteuerte, nachdem Herr und Frau Klekamp mit ihm den Moorweg betreten und ihn von der Leine befreit hatten, das Grab vom Kater Minkus.

Herr und Frau Klekamp riefen abwechselnd mit lauter Stimme, dass Brutus sofort, aber sooooofort kommen solle. Aber Brutus war es gewohnt, dass die beiden nach ihm riefen, und machte sich nichts draus. Er steckte mit seinem kräftigen Körper und den Vorderläufen schon fast so tief im Loch wie Heidemarie gestern Abend, als er am Halsband gepackt wurde.

»Brutus, du alte Wühlmaus«, sagte Herr Klekamp mit freundlich brummelndem Ton und zog Brutus aus dem Dreck. Der hatte die beiden überhaupt nicht mehr gehört und fand es unglaublich, dass sie ihn jetzt von dem Loch wegzogen, und so stemmte er sich mit aller Kraft dagegen. Er hatte nur ein Ziel: noch tiefer graben.

»Ach, Bruti, was hast du denn da wieder gefunden«, staunte Frau Klekamp und nahm mit zwei Fingern die alte Wurzel, die Heidemarie gestern wieder auf den Karton von Minkus geworfen hatte. »Ist das aber ein schöner Knochen!«

»Zeig mal her«, wollte jetzt Herr Klekamp sehen, aber Brutus zerrte. Er war nicht interessiert an dem großen Knochen, der nicht roch, seine Nase sagte ihm, dass da noch etwas Besseres sei.

»Das ist wahrscheinlich ein alter Oberschenkelknochen von einem Reh«, vermutete Frau Klekamp.

»Nein, das ist ein vollständig erhaltener Humerus«, stellte Herr Klekamp fest. Denn Herr Klekamp war Allgemeinmediziner und kannte das menschliche Skelett noch aus dem Studium. »Schau hier, das Caput humeri, perfekt, und die Tuberositas deltoidea (rauher Knöcherhöcker des Deltamuskels).«

Frau Klekamp guckte befremdet. »Was willst du damit sagen, Hans?«

Dr. Hans Klekamp fuhr mit dem Finger über eine kleine Grube am anderen Ende des Knochens: »Ich denke, dass es sich um einen menschlichen Knochen handelt.«

Frau Klekamp stöhnte auf. Sie wollte eigentlich in Ruhe eine Woche Urlaub machen und nichts weiter tun, als Wanderungen durchs Moor zu unternehmen, ihrem Hund hinterherzulaufen und ihren Mann ab und an zu kleineren kulturellen Unternehmungen zu nötigen.

Natürlich hatte Dr. Hans Klekamp recht mit seiner Annahme, es handele sich um einen menschlichen Oberarmknochen, auch wenn die örtliche Polizei zuerst auf seinen Anruf skeptisch reagierte. Der anwesende Beamte wollte ihn tatsächlich mit dem zuständigen Forstwirt verbinden, da er annahm, dass irgendwelche Leute aus dem Ruhrgebiet ohnehin keine Ahnung haben, was die Identifikation von Knochen angehe. Doch Klekamp insistierte und so stand er noch einige Stunden später in einiger Entfernung und beobachtete mit nicht unerheblichem Stolz die Bergung eines vollständigen menschlichen Skeletts.

Die Kiste mit dem toten Kater sorgte nur vorübergehend für Verwirrung. Trotzdem hatte der zuständige Beamte Martin Kruse vom Polizeikommissariat Bramsche den Kater sicherheitshalber abtransportieren lassen, um die Todesursache feststellen zu lassen. Immerhin konnte er nicht völlig ausschließen, dass hier derselbe Täter erst einen ungeliebten Zeitgenossen, und einige Jahre später seinen Kater entsorgt habe.

Am frühen Nachmittag war das Skelett komplett. 209 Knochen lagen säuberlich an Ort und Stelle positioniert auf einer grauen Plane. Dr. Klekamp hatte sich im Laufe der Ausgrabung immer näher herangerobbt und stand geflissentlich mit seinen Kenntnissen zur Verfügung.

Er half Knochen für Knochen auf der Folie an den rechten Ort zu legen und er freute sich, dass er sie – obwohl seine Studienzeit fast 30 Jahre zurücklag – noch immer alle bei ihren lateinischen Namen nennen konnte. Frau Klekamp hatte gegen Mittag genug, vor allem, da sie als Musiklehrerin nichts Kompetentes zur Sache beitragen konnte. Außerdem zerrte Brutus an seiner Leine, weil er zu gerne mitgegraben hätte.

»Gut, Hans, wenn es dir denn Freude macht, dann bleib«, sagte sie zu ihm, als spräche sie zu ihrem ältesten Sohn, der mittlerweile auch schon aus dem Haus war. »Dann gehe ich heute Nachmittag allein zur Führung ins Tuchmacher-Museum 37 Bramsche. Den Hund würde sie in der Pension lassen.

»Ja, ja, meine Liebe«, sagte Herr Dr. Klekamp recht desinteressiert zu ihr über die Schulter, denn er stand kurz vor der Vollendung seines Puzzles. Frau Klekamp zog die Schultern hoch, seufzte und zog mit Brutus ab.

»Sind das wirklich alle?«, fragte Klekamp den Beamten in der Grube. Aber so sehr die Männer auch weitersuchten und die Erde durchsiebten: Es blieb bei 209 Knochen. Gegen sieben Uhr beendeten sie ihre Grabung.

»Ja, der Phalanx proximalis, medialis und distalis digitus IV dexter fehlt.« Dr. Klekamp nickte gewichtig.

»Wie bitte?«, fragte der rundliche Polizeikommissar Kruse, der die Arbeiten beaufsichtigte.

»Der Ringfinger der rechten Hand«, übersetzte Dr. Klekamp. Er beugte sich nach unten und zeigte auf die säuberliche Knochenlinie, in der er sämtliche Mittelhandknochen zusammengelegt hatte. »Für dieses Os metacarpalis fehlt mir der Finger.« Klekamp schaute nachdenklich auf seinen kleinen Knochen, sagte aber nichts.

Kommissar Kruse beugte sich bedächtig nach unten und nahm den Schädel in die Hand. »Was halten Sie von diesem Sprung, Herr Kollege?«, fragte Kruse und verlieh Dr. Klekamp nun die endgültigen polizeilichen Weihen.

»Mitten durch das Os occipitale« stellte er sinnend fest. »Hinterhauptsbein«, übersetzte er seinem neuen Freund. »Diese Verletzung war mit Sicherheit tödlich.«

Es war schon Abend geworden, und die Sonne ging blutrot über dem Moor unter, als die beiden Männer nebeneinander stehend zuschauten, wie die Knochen in einer Kiste abtransportiert wurden.

»Kommen Sie doch mit ins Kommissariat«, bat Polizeikommissar Kruse Dr. Klekamp. Er gehöre ja schon fast mit zum Team.

»Wie gern ich das auch täte«, bedauerte Dr. Klekamp und man sah ihm an, dass er das nicht aus Höflichkeit sagte. »Aber meine Gattin wartet. Wir wollen heute Abend zum Venner Folkfrühling 38. Sie liebt Folkmusik, und wenn ich heute Abend nicht mitkomme, dann … Sie verstehen?«

Polizeikommissar Kruse verstand ihn nur zu gut. Auch er hatte eine Frau, die er häufiger ins Kino nach Osnabrück begleiten musste, »weil wir doch mal was zusammen machen müssen«. Er schlief meist schnell ein und wurde von seiner Frau immer wieder angestubbst, bis sie es letztlich aufgab. Anders als er konnte Dr. Klekamp beim Folkfestival wahrscheinlich nicht schlafen. Kommissar Kruse bedauerte ihn ein wenig.

*

Irmela Hagekötter, Hauptkommissarin a.D., erhielt den Anruf zu einem ausgesprochen ungünstigsten Augenblick: Sie hangelte sich gerade durch ein Netz aus Tauen, gesichert an Haken und Seil, um in nicht unerheblicher Höhe von einer Buche zur anderen zu gelangen.

Sie konnte es nicht lassen, mit einer Hand in ihre Hosentasche zu greifen, um zu sehen, wer anrief. Obwohl sie seit Kurzem im Ruhestand war, hatte sie sich nicht angewöhnen können, ohne Handy loszugehen. So war sie immer noch und zu jeder Zeit zu erreichen. Es verblüffte sie, dass Martin Kruse, ein ehemaliger Kollege, sie sprechen wollte.

»Hey, Irmela«, rief Kurt hinter ihr. »Handy weg!« Das war einer aus der Gruppe, mit der sie sich zum Training im Kletterwald Nettetal [39] angemeldet hatte. Sie wollte für sich persönlich testen, ob das eine gute Art der Freizeitbeschäftigung für sie war. Außerdem hatte sie vor, demnächst einmal den gesamten Hermannsweg [40] zu wandern, und wollte in der Gruppe ein wenig Kondition aufbauen.

»Schon gut, Kurt«, sagte sie und drückte Kommissar Kruse weg.

»Ist das dein neuer Freund?«, fragte Kurt, als er einige Minuten später auf festem Boden neben ihr stand und sie dabei beobachtete, wie sie telefonieren wollte.

»Ja, einer meiner zahlreichen Liebhaber«, sagte Irmela und wandte Kurt den Rücken zu. Sie war schlank und durchtrainiert und wirkte mit ihrem graumelierten Kurzhaarschnitt jünger.

»Hallo Martin, das ist ja eine Überraschung.« Sie freute sich, dass der alte Kollege sie anrief, nicht nur weil sie den gutmütigen Kruse sympathisch fand, sondern weil sie vermutete, es handele sich um irgendeinen Fall, bei dem er sie um Hilfe bat.

Sie hatte recht. Martin Kruse hatte am gestrigen Abend, nachdem das gesamte Aufgebot mit der Knochenkiste das

Moor verlassen hatte, allein auf der Terrasse gesessen und bei drei Flaschen Herforder Pils über das Skelett mit dem beschädigten Schädel nachgedacht. Jedoch fand er in seiner langen Dienstzeit nichts Vergleichbares, es gab keinen Anknüpfungspunkt. Aber das musste nichts heißen, dachte Kruse, denn er war erst vor 18 Jahren nach Bramsche versetzt worden. Der Liebe wegen hatte er sich von Emden dorthin beworben. Sein Emden fehlte ihm immer noch – und Lisbeth war ihm schnell abhanden gekommen. Sie hatte ihn drei Jahre, nachdem er zu ihr gezogen war, verlassen. Aber da hatte er sich im Kommissariat schon eingelebt. In drei Jahren – nach seiner Pensionierung mit 63 – wollte er mit seiner zweiten Frau wieder nach Emden zurückgehen.

»Irmela, du warst doch über 30 Jahre bei der Osnabrücker Polizeiinspektion …«

»35 Jahre«, unterbrach Irmela Hagekötter, die mit 26 in Osnabrück angefangen hatte und mit 61 in den Ruhestand gehen konnte – als hochrangige Kommissarin wegen besonders belastender Tätigkeit. Obwohl sie gern länger gearbeitet hätte.

»So alt kannst du gar nicht sein«, grunzte Kruse, der gern etwas mehr mit Irmela zu tun gehabt hätte als nur gemeinsam Kriminalfälle zu lösen.

Irmela überhörte sein Kompliment und wartete.

»Wir haben gestern ein Skelett am Rande des Moors gefunden.« Und während Kommissar Kruse berichtete und Irmela zuhörte, blätterte sich ihr der gesamte Erinnerungsbogen auf.

»Ja, wir hatten vor 25 Jahren den unaufgeklärten Fall einer verschwundenen Ehefrau. Der Gatte, den sie hatte, behauptete, sie sei verschwunden und er mache sich Sorgen, weil sie schwermütig gewesen sei. Das Krankheitsbild Depression war damals noch nicht so verbreitet. Wie dem auch sei: Sie blieb wie vom Erdboden verschluckt, keine Leiche, keine Beweise. Der Mann ist aber aus der Gegend weggezogen, soweit ich weiß.«

Irmela konnte sich noch gut an Günther Strofflinger erinnern. Er war Vertreter für Staubsauger gewesen und hatte den gewissen Charme, dem sich einige Frauen nicht hatten verschließen können. Sie hatte ihm misstraut, aber es war ihr damals nicht gelungen, ihm auch nur irgendeine Ungereimtheit nachzuweisen.

»Martin, du solltest testen, ob es Frau Strofflinger sein könnte. Habt ihr irgendwelche anderen Anhaltspunkte?«

Martin Kruse bedauerte, dass sie außer dem Hinweis auf eine Kopfverletzung und den fehlenden Ringfinger im Grund nichts hatten.

»Fehlender Ringfinger?«, sinnierte Irmela. Irgendetwas meldete sich in ihrem Hinterkopf, aber sie konnte es nicht fassen. »Ringfinger.« Vor sich sah sie dickliche Wurstfinger mit kräftigen Goldringen und gefassten Steinen – und pinkfarbene Nägel. Sie versuchte sich weiter auf das Bild zu konzentrieren, aber es entschwand wieder.

»Irmela, bist du noch da?«, fragte Kruse in ihre Gedanken hinein.

»Ja, irgendetwas hat mich angepiekt, Martin.« Die Polizeiinspektion Osnabrück würde die Sache ja bearbeiten. Er solle sich für die für diesen Fall eingerichtete Mordkommission melden und sich die Akten aus Osnabrück beschaffen. Wahrscheinlich sei ja die DNA-Analyse des Skeletts bereits in Auftrag gegeben. Sie sei sicher, dass sie damals, als die Vermisstenmeldung von der Schwester der Verschwundenen, Karola Schuster, eingegangen war,

Dinge mitgenommen hätten, die ihrer Ansicht nach Vergleichsmaterial beinhalten könnten.

»Dann habe ich also bald das Vergnügen dich bei uns zu sehen?«, fragte Martin Kruse.

»Durchaus möglich. Aber krieg doch mal raus, wo Günther Strofflinger mittlerweile abgeblieben ist. Vielleicht besuche ich ihn mal.«

Es ließ Irmela keine Ruhe. An diesem Abend recherchierte sie in sämtlichen Online-Verzeichnissen nach Strofflinger. Der Name war so ungewöhnlich, dass sie davon ausging, es könne nicht mehrere Personen dieses Namens geben. Möglicherweise hatte er ja untersagt, dass sein Name in Telefonbücher aufgenommen wird. Allerdings war er ihrer Erinnerung nach mittlerweile knapp 70 Jahre alt. Es war für ihn also als Rentner nicht mehr notwendig, im Telefonbuch verzeichnet zu sein, oder er lebte gar nicht mehr. »Wer ist nicht bereits ›alle‹ gestorben in diesem Alter«, sagte Irmela Hagekötter laut zu sich selbst und freute sich an ihrer Osnabrücker Formulierung.

Sie musste sich gedulden, bis Martin Kruse sie morgen informieren würde, ob und wo Günther Strofflinger in Deutschland gemeldet war. An diese Informationen konnte sie nicht so einfach gelangen. So ging sie wohl oder übel zu Bett, um am Morgen, sobald Kruse auf seiner Dienststelle eintreffen würde, mit ihm zu sprechen.

Aber wie es manchmal so ist, die Gedanken spielen weiter und während der Körper glaubt, er schlafe, ist der Geist unterwegs und auf Reisen in die Erinnerung. Ebba, ihre Nichte die sich spirituell aus allen Töpfen der Weltreligionen und beim animistischen Geisterglauben bediente, hätte ihr das bestätigen können. Wie dem auch sei – um zwei Uhr, als der Mond gerade hoch über der großen Linde im Hintergrund des winzigen Gartens in der Osnabrücker Wüste stand, saß Irmela Hagekötter auf ihrer Bettkante und sagte: »Pankemeyer! Gisela Pankemeyer !«

Warum erinnerte sie sich an den Namen Pankemeyer? Irmela trat an das Fenster und schaute auf den Mond. Nein, ihre Erinnerung an diese Frau war nicht angenehm. Sie wandte dem Mond den Rücken zu. Ja, Frau Pankemeyer war die damalige Versicherungsagentin, mit der sie im Zusammenhang mit dem Verschwinden der Frau Strofflinger gesprochen hatte.

Sie erwog eine Sekunde, Martin Kruse anzurufen, nahm jedoch Abstand davon und setzte sich an ihren PC. Sie wurde fündig. Eine Gisela Pankemeyer lebte immer noch im Landkreis Osnabrück. Jetzt allerdings in Bohmte. Damals hatte sie in Osnabrück gerade die Generalvertretung der Versicherung übernommen, bei der die verschwundene Frau Strofflinger eine Risikolebensversicherung zugunsten ihres Mannes abgeschlossen hatte. War sie auch schon im Ruhestand?

Im Zusammenhang mit dem damaligen Fall war sie eine Zeit lang der Spur nachgegangen, dass Strofflinger ein Verhältnis mit ihr hätte haben können, und sie gemeinsam als mörderisches Pärchen das Geld der Versicherung kassieren wollten. Aber dafür hätten sie eine Leiche finden müssen. So wie die Dinge lagen, hatte Strofflinger überhaupt nichts davon. Denn seine Frau blieb verschwunden und Versicherungen zahlen nicht bei Verschwinden, sondern nur beim Tod. Eine Leiche musste schon sein.

Irmela erinnerte sich an die zwei Gespräche, die sie mit Gisela Pankemeyer geführt hatte, weil die Versicherungssumme horrend hoch gewesen war. 1.000.000 D-Mark – ein ungewöhnlich hoher Betrag für eine Ehefrau, fand sie damals als junge, unverheiratete Hauptkommissarin. Gisela Pankemeyer war einige Jahre jünger als sie, etwa drei oder vier. Sie war wasserstoffblond, mit dem damals typischen aufgeblähten und durchgestuften Haarschnitt – und mit ihren knapp 30 Jahren bereits recht »üppig«, wie Männer es mit wohlwollendem Blick beschreiben würden. Irmela Hagekötter fand sie dicklich, mit mindestens 15 Kilos zu viel auf den Hüften. Gnadenlos, wie Hauptkommissarin Hagekötter während ihrer Dienstzeit immer war, bezeichnete sie solche Frauen gern als teigig. Das machten vor allem die vielen Ringe deutlich, die sich an zwei Fingern jeder Hand in das Fleisch eindrückten. Dieses Bild war es, das Irmela in erster Linie mit Gisela Pankemeyer verband.

Den Rest der Nacht verbrachte Irmela in einem dämmrigen Halbschlaf. Sie war zu aufgeregt. Den damaligen Fall hatte sie als persönliche Schlappe verbucht und ihn in den folgenden Jahren weit in den Hintergrund ihres Bewusstseins gedrängt. In dieser Nacht aber tauchten alle Details nach und nach auf.

Es war sechs Uhr, als sie Kruse anrief. Er war noch nicht in der Dienststelle, freute sich aber, dass sie ihn zu Hause auf dem Handy erreichte.

»Irmela, selbstverständlich. In einer Stunde weißt du, ob es irgendwo in Deutschland einen Günther Strofflinger gibt und sobald ich Einsicht genommen habe in die alte Akte, erfährst du alles, was da über die Umstände des Verschwindens der Frau Strofflinger vermerkt ist.«

»Achte besonders auf alles, was mit Schmuck zusammenhängt. Ich weiß es nicht mehr genau. Aber, soweit ich mich erinnere, wurde der Umstand, dass ihr Schmuck verschwunden war, als Indiz dafür genommen, dass sie einfach auf und davon gegangen ist.« Sie selbst hatte es im Grunde nicht geglaubt, aber ihr damaliger Vorgesetzter hatte es so sehen wollen.

Nach dem Telefonat machte sie sich auf den Weg nach Bohmte, um Gisela Pankemeyer einen Besuch abzustatten. Sie mochte Bohmte, am nördlichen Rande der Varusregion gelegen. Sie hatte schon oft den wunderschönen Bahnhof 41 bewundert, den sie häufig als Startpunkt nutzte, um mit Zug und Niedersachsenticket über Bremen in Richtung Norden zu fahren.

Gerade als sie den Bohmter Shared Space 42 passierte, ging Kruses Anruf ein: »Ich hab die Unterlagen vor mir. Also was die Schmucksachen …«

»Warte, Martin.« Irmela hielt an, obwohl sie selbstverständlich eine Freisprechanlage im Auto hatte. Aber sie wollte sich einige Notizen machen.

Martin Kruse zählte ihr eine Reihe von Silber- und Goldketten auf und diverse Ringe, darunter ein besonders wertvoller Goldring mit Smaragd.

»Ich erinnere mich. Die Schwester der Gattin bestätigte damals, dass dieser Ring eigentlich von der Mutter für sie gedacht war.«

»Mensch Irmela, du hast ja ein phänomenales Gedächtnis.«

Das war in diesem Fall nicht schwer, denn sie hatte die erboste Schwester immer noch vor Augen. Sie war damals weniger besorgt über das Verschwinden ihrer Schwester als über den Verlust des Familienschmucks. Sie erwog sogar, Anzeige gegen die Schwester zu stellen.

»Ja«, unterbrach Kruse ihre Erinnerung. »Der Ring war

ein, ich zitiere: tannengrüner, augensauberer 3-Karäter im Wert von damals 15.000 D-Mark.«

»Krieg mal raus, was aus der Schwester geworden ist.« Irmela hatte vergessen, dass sie nicht mehr im Dienst war, und Kommissar Kruse fühlte sich an die Zeit seiner jungen Jahre zurückversetzt. »Ja, Chefin«, verabschiedete er sich und machte sich an die Recherche.

Irmela setzte sich wieder in den Wagen und fuhr langsam zur Adresse von Gisela Pankemeyer, die am Rande von Bohmte in einem protzig ausgestatteten Einfamilienhaus wohnte, mit unverstelltem Blick auf die weite Ebene.

»Nicht schlecht«, fand Irmela, als sie ihren Wagen verschloss und sich der Gartenpforte näherte. Sie betrachtete den großen Kasten, der von »mehr pekuniärer Potenz als ästhetischem Vermögen« kündete – wie ihr Freund Thaddäus Just manchmal Bauwerke dieser Art umschrieb. Irmela drückte die matte kupferne Klingel am Pfosten der Pforte und musste nicht lange warten.

Sie erkannte Günther Strofflinger sofort. Er war nicht nur älter, sondern auch sehr viel dünner geworden. Die Falten in seinem Gesicht ließen sie aber nicht zweifeln: Dieser Mann war Strofflinger. Mit seinen herabhängenden Mundwinkeln und den unverkennbaren O-Beinen wirkte er wie ein trauriger Dackel.

»Herr Strofflinger?«, fragte Irmela Hagekötter.

»Pankemeyer, Frau Hagekötter«, sagte Strofflinger und begann zu nicken, was ihm nun das Aussehen eines dieser Wackeldackel verlieh, die manche Leute vor 30 Jahren auf der Ablage ihres PKWs mit sich führten. »Geborener Strofflinger«, fügte der traurige Günther Pankemeyer hinzu. »Kommen Sie rein.« Damit drehte er sich um und ging zurück ins Haus. Irmela, die immer noch am Gartentor gestanden hatte, ging den Weg zum Haus durch den Vorgarten und stieg die zwei Stufen zur Haustür hinauf.

Günther Pankemeyer hatte sich nach ganz hinten in sein Haus zurückgezogen. Irmela schloss die Tür hinter sich und folgte dem Flur, der mit weißem Marmor gefliest war, bis zu einem großen Wohnzimmer mit Panoramafenster, das auf die weite Ebene wies.

»Ich bin froh, dass Sie gekommen sind«, sagte Günther Pankemeyer aus dem tiefen Sofa, in dem er seine schlaffe Gestalt abgelegt hatte.

Irmela setzte sich in den Sessel ihm gegenüber und nickte. »Ja, Herr Strofflinger«, nannte sie ihn bei seinem alten Namen. »Haben Sie die Zeitung heute morgen gelesen?«

»Ja, deshalb habe ich auf Sie gewartet.« Er schniefte. Offenbar war der verehelichte Pankemeyer ein wenig sentimental geworden.

»Sie wissen, dass dort Ihre Frau liegt?«, fragte ihn Irmela nun ganz gelassen.

»Ja.« Er nickte. »Seit 25 Jahren, drei Monaten und vier Tagen.«

In dem Moment ging Irmelas Handy. Sie erhob sich, ging zum großen Fenster und drehte dem alten Mann den Rücken zu.

»Dr. Klekamp hier«, stellte sich der beschlagene Doktor vor. Er habe ihre Nummer von Kommissar Kruse. Es habe ihm einfach keine Ruhe gelassen. Die Knochen seien ja wohl bereits beim Landeskriminalamt in der anthropologischen Forensik. Das wäre auch für ihn noch eine Perspektive. Aber deshalb riefe er nicht an.

»Hans, bitte, mach hin!«, hörte Irmela Frau Klekamp aus dem Hintergrund.

»Entschuldigen Sie bitte, aber wir sind hier gerade auf der Venner Museumsinsel 43.« Dr. Klekamp versuchte seine ungehaltene Ehefrau zu beschwichtigen. »Sie sind ja wohl die leitende Ermittlerin. Also …«

Irmela verzichtete darauf ihn zu korrigieren. »Ja, was gibt's denn, Dr. Klekamp?«

»Also das Os metacarpalis war verletzt.« Das habe ihm keine Ruhe gelassen und die Mulde am Mittelhandknochen, für die er die auffällige Stelle gehalten habe, sei zu scharfkantig. »Ich denke, da war ein Werkzeug im Spiel.«

Irmela Hagekötter drehte sich um, sah auf den zusammengesunkenen Ex-Mann des Skelettes aus dem Moor und fragte sich, ob er das Werkzeug geführt hatte.

»Haben Sie eine Idee, was für ein Werkzeug das gewesen sein kann?«, fragte nun Irmela mit vernehmlicher Stimme und beobachtete Günther Pankemeyer.

»Ein Messer möglicherweise«, meinte Klekamp. Er könne das jetzt aber, ohne den Knochen zu sehen, schwerlich beurteilen. Er schien es wirklich außerordentlich zu bedauern, dass er das Skelett hatte aus den Fingern geben müssen.

»Ein Messer also«, wiederholte Irmela Hagekötter laut.

»Eine Rosenschere«, korrigierte Günther Pankemeyer laut und deutlich.

Irmela dankte Dr. Klekamp und nahm wieder im Sessel Pankemeyer gegenüber Platz.

»Warum heißen Sie Pankemeyer«, fragte Irmela.

»Weil sie es so wollte.« Günther Stroffinger seufzte.

»Sie hatten also doch ein Verhältnis damals, Frau Pankemeyer und Sie«, stellte Irmela fest.

»Leider.«

In diesem Moment ging erneut das Handy von Irmela.

Es war ein ziemlich aufgeregter Martin Kruse: »Irmela, weißt du was? Die Gattin Strofflinger ist vor zehn Jahren für tot erklärt worden.«

Dieses Mal war Irmela sitzen geblieben. Sie sah in das Dackelgesicht ihres Gegenübers und gab ihm die Möglichkeit, ihre Fragen laut und deutlich zu hören. »Wer hat den Antrag gestellt?«

Die Antwort erhielt Irmela von beiden Seiten, aus dem Handy, das sie am Ohr hielt und von dem traurigen Günther. »Karola Schuster.«

»Warum Karola Schuster, Herr Pankemeyer.« Irmela ahnte die Zusammenhänge bereits.

»Pankemeyer?«, fragte Kommissar Kruse gekränkt. Dann wollte er Irmela aufklären. »Sie ist die Schwester der Vermissten.«

»Die Schwester meiner ersten Frau ist ein bösartiges Miststück«, erklärte der Mann auf dem Sofa zeitgleich mit Kruses Erläuterungen. Sie habe sich im Grunde nicht für den Verbleib ihrer Schwester interessiert. Und die Aussicht auf 100.000 D-Mark, da waren es ja bereits Euro, korrigierte er sich, hatte sie mitspielen lassen. Er und Gisela hatten der Schwester diesen Anteil in Aussicht gestellt, da sie – wie sich ja erwies – der Meinung waren, es sei weniger auffällig, wenn die Schwester den Antrag auf Erstellung einer Sterbeurkunde stellen würde. Sie hatte anschließend ihren Anteil von der Versicherungssumme bekommen, die mit der Urkunde fällig wurde. »Mit der Aussicht auf das Geld hat sie alles ausgesagt, auch dass Anita bereits zwei Selbstmordversuche hinter sich hatte.«

»Martin, ich melde mich gleich noch einmal«, beendete Irmela das Gespräch, um sich wieder Günther Strofflinger-Pankemeyer zu widmen. Der aber war zu müde für eine zusammenhängende Erzählung und überließ Irmela wie damals die Rolle der Fragenden.

»Wer hat denn ›alle‹ mitgespielt«, ermunterte Irmela Herrn Pankemeyer weiterzugestehen und freute sich wieder, dass sie diese schöne Osnabrücker Floskel einwerfen konnte.

»Ich, sie und die Schwester«, sagte er. »Aber ich bin es leid.« Mit einem plötzlichen Energieschub streckte sich der Mann, als er das Geräusch der sich öffnenden Wohnungstür vernahm. »Bitte helfen Sie mir und verhaften mich. Bitte, bitte.« Er stand auf und stellte sich neben den Sessel, auf dem Irmela gesessen hatte. Irmela Hagekötter stellte sich ihm zur Seite und richtete ihren Blick gespannt auf die Tür.

Als habe Gisela Pankemeyer ihr damaliges Gesicht für eine Alterungs-App zur Verfügung gestellt, erschien jetzt das Abbild der Gisela von vor 20 Jahren, eingestellt auf den Alterungsfaktor 30 Jahre. Sie war noch immer blondiert und hatte eine breite Toupierfrisur, sie war wahrscheinlich nicht viel schwerer als damals, doch die Stretchjeans, in der sie steckte, verfehlte die beabsichtigte verschlankende Wirkung völlig.

»Ja, bitte?«, fragte sie herausfordernd und reichte Irmela Hagekötter als Zeichen ihrer Herrschaft über das Haus die rechte Hand. Auf ihren Fingern steckten drei breite Goldringe, einer offenbar ein Ehering, davor ein goldgefasster Brillant und daneben auf dem Mittelfinger ein Smaragdring in Gold gefasst.

»Tannengrüner, augensauberer 3-Karäter«, nickte Irmela Hagekötter anerkennend.

Gisela Pankemeyer zog ihre Hand zurück. »Günther, wer ist diese Person?«, fauchte sie ihren Mann an. »Ich habe dir gesagt …«

»Frau Hagekötter, bitte«, wandte sich Günther an Irmela. »Ich möchte nicht mehr, dass sie mir irgendetwas sagt.«

Da nahm Irmela die Sache endgültig in die Hand. Sie reichte Günther ihren Arm, hakte ihn unter und führte ihn vorbei an der schwammigen Walküre, um deren Gunst der zerknirschte Günther einst einiges aufs Spiel gesetzt hatte. »Nein, Sie sagen *uns* jetzt alles.«

»Das wirst du bereuen«, drohte Gisela.

In dem Moment klingelte Kommissar Kruse an der Haustür und konnte das Beweisstück, den grünen Smaragd, sichern. Da er sich nicht vom Finger lösen ließ, nahm er die Dame vorerst mit und Günther, jetzt wieder Strofflinger, schaute erleichtert ihrem Abtransport hinterher.

Er hatte seine Frau vor 25 Jahren geschlagen – in der Tat – und sie war auf den Hinterkopf gefallen. Das behauptete er zumindest. Als er seine Geliebte in der Not rief, fing das Elend erst richtig an. Sie überredete ihn, Anita am Rande des Moors zu vergraben. Sie hatte ihm solche Angst gemacht und ihn davon abgehalten, die Polizei zu rufen, dass er ihr folgte. Seit dieser Entscheidung musste er ihr sein Leben lang folgen.

»Dann hat sie ihr mit einer Rosenschere den Finger abgeschnitten und den Ring genommen.« Günther Strofflinger, wie er sich nach seiner Verhaftung nennen ließ, zuckte dabei zusammen, als werde er in eben diesem Moment erneut Zeuge dieser Untat.

*

Irmela musste Martin Kruse ins Ohr schreien. Er hatte sie – als eingefleischter Rockfan – einen Tag vor Himmelfahrt zum Hunteburger Open Air Festival 44 eingeladen.

Sie feierten die Aufklärung des alten Falles. Dr. Klekamp war auch mit von der Partie, er war extra noch einmal aus Oberhausen gekommen.

»Zum Wohl, Frau Hauptkommissarin«, rief Dr. Hans Klekamp. Seine Frau war zu Hause geblieben. Sie interessierte sich weder für Knochen noch für Rockmusik.

»Irmela«, gestand sie und bot ihm das Du an.

»Prost Irmela, Prost Martin.« Für Hans Klekamp wurde es ein schöner Abend. »Was wird denn nun aus den beiden?«

»Ach, wahrscheinlich kann letztlich niemand irgendetwas beweisen. Es war vielleicht wirklich ein Unfall. Dann kann es eine Ordnungsstrafe wegen Vergehens gegen die Totenruhe geben. Wenn das nicht etwas ist, was verjährt ist«, vermutete Kommissar Kruse. »Aber dafür sind wir ja nicht mehr zuständig.«

Irmela dachte an die blonde Gisela. Die Strafe für Günther Strofflinger war hart. »Für Totschlag hätte er weniger bekommen.« So waren es lange 25 Jahre geworden.

36 **Venner Moor:** Es umfasst circa 220 Hektar und liegt am südlichen Rand des Großes Moores, einer Hochmoorlandschaft von einst 4.200 Hektar zwischen Hunteburg und Venne. Das Moor lieferte Torf als Brennstoff. Der industrielle Torfabbau hat das Moor verändert. Heute ist es im südlichen Bereich ein Naturschutzgebiet. Im nördlichen Bereich wird weiterhin Torf abgebaut. Einzelne Teilflächen befinden sich jedoch auch schon in der Regeneration durch Wiedervernässungsmaßnahmen. Hüteschafhaltung sorgt für eine umweltverträgliche, natürliche Nutzung. Ein Wanderweg von etwa 7 Kilometer Länge beginnt am Wanderparkplatz »Gasthaus Beinker«, Vördener Straße 1, 49179 Ostercappeln.
www.wanderungimosnabrueckerland.npage.de/ostercappeln/venner-moor.html

37 **Tuchmacher-Museum Bramsche**: Mühlenort 6, 49565 Bramsche. Wie wird aus Wolle ein Tuch? Das 1997 eröffnete Museum zeigt auf 2000 Quadratmetern lebendige Industriegeschichte mit einer funktionstüchtigen Spinnerei als Herz des Museums. Von Januar bis Dezember werden Führungen angeboten.
www.tuchmachermuseum.de

38 **Venner Folkfrühling:** In jedem Jahr am Muttertagswochenende findet das beliebte Folkfestival in Venne statt. Der Verein Venner FolkFrühling e.V. organisiert während des Jahres auch Einzelveranstaltungen mit renommierten Künstlern. Ein praktischer Ticket-

und Übernachtungsservice ist zu finden unter: www.folkfruehling.de

39 **Kletterwald Nettetal:** Nettetal 4, 49134 Wallenhorst (Servicebüro: Johannisstr. 74, 49074 Osnabrück). Mit sechs verschiedenen Parcours in einem herrlichem Laubwald mit 600 Quadratmetern Gesamtlänge bietet der Kletterwald Touren bis zu 13 Meter Höhe in unterschiedlichen Schwierigkeitsgraden an. www.klettertal.de

40 **Hermannsweg:** Mit 156 Kilometern Länge gilt der Hermannsweg als einer der bekanntesten Wanderwege Deutschlands. Er verläuft über den Kamm des Teutoburger Waldes durch zwei Naturparks. Sein Name leitet sich von Hermann dem Cherusker ab, der im Jahre 9 n. Chr. den römischen Feldherren Varus besiegte und drei römische Legionen schlug. Der Wanderweg beginnt in Rheine und führt über Tecklenburg, Bad Iburg, Borgholzhausen und Bielefeld bis Horn-Bad Meinberg im Lipperland. Einen Tourenplaner finden Sie bei www.hermannshoehen.de

41 **Bahnhof Bohmte:** 1871/1872 errichtet zeigt der rote Ziegelbau auch heute noch sein ursprüngliches Gesicht mit Eckpilastern und markanter Fassade mit Halbrundbögen. Mit dem Park-and-Ride-Angebot ist er beliebter Ausgangspunkt für Reisen in den Norden mit dem Niedersachsenticket.

42 **Shared Space:** ist ein Projekt der Europäischen Union. Der öffentliche Raum im Ortskern wird von

allen Verkehrsteilnehmern – Autofahrern, Fußgängern, Radfahrern und spielenden Kindern – gleichberechtigt genutzt. Es fehlen Schilder und Ampeln. Bohmte gehörte mit zu den ersten Ortschaften in Europa, die sich an dem Projekt beteiligten. Seitdem sind die Unfallzahlen erheblich zurückgegangen. Der Bereich des Shared Space soll in Zukunft erweitert werden.
www.bohmte.de

43 **Dorfmuseum Venner Mühle:** Osnabrücker Straße 4, 49179 Ostercappeln. An diesem Ort steht seit 1074 eine Wassermühle. Besucher entdecken hier zwischen den Fachwerkgebäuden und auf der benachbarten Mühleninsel alte Mühlentechniken, Handwerkskunst und Dorfgeschichte.
www.ostercappeln.de

44 **Hunteburger Open Air Festival:** Das mittlerweile über die Grenzen des Osnabrücker Landes bekannte Festival entstand schon im Jahre 1994 und sollte Nachwuchsbands Auftrittschancen bieten. Es findet jedes Jahr am Tag vor Himmelfahrt statt.
www. hunteburger-open-air.de/

DER LEHRER

VON CONNY RUTSCH

Schon wieder eine Leiche auf meiner Fußmatte. Wilhelm Körke fluchte vernehmlich. In sechs Wochen vier tote Mäuse und jetzt eine Ratte. Es reichte.

»Diese verdammten Schüler«, maulte er. »Euch werde ich schon noch kriegen.«

Wilhelm Körke war der Älteste im Lehrerkollegium des Artlandgymnasiums in Quakenbrück. Dass er ein Eigenbrötler war, hatte er nie zu verbergen versucht. Auch nicht seine Verbitterung dem Leben gegenüber.

Er kam mit der neuen Schülergeneration nicht mehr zurecht. Schüler zu sagen, reichte ja nicht mehr, Schülerinnen und Schüler hieß es jetzt. Die Eltern durften sich in alles einmischen, selbst wenn sie kaum ein Wort korrekt schreiben konnten. Sie durften widersprechen. Respektlos waren sie alle. Manchmal wünschte er sich den Rohrstock seines eigenen Lehrers als erzieherisches Mittel zurück. Mit Schülern demokratisch und respektvoll umzugehen, hielt er für den sinnlosen Auswuchs pädagogischer Postmoderne und wartete sehnsüchtig auf seine Pensionierung in zwei Jahren. Nachdem seine Frau sich von ihm hatte scheiden lassen – fünf Jahre war das jetzt her –, hatte er sein Reihenhaus in der Stadt verkauft. Nun lebte er westlich von Quakenbrück in der Nähe von Wasserhausen, weitab vom nächsten Nachbarn, in einem kleinen Kotten. Freunde hatte er nicht, er brauchte niemanden.

Und nun wieder das hier. Angewidert schob er das tote Tier in die Rabatte neben der Haustür. Zu mehr reichte die Zeit jetzt nicht. Er musste zur Schule. Das allein vergällte ihm den Morgen, die verendete Ratte tat ihr Übriges. Aber diesmal wollte er den Täter stellen, das schwor er sich. Vor einigen Tagen erst hatte er ein Fahrrad in den nächsten Feldweg abbiegen sehen. Und immerhin: einen blonden Zopf auf dem Rücken eines grünen T-Shirts hatte er erkennen können. Jedes Mädchen mit blonden Haaren würde er heute zur Rede stellen.

Mit einem weiteren Fluch setzte er sich in seinen alten Golf und machte sich auf den Weg in die Stadt.

*

Thaddäus Just hatte sich einen besonders schönen Sommertag für seinen Ausflug nach Quakenbrück ausgesucht. Ihn interessierte, weshalb diese Stadt auf seiner Karte als besonders sehenswert gekennzeichnet war. Mit dieser Fahrt verband er das Angenehme mit dem Nützlichen. Eine renommierte Zeitschrift hatte ihn als Fotografen gebucht, um über das nördliche Osnabrücker Land zu berichten und Fotos zu liefern. Dieser Auftrag würde ihm seinen geplanten Jahresurlaub sichern.

Mit seiner alten DKW samt Terrier Vincent im Beiwagen wollte er sich an diesem Morgen erst einmal Bersenbrück ansehen. Schon auf dem Weg dorthin war er gestern in Rieste 45 nördlich von Bramsche gewesen. Danach hatte er die Bramgau-Route 46 überquert und einen kurzen Abstecher an den Alfsee 47 gemacht. In Bersenbrück saß er nun mit Blick auf die Klosterpforte 48 und überlegte, ob er das Kreismuseum im Kloster 49, das gegenüber der bewaldeten Hase-Insel Hemke lag, besuchen sollte. Er verwarf den Gedanken, das Wetter war jetzt einfach zu schön. Er wollte weiter nach Quakenbrück.

»Aber keine Bange«, erklärte er seinem Hund zur Verwunderung einiger Mädchen, die auf dem Marktplatz ihr Eis schleckten, »in Badbergen machen wir noch mal eine schöne Pause.«

*

»Was hat dieser Mistkerl bloß gegen dich? Eine Vier, dabei ist dein Aufsatz klasse.« Jan schaute seinen besten Freund entgeistert an. Paul ist doch wirklich ein Superschüler, dachte er und dabei auch noch so ein guter Typ. Mit einem Streber hätte er es auch nicht zu tun haben wollen.

Paul war ebenfalls sauer. Dieser Körke würde ihm gründlich den Abi-Schnitt versauen. Besonders ehrgeizig war Paul nicht, obwohl er immer gute bis sehr gute Noten mit nach Hause brachte. Er hatte einfach Glück gehabt. Das Lernen fiel ihm leicht, oft behielt er den Stoff schon aus dem Unterricht heraus. So hatte er im Laufe der Zeit immer einen guten Zeugnisdurchschnitt erreicht. Nur in Deutsch, und das seit Jahren bei demselben Lehrer, kam er auf keinen grünen Zweig. Er konnte machen, was er wollte, nie lobte ihn der Lehrer, geschweige denn, dass Paul in den Deutscharbeiten dessen Geschmack traf. Mist, dachte er wieder einmal. Sogar Jan hatte eine bessere Arbeit geschrieben als er. Die gute Note gönnte er dem Freund sehr, denn der hatte wirklich zu kämpfen, um zum Abitur zugelassen zu werden.

Die beiden 17-Jährigen verbrachten viel Zeit miteinander. Dabei hätten sie unterschiedlicher gar nicht sein können. Rein äußerlich hatten die beiden keine Gemeinsamkeiten. Paul trug seine dunklen Haare kurz geschnitten, die Jeans waren immer sauber und die Turnschuhe von Markenqualität.

Jan dagegen ging selten zum Frisör, mitunter trug er seine blonden Haare in einer wild abstehenden Mähne. Und die Klamotten waren nicht immer in Ordnung. Das aber hatte einen Grund, wie Paul sehr wohl wusste.

Jan lebte bei seiner Mutter. Die war alleinerziehend, obwohl man das eigentlich nicht so nennen konnte. Jahrelang hatte sie versucht, Jan und sich selbst mit Gelegenheitsjobs über Wasser zu halten und war schließlich doch in eine dauerhafte Arbeitslosigkeit geraten. Inzwischen sorgte sie sich nur noch darum, täglich an ihre Alkoholration zu kommen.

Obwohl Paul nur ein einziges Mal bei Jan zu Hause gewesen war, wusste er, dass sein Freund seit geraumer Zeit den Haushalt für sich und seine Mutter ganz allein schmiss. Er kaufte ein, wusch hin und wieder die Wäsche und kochte sogar ab und zu. Wie er an das Geld kam, das er für die täglichen Dinge brauchte, verschwieg Jan seiner Mutter. Auch Paul wusste nichts. Mal klaute er hier eine Geldbörse, mal dort eine Brieftasche. Wenn er Glück hatte und einen Hunderter ergatterte, leistete sich Jan sogar mal ein Haschpfeifchen. Die holländische Grenze war nicht weit, da kam er schnell hin. Auch das hatte er bislang vor seinem Freund geschickt verbergen können. Er tauchte einfach hin und wieder eine Zeit lang ab. Grenzen austesten, nannte Jan das. Für die Schule hatte er wenig Sinn. Paul akzeptierte seinen Freund so, wie er war.

Irgendwie hatte sich Paul immer mit Jan verstanden und half dem Freund hin und wieder, damit er in der Schule nicht zu sehr abrutschte. Er nahm ihn mit zum

Taekwondo-Training. Die Kurskosten für Jan übernahm Pauls Vater, obwohl der es gar nicht so gerne sah, wie viel Zeit Paul mit seinem Freund verbrachte.

Jan hatte Paul im Gegenzug dazu überredet, mit ihm und einigen anderen Kumpels zusammen Street-Golf zu spielen. Sie liebten es, sich in menschenleeren Gegenden ihre Ziele selbst auszusuchen und ohne die Etikette eines Golfclubs ihrem Hobby nachzugehen. Pauls Eltern waren entsetzt gewesen, als die davon hörten, aber Paul gefiel es nun erst recht, die erzieherischen Ansichten seiner Eltern ins Leere laufen zu lassen.

*

Thaddäus genoss die Motorradfahrt und musste hin und wieder lachen, wenn der Fahrtwind seinem irischen Terrier die Ohren fröhlich um den Kopf, der mit einer kleinen Lederkappe geschützt war, wehen ließ. So manch ein Fußgänger blieb stehen, amüsiert über diesen Anblick.

Auf der Artland-Route 50, die 142 Kilometer rund um Quakenbrück führt, hatte Thaddäus sich die schönen Ortsteile von Badbergen angesehen. Die prachtvollen Fachwerkhöfe, die zum Teil aus dem 18. Jahrhundert stammten, bildeten genau die Fotomotive, die er sich wünschte. Ihn faszinierten die von alten Bäumen umsäumten Anlagen der Bauernhäuser, das ausgemauerte Eichenholzfachwerk mit den ausdrucksvollen Giebeln und geschnitzten Schriftzügen der Erbauer.

Weil er nicht in Zeitdruck war, gönnte er sich einen Abstecher zum Kutschenmuseum 51 nach Nortrup. Die historischen Gefährte interessierten ihn sehr, auch wenn sie keinen Motor hatten wie sein eigener Oldtimer. Die

Artlandbrauerei 52 schaute er sich kurz von außen an, und das Wasserschloß Loxten 53, ein zweigeschossiges Herrenhaus im Stil der Niederländischen Renaissance, bekam er auch vor die Linse.

In Gedanken layoutete er seine neuen Fotos schon Seite für Seite und überlegte, wem er außer seiner Mutter, die wie er in Hannover lebte, einen Band mit seinen Bildern schenken würde.

In Quakenbrück angekommen, parkte er seine Maschine, tauschte die Lederkluft gegen seine Jeansjacke und freute sich darauf, zusammen mit Vincent die Stadt zu erkunden und sich eine Unterkunft für ein paar Tage zu suchen. Wenn ich schon arbeite, dann kann ich auch Urlaub machen, witzelte er in Gedanken.

Eine Gruppe von Schülern des nahe gelegenen Artland-Gymnasiums machte sich neugierig daran, sein Motorrad anzusehen.

»Boah ey, wie geil ist die denn?«, haute ein blonder Struwwelkopf raus. Boah supergeil, war Thaddäus versucht zu antworten. Das verkniff er sich aber doch lieber. Er erklärte den Jungs die Maschine und dass sein Hund, der sofort Streicheleinheiten einforderte, im Beiwagen mit ihm fuhr.

»Sagt doch mal bitte, was ich hier in und um Quakenbrück mit dem Hund zusammen unternehmen kann«, fragte er die Jugendlichen.

»Na, Segwayfahren, ist doch klar,« antwortete der Strubbelige mit der löchrigen Jeans.

Der lachte laut los, als er das große Fragezeichen in Thaddäus' Gesicht sah. »Kennst du die Dinger nicht? Die hat so'n Ami erfunden. Das Teil fährt auf zwei Rädern, hat eine Plattform dazwischen, auf der du stehst. Die Räder werden von einem Elektromotor angetrieben, und das Teil balanciert sich selber aus. Echt geil, so'ne Fahrt, und den Hund kannste ja nebendran laufen lassen.«

Thaddäus fühlte sich wie von einer Fee zwanzig Jahre jünger gezaubert, weil dieser Junge so locker mit ihm sprach. »Und wo kriege ich so ein Ding her?«, fragte er.

»Die kannste dir dahinten leihen«, lachte der Blondschopf. »Das Draisinefahren [54] ist übrigens auch immer große klasse. Das geht aber nicht so gut alleine.«

»Danke für die Tipps und Tschüss dann«, rief Thaddäus den Jungs nach. Nette Kerle, dachte er, wirken äußerlich schon fast erwachsen, sind es aber noch nicht.

*

Paul und Jan und die anderen setzten sich in die Eisdiele und beratschlagten, wie sie mit ihrem verhassten Lehrer umgehen sollten. Sie hatten schon häufiger in der letzten Zeit darüber gesprochen, ob sie ihn bei einer seiner Attacken im Unterricht filmen sollten, um das Video auf Facebook zu posten. Aber dass er ein Arschloch war, wusste ohnehin das gesamte Gymnasium und sie wollten es ihm persönlich zeigen. Er sei ja noch nicht einmal in der Lage, so einen Scheißcomputer hochzufahren. Was sie auf Facebook machen würden, würde er ja doch nicht sehen.

»Meint ihr, man könnte mit ihm reden?«, traute sich Liane zu fragen. Die Antwort hätte sie wissen können.

»Wie willst du denn mit dem reden«, regte sich Jan auf. »Dieser Arsch würde uns doch nicht mal zuhören.«

»Na, ich meine, wenn wir den Vertrauenslehrer mit dazunehmen …«

»Die sind doch alle gleich, die können uns nich ab.«

Jan war sauer. Dass er selbst keine besonders guten Noten nach Hause brachte, war ihm nicht so wichtig. Außerdem interessierte es ihn nicht – und sonst auch niemanden, außer Paul vielleicht. Aber wie ungerecht der Typ mit Paul umging, das machte ihn stinkwütend. Auf den Freund ließ er nichts kommen.

»Wir sollten ihn einfach mal besuchen, da in seiner Einöde«, schlug er vor. »Genau, das machen wir auch. Habt ihr nicht auch Lust auf eine Fahrradtour?« Er grübelte darüber nach, wie er dem Alten einen gehörigen Schreck einjagen könnte.

»Eigentlich eine gute Idee«, mischte sich Paul ein. »Wenn wir zu sechst aufkreuzen und mit ihm reden wollen, dann schüchtern wir ihn vielleicht ein.«

»Reden, reden«, motzte Jan. »Ich würd dem am liebsten die Fresse …« Er hielt inne. Das war wahrscheinlich keine so gute Idee. Sie würden alle dafür büßen müssen.

»Fahren wir doch erst mal los«, schlug er vor. »Wollen wir uns so gegen sechs Uhr treffen?«

»Morgen früh?« fragte Liane entsetzt.

»Nein, du Schnecke, nachher gleich.«

Die Schüler gingen auseinander. Jeder von ihnen hatte so seine ganz eigene Geschichte mit Wilhelm Körke. Schon als junge Schüler waren sie voller Angst in seinen Unterricht gegangen. Das Abfragen in Grammatik wurde für sie alle, ob sie gut oder schlecht waren, zur Tortur. Körke machte sich auch über kleinste Fehler lustig, betitelte aber jemanden, der zufällig mal alles wusste, als vom Ehrgeiz zerfressenen Streber. Einmal hatte er in einem cholerischen Anfall ein Mädchen fast geschlagen. Viele Schüler hatten immer wieder ihren Eltern von Körke erzählt, aber es änderte sich nie etwas. Einige Eltern schoben die verbalen Attacken des Lehrers sogar auf ihre Kinder: »Benehmt euch einfach anständig und lernt«, hieß es. Die anderen Lehrer schienen den Jungen und Mädchen zu glauben, hin und wieder hatte sich der Vertrauenslehrer eingeschaltet oder der Direktor. Körke war nun mal nicht beliebt und setzte alles daran, dass es auch so blieb. Auf Gespräche mit den Kollegen ließ er sich gar nicht erst ein.

Darüber dachte Jan nach, als er für die Mutter noch eine Kleinigkeit einkaufen ging. Er verstaute seine Einkäufe, setzte er sich an seinen Schreibtisch und grübelte vor sich hin. Na gut, die Mäuse und die Ratte, das war okay gewesen. Leider hatte er die Reaktionen von Körke nicht mitbekommen, weil er doch lieber die Hasenfußtaktik angewendet hatte und rechtzeitig verschwunden war. Langsam wurde es Zeit, dem Alten einen gehörigen Denkzettel zu verpassen, wenn nicht sogar mehr.

Was kann mir schon passieren, dachte Jan. Ich bin cleverer als der. Und am besten wär's ... Er verfolgte die Idee in Gedanken und kam zu dem Schluss, dass sie genial war. Und ihm würde nichts passieren.

Nun aber erst mal hin zu dem Typen und ihm einen Schreck einjagen.

*

Thaddäus hatte seine Fahrt mit dem Segway und Vincent an der Leine durch Quakenbrück beendet. Es hatte Spaß gemacht, durch die Gassen zu fahren, dabei die Balance zu halten, auch wenn der Hund ihn hin und wieder in gefährliche Schieflagen brachte.

Auf dem Pflaster der Altstadt hatte er die lustigen Froschspuren 55 entdeckt. Er war ihnen gefolgt und hatte festgestellt, dass sie ihn durch die Stadt führten. Besonders schöne Fotos gelangen ihm in der Großen Kirchstraße. Dort erfreute er sich an einem malerischen Bild: den kleinen Fachwerkhäusern mit den roten Dächern, dem offensichtlich historischen Pflaster und dem mächtigen Turm der Sylvesterkirche **56** mit der barocken Haube im Hintergrund.

Dass die Froschfüße oder überhaupt die Frösche mit dem Namen Quakenbrück etwas zu tun haben könnten, hatte er nicht so richtig in Erfahrung bringen können. Dass ›quakig‹ auch ›sumpfig‹ hieß, hatte ihm ein freundlicher Einwohner der Stadt erklärt, weil diese am Hasedelta liege und da sicher auch Frösche zu hören seien, genügte Thaddäus als Erklärung vollauf.

Nun verfrachtete er Vincent wieder in den Beiwagen des Motorrades und machte sich auf den Weg ins Umland der Stadt. In Essen und Menslage sollte es alte Windmühlen geben, die er sich ansehen wollte.

*

Wie verabredet trafen sich die Schüler um 18 Uhr an der Hohen Pforte und fuhren mit ihren Rädern aus der Stadt. Sie würden etwa 20 Minuten bis zu dem einsamen Gehöft Körkes brauchen. Was sie wirklich dort wollten, wussten sie zwar immer noch nicht, aber sie hatten schon mal das gute Gefühl, etwas zu unternehmen.

»Ich hab's mir überlegt«, sagte Jan, »lasst uns tatsächlich mal versuchen, vernünftig mit ihm zu reden.«

Die anderen fünf schnappten förmlich nach Luft.

»Das sagst ausgerechnet du?«, fragte Liane erstaunt.

»Echt?« Auch Julia war total überrascht.

»Und was wollen wir ihm sagen?«, fragte Denis, der ganz besonders von Körke gemobbt wurde.

»Ich find's ja ein bisschen gruselig, so alleine zu dem zu gehen«, gab selbst der kräftig gebaute Kevin zu

»Also, wirklich, Kevin, gruselig kann der das finden, wir sind immerhin zu sechst«, sagte Paul. »Aber wie wir mit ihm reden wollen, ist mir auch ein bisschen schleierhaft.«

»Jetzt stellt euch nicht so blöd an. Lasst uns erst mal da ankommen. Den Anfang wird der ja sicher machen.« Jan stieg auf sein Fahrrad.

Schweigend radelten die Schüler zuerst ein Stück über die Landstraßen und nahmen dann verschiedene Abkürzungen durch die Wiesen und Felder. Für die Landschaft hatten sie überhaupt keinen Blick. Jeder hing seinen Gedanken nach.

Auf der unbefestigten Zufahrt zu dem kleinen Kotten kam Liane doch wieder ins Zweifeln. »Ich dreh um«, sagte sie.

»Jetzt komm, wir sind da, er wird uns ja nicht die Köpfe abreißen«, beruhigte Jan sie. »Und wie gesagt, erstens sind wir sechs und zweitens sieht uns niemand. Niemand wird wissen, dass wir bei ihm sind, und ihm wird auch niemand glauben, wenn er was erzählt.« Er lachte in sich hinein. Sein Plan würde klappen, aber nicht heute. Seine Freunde wollte er da nicht mit reinziehen.

Am Nachmittag hatte er an seinem Schreibtisch gesessen. Seiner Mutter hatte er ein Wasserglas voll Schnaps ans Sofa gestellt. Sie schnarchte vor sich hin. Zuerst ganz in Gedanken hatte er die Schatulle hervorgeholt, die Paul ihm zu seinem letzten Geburtstag geschenkt hatte. Er hatte den Brieföffner aus Edelstahl herausgenommen und versonnen mit ihm herumgespielt. Paul hatte erzählt, dass er von einem Künstler gemacht worden sei, sogar mit einer Gravur war er versehen.

Und wenn ich noch so klamm bin, den werde ich nie hergeben, hatte Jan seinem Freund versichert.

Der bitterböse Gedanke war über ihn gekommen, als er den Brieföffner, der eine fast zu scharfe Klinge hatte, mit einem weichen Tuch polierte. Das tat er immer, wenn er nachdenken musste. Oma hatte schon recht, wenn sie immer sagte, wer lügt, braucht ein gutes Gedächtnis. Für ihn war das Hantieren mit dem Brieföffner wie eine Kopfübung. Er wurde dann ganz ruhig und konnte sich gut konzentrieren. Er polierte und polierte, lange und ausgiebig und freute sich an der blitzenden Klinge, als der Brieföffner wieder im Kästchen lag.

Jan kehrte zurück aus seinen Gedanken. Sie waren inzwischen auf der Zufahrt zu Körkes Häuschen angekommen und verlangsamten ihre Fahrt.

»Was wollt ihr denn hier?« Wilhelm Körke glaubte seinen Augen nicht zu trauen, als er die Schülergruppe auf sein Haus zuradeln sah.

»Oh Gott, der klingt ja jetzt schon wütend.« Julia hatte jetzt richtig Angst.

Paul nahm die Angelegenheit in die Hand. »Guten Tag, Herr Körke«, grüßte er den Lehrer freundlich. »Hätten Sie einen Augenblick Zeit, mit uns zu sprechen?«, fragte er.

»Hätte oder habe ich Zeit, und ein Augenblick ist jetzt schon vorbei«, dozierte der Lehrer wie in der Schule. Auch jetzt legte er jedes Wort auf die Goldwaage und konnte es nicht lassen, auf Fehler hinzuweisen.

»Also, ich versuch es noch mal«, ordnete sich Paul unter. »Guten Tag, Herr Körke, wir sind gekommen, um mit Ihnen zu reden, bitte.«

»Guten Tag hast du schon gesagt, Paul. Wann wirst du endlich lernen, dich zu konzentrieren und nicht jeden Satz mit also anzufangen.«

Es hörte nicht auf, sie hätten es wissen müssen.

»Was hat Paul Ihnen denn getan?« Alle schauten überrascht zu Liane hinüber, die eben noch umkehren wollte und sich jetzt traute, den herablassend blickenden Mann anzusprechen. »Nichts«, wandte sich Körke zu ihr, »ich will euch nur anständige Manieren beibringen.«

»Wir versuchen immer, wirklich freundlich zu Ihnen zu sein«, setzte Liane ihre Rede fort. »Aber eigentlich haben wir nur Angst vor Ihnen.«

»Dass ich nicht lache«, erwiderte Körke, »ihr und Angst? Vor mir Angst haben! Aber mir eine tote Ratte auf die Matte zu legen, den Mut habt ihr. Verlogene Bande.«

Die Schüler erschauerten. Tote Ratten? Was sollte das denn jetzt heißen?

»Wieso habt ihr denn Claudia nicht gleich mitgebracht? Die war das ja wohl mit der Ratte. Schließlich habe ich die mit dem Fahrrad hier wegfahren sehen.«

Sprachlos sahen die Jungs die Mädchen an. Wovon sprach der überhaupt?

»Herr Körke«, jetzt nahm Kevin seinen ganzen Mut zusammen, »mit Ratten haben wir überhaupt nichts zu tun. Wovon reden Sie?«

Einen Moment lang zweifelte Wilhelm Körke tatsächlich. Sollte er sich so getäuscht haben? Aber es war nicht seine Art, einen Fehler zuzugeben, schon gar nicht vor seinen Schülern. »Ihr wisst genau, wovon ich rede, und jetzt trollt euch eurer Wege. Ich möchte nicht, dass ihr mich hier zu Hause stört. Es reicht, wenn ich euch in der Schule ertragen muss.«

Schweigend wendeten die Schüler ihre Fahrräder und machten sich davon. An der nächsten Wegkreuzung, die Körke nicht mehr einsehen konnte, hielt Paul an. Auch die anderen sprangen von den Rädern.

»Der hat sie ja nicht alle«, sprach Jan das aus, was alle dachten. »Wir können überhaupt nichts machen.«

»Und wahrscheinlich wird er uns diesen Besuch so richtig büßen lassen«, klagte Liane.

»So«, sagte Paul beinahe pathetisch. »Jetzt aber Schluss. Wir haben es versucht, er wollte nicht, und wir werden so tun, als wäre nichts gewesen. Mit Ratten haben wir jedenfalls nichts zu tun. Da scheinen ihn ja auch andere nicht zu mögen. Vielleicht hatte ja sogar eine Katze was gegen ihn.«

*

Am nächsten Morgen scharte sich eine Schülergruppe um Jan. Mit einigen Bemerkungen hatte er seine Klassenkameraden neugierig gemacht. Besonders die Jungs bewunderten den blitzblanken Brieföffner, der auf einem dunkelblauen Samtpolster in der Schatulle lag, die mit einem kleinen Schlüssel verschlossen werden konnte.

»Fasst den bitte nicht an«, forderte Jan freundlich.

»Du lieber Himmel, der sieht ja richtig scharf aus, den könnte man direkt als Waffe gebrauchen«, sagte Julia ängstlich.

Genau, hätte Jan beinahe gesagt.

Als jetzt doch jemand in das Kästchen greifen wollte, herrschte Jan seinen Mitschüler mit barschen Worten an. Ihr werdet schon sehen, dachte er.

»Lass dich bloß nicht erwischen,« sagte Liane . »Waffen sind doch an der Schule verboten.«

»Das ist aber ein Briefö…«

Weiter kam Jan nicht. Unbemerkt hatte Wilhelm Körke sich zwischen die Schüler gemischt. Mit einem schnellen Griff hatte er den Brieföffner aus der Schatulle an sich genommen.

»Bitte legen Sie ihn wieder zurück«, bat Jan mit fast erstickter Stimme. »Ehrlich, ich wollte damit nur ein bisschen angeben. Der Brieföffner ist ein Geschenk für meine Tante.«

Der ungewohnt kleinlaute Ton gerade dieses Schülers verwunderte Körke, und erstickte die zornige Bemerkung, die er auf den Lippen hatte. Tatsächlich legte er den Brieföffner zurück auf das Samtpolster. Insgeheim hatte ihn der Besuch der Schüler gestern beeindruckt.

»Ich sehe, dass das Kästchen ein Schloss hat«, sagte er, »du verschließt es jetzt und holst dir den Schlüssel nach der letzten Stunde bei mir ab.«

Jan schlug die Augen nieder und nickte stumm. Er verschloss das Kästchen und reichte Körke den Schlüssel. »Es tut mir leid«, murmelte er leise.

*

Thaddäus hatte heute Morgen ausgeschlafen und war erst nach dem Frühstück eine Runde mit Vincent gegangen. Am Mittag zuckelte er mit seinem Gefährt wieder los, um sich die Umgebung von Quakenbrück anzusehen. Er wollte noch eine weitere Nacht hier verbringen. Bis in die Abenddämmerung hinein fuhr er planlos hin und her.

»Du meine Güte, ist das hier menschenleer«, sagte er während der Fahrt zu dem verständnislos dreinblickenden Hund im Beiwagen. »Ich bin ja wirklich kein ängstlicher Typ, aber hier sagen sich ja noch nicht mal Füchse und Hasen gute Nacht.«

Nur alle paar Kilometer tauchte zwischen den Wiesen und Äckern in der Niederung der Kleinen Hase ein Kotten auf. Kurz vor Wasserhausen zuckte der Terrier in seinem Brustgeschirr plötzlich nach vorn. Von einem einsam gelegenen kleinen Haus aus bog ein Fahrradfahrer auf die Landstraße ab, der auf dem Feldweg vom hohen Gras der Böschung verdeckt worden war und den Thaddäus um ein Haar erwischt hätte. Er bremste scharf und schaute sofort nach dem Hund.

»Nix passiert.« Er atmetet erleichtert aus. Vincent allerdings war kaum zu halten. Der Terrier gebärdete sich wie wild, kläffte und zerrte an seinem Geschirr. Im Rückspiegel sah er, dass es eine Fahrradfahrerin war, offensichtlich eine alte Dame mit einem wehenden schwarzen Rock und einem altmodisch gebundenen Kopftuch.

Sie muss wohl schwerhörig sein, das Motorrad macht ja nun wirklich Lärm genug. Noch einmal sah Thaddäus in den Spiegel, aber die Frau war schon von den wogenden Kornfeldern verschluckt worden.

Vincent wollte sich überhaupt nicht beruhigen. Er stand inzwischen auf seinem Sitz und zerrte an den Brustgurten.

»Meine Güte, was hast du denn?« Thaddäus konnte sich keinen Reim auf das Verhalten seines Hundes machen. Er bog in den schmalen unbefestigten Weg in Richtung des kleinen Hauses ab und hielt auf der Zufahrt zu dem ungepflegt wirkenden Anwesen. Er stieg von seinem Motorrad und befreite den Hund aus dem Geschirr.

Wahrscheinlich hat er eine Wildfährte in die Nase bekommen, dachte er und erschrak, als Vincent direkt auf die Kottentür zuraste. Wie toll gebärdete sich der Hund dort und bellte sich förmlich die Seele aus dem Leib.

Thaddäus ging auf das Haus zu und erschrak ein zweites Mal. Da lag offensichtlich ein Mensch vor der Haustür. Der Hund stand davor und verbellte die Männergestalt, die sich nicht regte.

Er pfiff Vincent das Zurück-Kommando. Der Hund kam nicht. Vorsichtig trat Thaddäus neben ihn und hielt die Luft an. Zwischen den Rippen des Mannes, der still dalag, steckte ein blankes Messer und über ein offenstehendes Auge kroch eine dicke schillernde Schmeißfliege. Thaddäus zuckte zurück und schüttelte sich. Wie in Trance griff er dem Hund ins Halsband und führte ihn zum Motorrad zurück. Er band ihn an und griff nach seinem Handy in der Jeansjacke.

»Polizei Quakenbrück«, hörte er und die Frage, was denn passiert sei.

»Ein Mord, hier liegt ein toter Mann mit einem Messer im Bauch«, hörte Thaddäus sich fassungslos antworten.

»Beruhigen Sie sich«, sagte die Männerstimme, »wo sind Sie denn?«

»Keine Ahnung«, musste Thaddäus zugeben. Dann riss er sich zusammen und versuchte die Strecke zu beschreiben, die er eben noch ganz entspannt gefahren war. An ein Ortsschild konnte er sich aber beim besten Willen nicht erinnern. »Westlich von Quakenbrück«, flüsterte er fast. Doch dann fiel ihm der bunt gestrichene Strommast ein, den er noch bestaunt hatte, bevor er abgebogen war.

»Okay, ich weiß, wo das ist«, sagte der Polizist. »Bleiben Sie bitte dort, wir sind gleich da. Und rühren Sie nichts an.«

*

Wochen später, als er schon längst die nächste Motorradtour hinter sich hatte, fiel Thaddäus eine Notiz in der Online-Zeitung des Nordkreises Osnabrück auf, die er gegoogelt hatte:

»*Der Tod des Gymnasiallehrers Wilhelm Körke gibt der Polizei in Quakenbrück Rätsel auf. Der Mann war vor einiger Zeit tot vor seiner Haustür aufgefunden worden. In seiner Brust steckte sein eigener Brieföffner. Die Fingerabdrücke, die die Spurensicherung darauf fand, stammen von dem Toten selbst. Ein Mord kann ausgeschlossen werden.*«

*

»Hast du den Brieföffner wirklich an deine Tante verschenkt?«, fragte Paul einige Tage nach dem Tod des Lehrers seinen besten Freund Jan.

Jan sah ihn an und grinste: »Ja, er war mir dann doch zu spießig.«

45 **Rieste:** Dieser staatlich anerkannte Erholungsort liegt im nördlichen Landkreis Osnabrück. Sehenswert ist die katholische Wallfahrtskirche St. Johannes der Täufer von 1426 mit lebensgroßem Kruzifix von 1300, drei Barockaltären und dem Rosenkranzgarten. Die evangelische Emmaus-Kapelle wurde 1913 eingeweiht. Das Kloster Kommende Lage beherbergt heute Ordensfrauen des Dominikanerklosters »Mater Dolora«. www.rieste.de

46 **Bramgau-Route**: Sie ist eine 103 Kilometer lange Ferienstraße in und um Bramsche, die als Ringstrecke ausgelegt ist und zu einem großen Teil durch den Natur- und Geopark TERRA.vita führt. Sie führt von Osnabrück über Icker, Kalkriese, Neuenkirchen-Vörden, Rieste, Alfhausen, Merzen, Voltlage, Neuenkirchen, Ueffeln, Bramsche und Wallenhorst. An der Strecke liegen Großstein- und Hügelgräber aus der Jungsteinzeit und Bronzezeit (Teil der Straße der Megalith-Kultur).

47 **Alfsee:** Der 2,2 Hektar große Alfsee ist das Hochwasserrückhaltebecken des Einzugsgebietes der Hase in Alfhausen-Rieste und liegt im Norden des Osnabrücker Landes. Weißer Sandstrand, klares Wasser und zahlreiche Sportmöglichkeiten (zum Beispiel: Naturminigolf an den Seeterrassen oder Kartfahren) machen die Strandarena zum attraktiven Ferienziel. www.alfsee.de

48 **Klosterpforte mit Torhaus Bersenbrück:** Das Wahrzeichen der Stadt direkt am Marktplatz gelegen, wurde 1700 von einer Äbtissin des ehemaligen Zisterzienserklosters errichtet und ist Eingang zum früheren Klosterbezirk.
www.bersenbrueck.de

49 **Kreismuseum im Kloster Bersenbrück:** Museum des Landkreises Osnabrück, Stiftshof 4, 49593 Bersenbrück. Die Ausstellung zeigt das Leben der einfachen Landbevölkerung. Es werden auch regelmäßig zeitgenössische Kunstausstellungen angeboten.
www.landkreis-osnabrueck.de

50 **Artland-Route:** Sie ist 142 km lang und Ferienstraße im Artland um Quakenbrück. Sie führt über Dinklage, Badbergen, Gehrde, Bersenbrück, Ankum, Nortrup, Kettenkamp, Eggermühlen, Fürstenau, Bippen, Berge, Menslage und Groß-Mimmelage. Großsteingräber liegen an der Strecke zugehörig zur Straße der Megalith-Kultur, ebenso die beeindruckenden Fachwerkbauernhäuser (Kulturschatz Artland).
www.artland.de

51 **Kutschenmuseum Nortrup:** Am Eickhoff 1, 49638 Nortrup. Das privat geführte Museum in einem ehemaligen Pachthof des Barons von Hammerstein Loxten von 1746 entführt in vergangene Jahrhunderte und zeigt die Kunstfertigkeit der einheimischen Stellmacherbetriebe. Führungen nach Terminabsprache.
www.kutschenmuseum-gartmann.de

52 **Artlandbrauerei:** Haller Str. 4, 49638 Nortrup. Einblicke in die 800-jährige Hofgeschichte und das traditionelle Bierbrauen bietet die Brauerei an. Führungen durch die Brauanlage mit anschließenden Bierproben im Sudhaus mit Speisen aus dem Artland stehen im Angebot.
www.artland-brauerei.de

53 **Wasserschloß Loxten:** Ankumer Str. 7, 49638 Nortrup. Ein Bauernhof wurde 1474 südlich von Nortrup zu einem Rittersitz, der zu den jüngeren im Osnabrücker Land zählt. Das denkmalgeschützte Herrenhaus wurde im Stil der Niederländischen Renaissance erbaut und befindet sich in Privatbesitz.
www.artland.de

54 **Draisinefahrten:** Zwischen Quakenbrück und Fürstenau werden auf der stillgelegten Bahnstrecke Fahrten mit Handhebel-, Fahrrad- und Clubdraisinen angeboten.
www.draisine-hasetal.de

55 **Poggenpad in Quakenbrück:** Ansprechpartner: Tourismus-Information, Lange Straße 39, 49610 Quakenbrück. Froschfüße auf dem Pflaster führen an 30 Sehenswürdigkeiten der Quakenbrücker Innenstadt vorbei.
www.artland.de

56 **St. Sylvesterkirche in Quakenbrück:** Die dreischiffige westfälische Hallenkirche wurde 1235 erstmals urkundlich erwähnt. Der fast 70 Meter hohe spät-

romanische Turm ist mit einer barocken Haube versehen. Die Inneneinrichtung stammt aus der Zeit zwischen dem 16. und 17. Jahrhundert. Die Pfarrkirche ist in den Sommermonaten ganztägig geöffnet.
www.artland.de

ABGESCHOSSEN

VON ULRIKE KRONECK

Zuerst sah alles nach einem normalen Unfall aus. Der Landrover war direkt gegen einen Baum geprallt, die Front war als solche nicht mehr auszumachen, der gesamte Motorblock war in die Fahrerkabine gedrückt worden. Der Fahrer konnte nicht überlebt haben. Und das hatte Hans-Dieter Asling auch nicht.

In der ersten Zeitungsnotiz vom nächsten Morgen in der Neuen Osnabrücker Zeitung, Landkreis Süd, wurde noch darüber gerätselt, warum der Fahrer Hans-Dieter A., 59, aus Bad Iburg 57 am Teutoburger Wald auf einem fast geraden Teilstück der Landstraße von Hagen zu seinem Heimatort vor den Baum gefahren war. Möglicherweise hätten die Bremsen versagt, ein Herzinfarkt wurde nicht ausgeschlossen, und sogar von einem Sekundenschlaf war die Rede. Denn Hans-Dieter A. war nach einem langen Wochenende bei Horses and Dreams 58 auf dem Hof Kasselmann in Hagen nicht gerade ausgeschlafen gewesen. Außerdem hatte er in den Morgenstunden auch noch einige Zeit auf dem Ansitz verbracht. Asling war nämlich Mitglied einer Jagdgemeinschaft von vier Personen, die nicht nur im Teutoburger Wald gemeinsam jagten, sondern auch gelegentlich nach Mecklenburg-Vorpommern fuhren, um »auf Sauen« zu gehen.

Zwei Tage später beanspruchte die Berichterstattung über den tödlichen Unfall dann eine ganze Seite. Denn die Polizei hatte bei der Untersuchung des Landrovers festgestellt, dass im hinteren rechten Reifen ein Loch war, das auf den ersten Blick aussah wie von einem spitzen Nagel verursacht, bald aber einer Schusswaffe zugeschrieben werden musste. Als man im Oberschenkel des Fahrers ein Projektil fand, musste die Version vom Unfall aufgegeben werden.

Die Pressestelle der Polizei hielt sich bedeckt, schließlich handelte es sich bei Hans-Dieter A. um den Sozius einer Rechtsanwaltskanzlei mit Sitz in Osnabrück. Er hatte sich auf Abmahnverfahren und Inkassogeschäfte spezialisiert. Entsprechend groß war die Zahl seiner Feinde. Zu seinen wenigen Freunden gehörten die Jäger und er hatte es als besonders leidenschaftlicher sogar zum ersten Vorsitzenden der »Jägerei e.V. Niedersachsen« gebracht.

»Noch nicht mal seine Frau mag ihn«, meinte Kommissar Schmitz zu Irmela Hagekötter. Die Ehefrau habe eigenartig gelassen auf die Nachricht von seinem Unfall reagiert. Und später auf die Mitteilung, ihr Mann sei einem Anschlag zum Opfer gefallen, es seien gleich mehrere Schüsse auf ihn abgegeben worden, in Jägersprache gefragt: »Wissen Sie, welcher Stümper ihn zur Strecke gebracht hat?«

»Meinst du, dass der Schütze aus dem privaten Umfeld kommt?«, fragte Irmela Hagekötter ihren ehemaligen Kollegen Manni Schmitz, der die Untersuchungen leitete. Sie trafen sich immer noch alle vierzehn Tage und spielten Backgammon.

»Ein Jäger könnte es gewesen sein. Immerhin haben wir Jagd-Munition gefunden.« Genau sei diese jedoch noch nicht analysiert worden. Manni Schmitz nahm einen Schluck Bier und drehte den Verdoppelungsstein auf zwei. Seine Steine standen gut. Sie spielten Backgammon nur um die Punkte, nicht um Geld. Wer zuerst 1000 Minuspunkte erreicht hatte, musste den anderen zum Essen einladen. Bis einer die entsprechende Punktzahl erreichte, dauerte es oft drei Monate lang. »Aber die schießen doch nicht *so* schlecht«, meinte er und schlug einen Stein von Irmela.

»Wieso meint ihr, dass es ein schlechter Schütze war?«

»Weil insgesamt fünf Schüsse auf den Wagen abgegeben wurden. Es sieht irgendwie aus, als ob derjenige einfach draufgehalten hat. Ein Treffer in den rechten Hinterreifen, dann begann der Wagen zu schlingern. Vielleicht traf der nächste in die Seitenscheibe rechts, der nächste Schuss ging in den rechten Vorderreifen, daraufhin war der Wagen in Sekundenschnelle nicht mehr zu kontrollieren, einer traf in die rechte Schulter und der letzte ging erst auf die linke B-Säule und endete als Abpraller im Oberschenkel.« Sie hatten der Presse – um nicht zu viele Informationen preiszugeben – vorenthalten, dass mehrfach und mit Absicht auf den Rechtsanwalt geschossen worden war.

»Ich verstehe.« Sie würfelte und konnte den geschlagenen Stein wieder einsetzen. »Kann es ein Jugendlicher gewesen sein, der mal die Waffe seines Vaters am lebenden Objekt ausprobieren wollte?«

Das schloss Schmitz nicht aus. »Dann wäre er nur ein Zufallsopfer«, meinte er. »Das glaube ich aber nicht.«

»Habt ihr Anhaltspunkte, dass er wirklich gemeint war?«

»Ja. Seinen Charakter«, meinte Schmitz. »Er war ein recht unbeliebter Zeitgenosse.« Asling vertrete verschiedene halbseidene Internetfirmen, die Leuten mit unsauberen Verträgen Software und Online-Abos andrehten, die sie dann nicht mehr loswürden. Seine Kanzlei habe die Debitorenbuchhaltung übernommen und treibe mit kühler Zähigkeit die offenstehenden Rechnungen ein, schreibe

Mahnbescheide, erwirke Titel und vertrete die Gesellschaft, allerdings selten vor Gericht. Denn die meisten zahlten irgendwann, zermürbt von dem ständigen Ärger. Asling sei es nicht um Recht, sondern um Geld gegangen. Er habe keinerlei Bedenken gehabt, dieses Ziel zu verfolgen.

»Woher weißt du schon nach so wenigen Tagen so viel über dein Opfer?«, staunte Irmela und begann mit dem Rauswürfeln. Sie hatte einen Pasch und nahm gleich vier Steine vom Brett.

»Er ist vor einem Jahr gleich in zwei Fernsehreportagen als Rechtsvertreter einer Firma, die mit fragwürdigen Geschäften Geld machte, in Erscheinung getreten«, erklärte Jupp. Er war Ende 30, betrachtete Irmela jedoch noch immer als seine Mentorin, wie damals, als sie ihn als jungen Absolventen der Deutschen Hochschule der Polizei in Münster unter ihre Fittiche genommen hatte.

»Der ist ne rischtig fiese Möpp.« Jupp Schmitz kam aus Köln und sprach gern Klartext. »Du schlägst mich ja schon wieder«, stellte er mit einem Blick auf das Spielbrett fest, obwohl er vor einigen Minuten noch sicher gewesen war, dass er das Spiel gewinnen würde.

»Wenn es sich um einen geprellten Kunden seiner Mandanten handelt, werdet ihr es schwer haben.« Irmela nahm ihren letzten Stein vom Brett und zählte Jupps Minuspunkte zusammen. »Du stehst bei minus 832.«

Sie packte das Spiel zusammen: »Wenn du willst, kann ich ja mal unauffällig in der privaten Umgebung des Rechtsanwalts recherchieren.«

Jupp Schmitz sah sie dankbar an. »Irmela, wenn du das tätest?!«

*

Irmela Hagekötter hielt an der Unfallstelle. Der Baum, an dem Aslings Leben ein Ende gefunden hatte, würde diesen Zusammenprall ebenfalls nicht überleben. Die gesamte Borke war abgefallen und mit Sicherheit würde er in der nächsten Zeit gefällt werden müssen.

Sie ging einige Schritte in das Gebüsch und betrachtete von hier aus die Straße. Natürlich hatte die Spurensicherung alles untersucht. Aber sie machte sich gern selbst ein Bild. Zuerst fand sie nichts Besonderes. Vielleicht aber war das das Besondere, dachte sie sich, und ging ein Stück auf der Straße zurück. Hier mündete ein asphaltierter Weg. Irmela entschloss sich, diesen Weg zu nehmen und ging zurück zu ihrem geparkten Wagen.

Eigenartig, dieser Weg, der nur 100 Meter hinter der Unfallstelle rechts abging, führte durch den Wald und die Wiesen zum Kurpark 59 in Bad Iburg. Und Aslings Wohnsitz lag genau an einer Querstraße dieses Verbindungsweges, wie das Navigationsgerät zeigte. Er hatte sich auf die Grundmauern eines alten abgebrannten Bauernhofes einen exorbitanten Kasten gesetzt. Das an sich war für Irmela nicht weiter verwunderlich, der Besitz von Geld ging ihrer Ansicht nach nicht immer einher mit Geschmack. Eigenartig war, dass Asling mit solch hoher Geschwindigkeit vor den Baum prallen konnte. Er hätte doch – wenn er von Hagen kommend den gleichen Weg wie sie genommen hätte –, um nach Hause zu kommen, diese Abkürzung durch den Wald gewählt. Dann aber wäre seine Geschwindigkeit zu hoch gewesen. Jupp aber meinte, Asling sei sicherlich 120 Stundenkilometer gefahren. Dann aber war er nicht auf dem Weg nach Hause. Wohin wollte er? Sie würde das schon herausfinden.

Da sie schon vor dem Haus der Witwe war, konnte sie auch gleich versuchen, mit ihr ins Gespräch zu kommen.

»Guten Tag«, sagte eine recht gut gelaunte Frau Ende 40. Neben ihr standen zwei Flat-coated Retriever und freuten sich, dass Besuch kam.

»Irmela Hagekötter, Kriminalpolizei«, stellte sie sich vor. Da sie erst ein halbes Jahr im Ruhestand war, hatte sie das Gefühl, dass sie auf den Zusatz »a.D.« gut verzichten konnte. Außerdem sah sie mit ihren 61 Jahren eher aus wie Mitte 50, wenn man ihrem Freund Thaddäus Glauben schenken konnte. Irmela Hagekötter aber war das immer einerlei gewesen. Sie verzichtete ebenfalls darauf, sich als Mitarbeiterin der Opfer- und Angehörigenbetreuung der Kriminalpolizei vorzustellen, eine Abteilung, die sie für ihre Privatrecherchen ins Leben gerufen hatte.

Frau Asling schien Betreuung nicht nötig zu haben, wie Jupp Schmitz ja bereits erklärt hatte. Und damit auf keinen Fall der Eindruck aufkommen könnte, dass sie aus irgendeinem Grund Trauer tragen würde, forderte sie Irmela Hagekötter auf, reinzukommen und ein Glas Schampus mit ihr zu trinken. »Wir arbeiten gerade die Vergangenheit auf.«

Im Wohnzimmer saßen zwei schlanke Frauen im Alter von Frau Asling, gut gestylt und blondiert. Es war eine fröhliche Runde, auf die Irmela traf.

»Nehmen Sie Platz«, forderte Frau Asling sie auf, stellte ihre Freundinnen als Karin und Marie-Luise vor und holte ein Gläschen für Irmela. »Auf die aktive Trauerarbeit!« Frau Asling hob ihr Glas und prostete ihren Freundinnen und Irmela zu.

»Prost Moni«, sagten Karin und Marie-Luise.

»Schön, dass Sie es so gelassen nehmen«, sagte Irmela und nippte an ihrem Glas.

»Ja, es hätte schlimmer kommen können«, meinte Moni Asling. »Oft hat er ja die Hunde mit.« Sie schaute liebevoll auf die beiden Retriever, die sich auf ihren Decken an den bis zum Boden reichenden Fenstern des Wohnzimmers niedergelassen hatten und unbeeindruckt von der sensationellen Aussicht auf die Wiesen und blühenden Obstbäume im warmen Licht dösten. Sie schienen gut erzogen zu sein, selten bei Jagdhunden.

Irmela gewann den Eindruck, dass es bei dieser fröhlichen Frauenrunde das Beste sei, Klartext zu reden und rundheraus zu fragen: »So aufgeräumt, wie Sie feiern, haben Sie wahrscheinlich kein Motiv, das die Polizei veranlassen könnte, Sie für die Schuldige zu halten, Frau Asling?«

Moni Asling lachte laut. Dumm war sie also nicht, fand Irmela.

»Im Gegenteil. Er hätte eher ein Motiv gehabt, mir den Garaus zu machen. Es gehört ja alles mir! Haus und Hof und Aktienpakete und viele Unternehmensbeteiligungen. Selbst an der Kanzlei bin ich beteiligt.« In großer Sorge vor einem möglichen Konkurs am Anfang seiner Berufstätigkeit, hatte er zu Beginn ihrer Ehe vor 15 Jahren alles auf seine Frau überschrieben, damit »niemand seine Finger danach ausstrecken« könne. »Wir hatten eine saubere Gütertrennung«, erklärte Moni fröhlich. »Er hat allerdings seine nicht unerheblichen Einkünfte in den letzten Jahren für sich selbst verwendet.« Moni lachte: »Also, es ging ihm ganz gut. Er hatte genug, um bei irgendwelchen unterbelichteten Miezen zu punkten.«

Irmela nippte noch mal an ihrem Glas: »Auch dieses Motiv – Eifersucht – scheint ja bei Ihnen eher nicht vorzuliegen!«

Moni lachte noch lauter. »Nö.« Aber mit einem Mal wurde sie ernst. »Das einzige Motiv, das ich habe, ist eine unüberwindliche Abneigung. Ich habe meinen Mann nicht gehasst, denn er hat mir persönlich nichts angetan. Aber er war mir abgrundtief unsympathisch.«

Eine solche Aussage hatte Irmela Hagekötter während ihres Berufslebens in solcher Klarheit noch nicht gehört. Sie glaubte Moni Asling.

»Manchmal hatte ich das Gefühl, sein Vergnügen bestand darin, sich möglichst viele Feinde zu machen.« Er habe sich nicht nur als Rechtsanwalt mit Gott und der Welt angelegt, auch in der Nachbarschaft, mit allen Hausbesitzern und Wiesenpächtern habe er irgendwelche Händel angefangen. Sei es, dass er Rattengift in Katzennäpfe auf ihrem eigenen Grundstück aufstellte, Hunde, die er im Wald aufspürte, erschoss, Ordnungsverfahren durchsetzte, wenn Spaziergänger ihre Wagen seiner Ansicht nach unrechtmäßig auf dem Feldweg parkten. Er hatte Jugendliche, die in der Nachbarschaft zu laute Musik machten, juristisch verfolgen wollen oder Prozesse angestrengt, wenn jemand im Außenbereich sein Dachgeschoss ausbauen wollte.

»Warum haben Sie sich nicht scheiden lassen?«, stoppte Irmela die Ausführungen der Witwe und nippte noch einmal an ihrem Champagner. Immerhin war sie ja nicht mehr im Dienst.

»War ja eingereicht!«, frohlockte Moni. Sie sei aber eher eine bequeme Person und habe es nicht um jeden Preis forciert. »Er ist mir nicht oft über den Weg gelaufen.« Meist sei er in seinem Bereich des Hauses gewesen und ansonsten unterwegs mit einer seiner Damen.

»Wo lebt denn seine jetzige ›Dame‹?«, wollte Irmela nun wissen.

»Für die hat er, so weit ich weiß, in Hagen ein kleines Nest eingerichtet. Von dort ist er bestimmt auch gekommen.« Sie überlegte einen Moment. »Die ist aber möglicherweise schon wieder abgemeldet.« Sie habe den Eindruck, dass er in den letzten Wochen häufiger in der Gegend um Glandorf gewesen sei: »Zum Jagen!« Moni Asling feixte. »Prost, Frau Hagekötter.«

Der Vormittag verlief unter ermittlungstechnischem Aspekt betrachtet sehr erfolgreich. Irmela verabschiedete sich eine halbe Stunde später nicht nur mit einem umfassenden Eindruck von der Situation des Opfers und seiner Witwe, sondern auch mit einer Namensliste aller Personen, mit denen Asling sich im letzten halben Jahr in der Nachbarschaft angelegt hatte.

Also ließ sie ihren Wagen vor Aslings Haus stehen und holte ihr Klappfahrrad aus dem Kofferraum. Langsam folgte sie der Straße durch den Wald Richtung Bad Iburg. Hier lagen einige größere und kleinere Gehöfte. Es war ein schöner Tag und Irmela Hagekötter nahm sich Zeit, sie fuhr auch die Parallelstraße ab und hielt vor jedem Haus.

Ein älteres Ehepaar fragte sie nach dem Weg zum Kurpark und ihr wurde freundlich erklärt, dass es ganz einfach sei. Eine junge Frau mit Kind in einem kleinen Kotten erläuterte ihr den kürzesten Weg durch die Wiesen ins Holperdorper Tal, zwei Frauen, die im Garten beim Kaffee saßen, erklärten ihr den Weg nach Hagen. Die beiden Frauen kannten das Haus von Asling, »Ach ja, der Megakasten, da hinten.« Die junge Frau mit Kind erzählte von Asling, dass er ein Riesenarschloch sei, und »mit 100 Stundenkilometern« hier durch den Wald brettere.

»Vor zwei Jahren hat er Asko, den alten Hund von Tante Mia und Gerda, überfahren. Die beiden wohnen da drüben.« Die junge Frau zeigte mit dem Arm in die Wiesen hinein, in Richtung eines kleinen Fachwerkhauses. »Und Willi hat er wahrscheinlich erschossen.«

Irmela wurde hellhörig. Tante Mia und ihre Lebensgefährtin Gerda standen mit auf der Liste von Moni Asling. Hier hießen sie Maria Meier und Gerda Schulze. Sie hatten laut Moni gemeinsam mit einer Anwältin, die auch für den Tierschutzverein tätig sei, Anzeige gegen Asling erstattet. Ihr Mann sei fuchsteufelswild gewesen und habe, wenn sie sich mal sahen, ununterbrochen über diese »frustrierte Schlampe von Rechtsanwältin« geflucht. Und er hatte einfach behauptet, er sei es »leider« nicht gewesen, der den Köter erlegt habe.

»Wir haben Gott sei Dank keine Haustiere«, meinte die junge Frau. »Willi war so ein lieber Mischling aus dem Tierheim. Er lief manchmal allein in den Wiesen herum. Eines Nachmittags lag er vor der Tür. Tot. Es kann nur dieses Schwein gewesen sein.« Tante Mia und Gerda seien jetzt aber nicht da, falls sie sie sprechen wolle. Sie verbrachten seit gestern Mittag ein letztes Mal gemeinsam ein Besinnungswochenende zum Thema *»Eutonie und Meditation«* im Kloster Ohrbeck [60].

»Ein letztes Mal?«

»Ja, Gerda ist schwer krank.« Die junge Frau seufzte. »Aber sie ist auch schon sehr alt.«

Also beschloss Irmela, erst einmal der »Dame« in

Hagen einen Besuch abzustatten und in zwei Tagen noch einmal zurückzukommen.

*

Irmela schlenderte langsam über die Dorfstraße in Hagen im Teutoburger Wald. Sie kannte den Ort vor allem wegen der Alten Kirche St. Martinus 61, die als Konzert- und Ausstellungsraum genutzt wird. Sie wollte ein wenig eintauchen in das Flair des Dorfes. Es war ein lauer Frühlingstag und die Kirschblüte 62, die viele Menschen zu Wanderungen hierher zog, war in vollem Gange. Nicht weit von der Kirche wohnte Desirée Klotzhausen. Sie war zu Hause, trotz des Wochentages und trotz ihres jugendlichen Alters von 24 Jahren.

In ihr fand Irmela eine sehr traurige Ersatzwitwe. Desirée öffnete ihr verheult die Tür und forderte Irmela auf hereinzukommen, ohne dass diese sich überhaupt vorstellen konnte. Sie stand im Flur einer schicken kleinen Wohnung, deren Wohnzimmer den Blick auf das Schlafzimmer mit seinem Kingsizebett freigab.

Bei Desirée Klotzhausen gab es keinen Sekt. Sie trauerte um den großzügigen Charakter von Hans-Dieter.

»Wie äußerte sich denn seine Großzügigkeit?«, fragte Irmela interessiert.

»Ach, wir hatten so viel Spaß miteinander«, schluchzte Desirée und fasste sich versonnen an ihre breite Goldkette mit Rubin. »Ja, und überhaupt …«, seufzte sie bedeutungsschwer.

»Auch finanziell?«, wollte Irmela wissen.

Desirée schniefte und zuckte mit den Schultern. »Ab und zu hat er mir was geliehen. Als Bäckereifachverkäuferin habe ich nicht so viel verdient«, bedauerte sie, und er habe sie da rausholen wollen. Wenn sie sich vorstelle, dass er noch eine halbe Stunde vorher mit ihr … »Na Sie wissen schon, was ich meine!«, vermutete Desirée und schniefte.

Sie vermisste Hans-Dieter Asling in gleichem Maße, wie seine Frau froh über sein Ableben war. Ein Motiv sah Irmela bei Desirée wirklich nicht, und ihre geistige Wendigkeit schätzte sie nicht so hoch ein, als dass sie in diesem Gespräch ein Motiv unterschlagen konnte. Aber Desirée konnte der Liste möglicher Schützen noch ein paar weitere Kandidaten hinzufügen.

»Gucken Sie doch mal bei dieser Rechtsanwältin vorbei, die ihm gedroht hat!« Desirée warf sich empört in ihr Ledersofa.

»Welche Rechtsanwältin?«, fragte Irmela.

»Na, diese grüne Ziege.« Desirée präzisierte, offenbar in den Worten, die Asling benutzt hatte, dass es sich bei der grünen Ziege um Frau Dr. Brandis handelte, eine vertrocknete Krampfhenne, die für irgendeinen Tierschutzverein irgendeinen Scheiß mache.

»Inwiefern hat sie ihm gedroht?«, wollte Irmela Hagekötter noch wissen.

»Ach, ich weiß nicht, aber wir haben sie zufällig vor dem Schloss Bad Iburg 63 getroffen, als ich Hans-Dieter vom Amtsgericht abholen wollte.« Desirée legte stolz den Kopf in den Nacken. Sie wisse nicht mehr, was sie genau gesagt habe, aber so was Ähnliches wie: Er werde eines Tages in der Hölle schmoren und dass er es noch bereuen würde.

*

Es war so schön an diesem Tag, dass Irmela sich entschied, von Hagen durch das Holperdorper Tal **64** über Bad Iburg zu fahren. Überall blühten die Kirschbäume und die Menschen waren auf ihren Fahrrädern unterwegs, um die ersten wirklich schönen Tage zu genießen und den Winterspeck abzuradeln. Am Charlottensee **65** am Fuß des Schlosses hielt Irmela kurz, um eine Kleinigkeit zu essen. Dann fuhr sie weiter nach Bad Laer **66**. Dort hatte Frau Dr. Brandis ihre Kanzlei.

Sie hatte Glück. Frau Dr. Brandis hatte Zeit und war sehr aufgeräumt, als sich Irmela Hagekötter vorstellte, dieses Mal als Kriminalhauptkommissarin a. D. Frau Dr. Brandis hatte überhaupt nichts von einer Ziege und genauso wenig von einer Henne. Sie war Ende 30 und lediglich für Desirée zu alt, um wahrgenommen zu werden, und für ihren verblichenen Beischläfer zu intelligent, sodass seine Beleidigungen von ihr sicher nicht ernst genommen wurden.

»Das stimmt«, bestätigte Frau Dr. Brandis, nachdem sie wieder hinter ihrem Schreibtisch Platz genommen hatte. »Genau genommen habe ich es so formuliert: Ich werde alles tun, damit Sie es bereuen werden.«

Irmela fand sofort Gefallen an Frau Dr. Brandis. »Ich gehe mal davon aus, dass Sie einige Mandanten haben, die nicht unglücklich sind, dass Herr Asling ihnen keine Schwierigkeiten mehr machen wird.«

Frau Dr. Brandis stimmte freundlich zu, ergänzte aber, dass auch sie nicht traurig sei, diesem Kollegen, einer Schande ihrer Zunft, nicht mehr begegnen zu müssen.

»Würde es denn ihre anwaltliche Schweigpflicht erlauben, mir in etwa zu umreißen, wegen welcher Dinge Ihre Mandanten sich gegen Asling zur Wehr setzen wollten?«, fragte Irmela, obwohl sie nicht damit rechnete, dass die nette Anwältin darüber Auskunft geben würde.

»Bei mir ging es um Tiere.« Frau Dr. Brandis stand auf: »Ich bin in eigener Sache gegen Asling vorgegangen.« Irgendwie schien die attraktive Frau zu bemerken, dass Irmela Hagekötter kein objektives Interesse an Rechtsanwalt Asling hatte. »Wissen Sie was, lassen Sie uns einfach rausgehen in den Kurpark.«

Irmela stimmte zu, vor allem, da sie den Kurpark in Bad Laer noch nicht kannte. Normalerweise führte sie ihre Gäste, wenn sie denn mal einen Ausflug machten, nach Bad Rothenfelde [67], zeigte ihnen die große Saline und flanierte am Kurhaus entlang.

Frau Dr. Brandis setzte sich mit ihr auf die Terrasse eines Cafés und erzählte: »Ich muss einfach draußen sein, verstehen Sie. Wenn ich an Asling denke, habe ich das Gefühl, ich verliere völlig die Fassung.« Sie habe, so viel könne sie sagen, mehrere Mandanten, die um ihre Tiere trauerten. Asling, bösartig und hinterhältig, habe es förmlich darauf angelegt, Haustiere zu erschießen. Aber Namen würde sie ihr selbstverständlich nicht nennen.

»Im letzten Jahr, als er hier in der Gegend zur Jagd eingeladen war, hat er am Dreiländereck [68] den Hund von Spaziergängern erschossen. Aus reiner Mordlust.« Frau Dr. Brandis schnappte nach Luft. Sie machte keinen Hehl daraus, dass sie Asling hasste. »Ich bin überzeugt davon, dass er niemals auf Rehe, sondern immer gezielt auf Katzen und Hunde gegangen ist. Er war einfach widerlich.«

Natürlich war sie in allen Fällen unterlegen, in denen sie versucht hatte, ihn zu belangen. Tiere seien nach BGB Sachen, und – das käme erschwerend hinzu – Menschen im Besitz eines Jagdscheins hätten das Recht unter bestimmten Bedingungen Haustiere abzuschießen. Die Abschüsse würden mit einer vermeintlichen Bedrohung der Wildbestände durch Hunde und Katzen gerechtfertigt.

»Das ist natürlich absurd«, sagte Frau Dr. Brandis. Laut Bundesjagdgesetz dürften Jäger nur dann auf Hunde und Katzen schießen, wenn die Tiere auch tatsächlich wilderten und kein anderes Mittel greife, sie davon abzubringen. »Es ist jedoch kaum vorstellbar, dass die von Asling erlegten Haustiere alle auch gejagt haben«, schloss sie. »Er ist ein Tier- und Menschenquäler. War. Zum Glück«, schloss Dr. Brandis. »Und im Übrigen: Was sollen denn Katzen wildern?«

Irmela folgte Frau Dr. Brandis Ausführungen interessiert und fragte sich, ob sie es gewesen war, die ihn – weil es ihr einfach zu viel geworden war mit Asling – über den Haufen geschossen hatte. Dr. Brandis kam ihr zuvor.

»Ich habe aber die richtige Waffe gegen ihn gefunden.« Frau Dr. Brandis grinste. »Ihm war nichts wichtiger als der Vorsitz der Jägerei Niedersachsen e.V. Und da habe ich ihn am Wickel gehabt. Diese Verbände mögen es nämlich nicht, wenn sie in der Öffentlichkeit schlecht beleumundet werden. Da ich das Verhalten von Asling öffentlich gemacht habe, war seine Wiederwahl im Herbst durchaus fraglich. Die offiziellen Jägerverbände geben sich nämlich gern als Naturschützer und erzählen so allerlei. Sie würden den Wald vor Wildverbiss schützen und so weiter. Sie schießen aber am liebsten männliche Tiere, damit sie sich die Trophäe über den Kamin hängen können. Die Trophäenjagd, und die dadurch bedingten Jagdzeiten sowie die eigentlich verbotene Fütterung haben aber viel Probleme hervorgerufen – letztlich führt das alles zur einseitigen Förderung jagdbarer Tiere auf Kosten des Waldes.

Und dann schießen sie auch noch Hasen, obwohl sie auf der roten Liste stehen und …«

Frau Dr. Brandis war regelrecht in Fahrt gekommen und Irmela Hagekötter fragte sich wieder, ob sie nicht doch in der Lage gewesen wäre, Asling umzulegen. Aber dafür argumentierte sie viel zu gut und genau. Sie war eine intellektuelle Leidenschaftlerin, aber sie hatte nicht unter Asling gelitten. Der Kampf mit ihm hatte ihr auf gewisse Weise wohl auch Spaß gemacht.

»Fehlt er Ihnen?«, fragte sie daher ihre Gesprächspartnerin unvermittelt.

»Vielleicht«, gab Frau Dr. Brandis zu. »Mit ihm hatte ich ein konkretes Ziel für meinen Kampf.«

*

»Wie sollen wir denn eine Liste getöteter Katzen und Hunde beschaffen?«, hatte Jupp Schmitz sie am nächsten Tag gefragt. »Katzen werden überfahren oder kommen nicht wieder. Das vermerkt doch keiner.«

Jupp hatte sicher recht, obwohl es vielleicht eine Möglichkeit gegeben hätte, über die Querverbindung Dr. Brandis und Rechtsanwalt Asling und deren gegeneinander gerichteten Verfahren Näheres über die beteiligten Katzen- und Hundehalter zu erfahren.

»Lass gut sein, Jupp.« Irmela wollte ihn nicht weiter damit behelligen, sie würde auch so dieser Spur nachgehen können.

»Übrigens sind die Ergebnisse aus der Ballistik da«, erzählte ihr Kommissar Jupp Schmitz. »Wahrscheinlich hat ihn doch ein Jäger umgenietet: Wir haben ein 8x57 Kaliber festgestellt. Es muss sich um einen Karabiner K98 handeln, ein altes Schätzchen mit einem ganz schönen Krawumm.«

»Also doch ein Jäger?« Irmela war ausgesprochen skeptisch. Sie glaubte nicht, dass ein Jäger auf Asling geschossen hatte. Außerdem hatte sie sich bereits entschieden, wie sie nun weiter vorgehen wollte.

Den Nachmittag dieses Tages, bevor sie den ausstehenden Besuch machen wollte, verbrachte sie in Bad Iburg. Nachdem sie sich noch einmal das Uhrenmuseum **69** am Gografenhof angesehen hatte, traf sie sich mit ihrer Nichte Ebba, der esoterischen Sportskanone, in einem Lokal. Ebba fuhr nämlich nach der Arbeit häufiger die unter Sportsleuten mittlerweile bekannte Mountain-Bikertour **70** durch den Freden. In diesem Jahr wollte sie im Herbst sogar an der dort ausgetragenen Teuto-Tour teilnehmen.

»Mensch, Irmela, ich beneide dich. Und du meinst, die neue Freundin von dem Fiesling in Glandorf könnte was damit zu tun haben? Immerhin war er ja mit einem Affenzahn zu ihr unterwegs?« Ebba trank ein riesiges alkoholfreies Bier, Irmela fand, dass es auch für alkoholfreies Bier noch zu früh war und hatte sich einen Capuccino bestellt.

Irmela meinte das überhaupt nicht, aber sie war es gewohnt, dass Ebba in ihrer Begeisterung nicht richtig zuhörte. »Nein, welch ein Motiv sollte eine neue Freundin haben. Dann hatte doch wohl eher die alte ein Motiv.« Desirée, die Bäckereifachverkäuferin, hätte im Fall einer ernsthaften Konkurrentin wahrscheinlich wieder hinter die Theke müssen, wenn sie sich nicht einen anderen Sugardaddy hätte zulegen können. Nun musste sie das ohnehin. Ihr hätte nur ein lebender Asling genutzt.

»Aber ich denke, dass die Person, die auf Asling geschossen hat, wusste, dass er um diese Zeit nicht nach Hause wollte.« Irmela war sich nach dem Tag der Recherche vorgestern im unmittelbaren Umfeld von Asling sicher, dass bei diesem Anschlag ein gehöriger Hass mit im Spiel war. Da kamen allerdings einige infrage. Heute aber wollte sie noch einmal zu den beiden alten Damen, die gleich zweimal den Tod eines ihrer Tiere beklagen mussten.

Sie versprach Ebba, sie auf dem Laufenden zu halten, und machte sich auf den Weg. Sie fuhr um den Charlottensee, einen künstlich angelegten Teich, auf dem Schwäne schwammen, und anschließend am Kurhaus vorbei über dieselbe Straße, die sie vor zwei Tagen genommen hatte. Ein paar Mal musste sie abbiegen, dann stand sie vor dem kleinen Fachwerkkotten.

Im Garten bearbeitete eine hagere Frau mit einer kleinen Kreuzhacke die Wurzeln eines Hartriegels. Sie blickte auf, als Irmela direkt vor dem Lattenzaun parkte.

»Frau Meier?«, fragte Irmela Hagekötter freundlich. »Maria Meier?«

»Ja. Mia Meier«, bestätigte die Frau. Sie trug knöchelhohe Arbeitsschuhe, eine karierte Bluse und einen weitgeschnittenen Kattunrock, der ihr bis zur Wade reichte. Ein wenig machte sie den Eindruck, als sei sie im falschen Jahrhundert gelandet. Sie war mindestens Mitte 70, hatte aber nichts Ältliches, sondern strahlte mit ihren zum Pferdeschwanz zusammengebundenen Haaren und dem schmalen Mund eine energische Kraft aus. An ihrer rechten Wange hatte sie einen großen blauen Fleck.

»Ich komme wegen des Tods von Herrn Asling«, sagte Irmela Hagekötter unumwunden.

Mia Meier wollte nicht wissen, in welcher Funktion ihre Besucherin gekommen war, sondern bat sie ganz selbstverständlich herein. In der Küche mit Blick in den Garten bot sie ihr einen Tee an, den Irmela annahm. Mia Meier stellte drei Becher aus lasiertem Ton mit einem handgemalten weißen Zickzackleisten-Dekor auf den Tisch. Irmela erkannte das hübsche Dekor einer Töpferei 71 in Hasbergen.

»Mia?«, hörte sie eine Stimme aus dem Nebenraum.

»Meine Freundin Gerda«, erläuterte Mia. »Wir leben hier zusammen.« Etwas lauter rief sie nach hinten. »Warte, ich helfe dir.«

Mia stand auf und nach fünf Minuten kam sie mit Gerda Schulze zurück. Frau Schulze war das genaue Gegenteil von Mia. Sie mochte nicht viel älter sein, aber war hinfällig und konnte ohne die Hilfe ihrer Freundin kaum den Weg bis zum Tisch bewältigen. Irmela sah den beiden Frauen entgegen. Sie wartete bis sich die beiden zu ihr an den Tisch gesetzt hatten und jede von ihnen einen Tee im Becher hatte. Während Mia Meier den Tee bereitete, sagte niemand etwas.

»Haben Sie Ihre beiden Hunde Asko und Willi hier in Ihrem schönen Garten begraben?«, eröffnete Irmela das Gespräch.

»Ja, dort hinten am Zaun«, sagte Gerda mit erstaunlich fester Stimme und wies mit der Hand auf das andere Fenster, das in den Garten hinter dem Haus führte.

»Mia, hol mir doch mal bitte …«

»Gerda, ich bitte dich, nicht jetzt«, unterbrach Mia schnell und schaute sie streng, aber liebevoll an.

»Doch, so haben wir es besprochen.« Gerda sah ihre Freundin genauso fest an. »Bring bitte mein Gewehr.«

Mia stand auf, verließ den Raum und kehrte nach einer Minute mit einem Karabiner zurück. Das Gewehr vor die Karobluse gepresst, stand sie mitten in der Küche.

»Ich nehme an, dass dies ein K98 Kaliber 8x57 ist«, stellte Irmela sachverständig fest.

»Ja«, bestätigte Gerda, »die alte Waffe meines Vaters. Gib her«, sagte Gerda und streckte die Hände nach dem Gewehr aus.

Mia lehnte sich an den Herd und hielt das Gewehr am Lauf fest. »Ach, Gerda.«

Gerda nahm einen Schluck Tee und erzählte: »Vor einem halben Jahr haben wir unseren Willi begraben. Irgendwann habe ich beschlossen, dass der Karabiner meines Vaters noch einmal ein gutes Werk tun soll.« Sie kannten ja die Gegend wie ihre Westentasche und Aslings auffälliger Wagen war nicht zu verwechseln. »Er musste nur die nötige Geschwindigkeit haben.«

»Aber er fuhr ja immer zu schnell«, warf nun Mia ein. »Seit etwa acht Wochen aber fuhr er fast regelmäßig über die Landstraße weiter Richtung Iburg und war dann auch an dieser Stelle immer sehr schnell.« Früher habe er dort immer abgebremst, um abzubiegen.

»Woher wussten Sie denn, dass er nach Iburg fuhr? Haben Sie ihn etwa verfolgt?«, fragte Irmela.

»Wir haben es versucht.« Aber das war natürlich nicht möglich. Sie hätten ihn aber in seinem Wagen in Iburg gesehen. Außerdem habe ihnen Lucy und Emmi, gute Freundinnen aus Iburg, mit denen sie einmal in der Woche Rommée spielten, erzählt, sein Wagen stehe jetzt häufiger vor einem Appartementhaus in ihrer Nähe. »Er hat ein dummes junges Mädchen dort«, erklärte Gerda. Sie warf Mia, die noch immer am Herd stand, einen ernsten Blick zu und fuhr fort: »Vor drei Tagen dann habe ich ihm morgens aufgelauert und ihn erwischt.«

»Warum haben Sie bis dahin gewartet?«, fragte Irmela.

»Er musste allein im Wagen sein. Oft hatte er die Hunde mit. Wir … ich wollte auf keinen Fall, dass ihnen was zustößt.«

Irmela Hagekötter sah von Gerda Schulze, die ihre Erzählung beenden wollte, auf Mia, die mit dem Gewehr in der Hand sehr müde aussah. Sie stand auf und nahm Mia Meier das Gewehr aus der Hand: »Der blaue Fleck vom Rückschlag des Karabiners wird noch einige Tage bleiben. Nehmen Sie bitte dieses hier.« Irmela griff in ihre Tasche, holte ihr Schminktäschchen heraus und steckte der verblüfften Mia eine angebrochene Tube Make-up in die Hand. »So, und jetzt geben Sie mir mal bitte das Gewehr.«

Mit einem festen Griff nahm Irmela Mia die Waffe aus der Hand, griff sich ein Küchentuch, setzte sich auf ihren Stuhl und begann Kolben und Lauf und vor allem den Abzug inbrünstig zu polieren. »So, liebe Frau Schulze, nun fassen Sie mal das Gewehr Ihres Vaters liebevoll an.«

Gerda Schulze rückte mühsam ein wenig vom Tisch und mit der Hilfe von Irmela Hagekötter legte sie das Gewehr an und schaffte es in der Tat, den Lauf so weit anzuheben, dass sie das Tischbein hätte wegschießen können.

»Sie waren ja noch etwas kräftiger vor einigen Tagen, nehme ich an?« Irmela nahm jetzt Einmal-Handschuhe aus der Tasche, zog sie an und trug das Gewehr in die Ecke neben den Ofen.

»Dass Sie mir das nicht mehr anfassen, Frau Meier.« Dann nahm Irmela ihr Handy und rief Jupp Schmitz an, dem sie versprach, bis zu seinem Eintreffen zu warten. Anschließend telefonierte sie mit Frau Dr. Brandis, um ihr zu sagen, dass sie mit Gerda Schulze eine neue Mandantin habe. Dieses Mal gehe es jedoch um Mord. Ja, ja, sie habe richtig gehört.

Gerda Schulze starb zwei Wochen später und ihre Urne wurde im Friedwald bei Bramsche 72 beigesetzt.

57 **Bad Iburg:** ein staatlich anerkanntes Kneippheilbad im Teutoburger Wald. Im Frühjahr lockt der Höhenzug des Großen Freden mit der Blüte des Lerchensporns viele Wanderer in den Ort.
www.badiburg.de

58 **Horses and Dreams**: Hof Kasselmann, Am Borgberg 3, 49170 Hagen am Teutoburger Wald. Diese jährlich stattfindende große Reitveranstaltung unter wechselnden Mottos hat sich im letzten Jahrzehnt zu einer internationalen Institution des Reitsports entwickelt. Sie findet jedes Jahr Ende April/Anfang Mai in Hagen statt. Auf dem Hof Kasselmann werden das ganze Jahr über Veranstaltungen mit und rund um das Pferd angeboten.
www.hof-kasselmann.de

59 **Kurpark Bad Iburg**: Der Kurpark in Sichtweite zum Schloss bietet den Touristen und Wanderern im ortsnahen Waldgebiet mit seiner Teichlandschaft naturnahe Erholung.
www.badiburg.de

60 **Kloster Ohrbeck**: Am Boberg 10, 49124 Georgsmarienhütte. Nach dem ersten Weltkrieg wurden das Exerzitienhaus, Kloster und Klosterkirche fertiggestellt. Die Kirche wurde als neobarocker Kuppelbau aus Sandstein gebaut. Der Osnabrücker Bildhauer Ludwig Nolde schuf das Andachtsbild »Gott und die Sünde«. Der Franziskanerorden und das Bistum

Osnabrück betreiben im Kloster die katholische Bildungsstätte und Heimvolkshochschule.
www.haus-ohrbeck.de

61 **Alte Kirche St. Martinus:** Martinistraße 17, 49170 Hagen a. TW. Der mächtige Turm der 850 n. Chr. gegründeten St. Martinuskirche ist das älteste Gebäude und das Wahrzeichen Hagens. 1973 wurde eine neue große St. Martinuskirche für die wachsende Bevölkerung errichtet. Die alte Kirche wird heute als Konzert- und Ausstellungsraum genutzt.
www.hagen-atw.de

62 **Kirschblüte** in Hagen und im Holperdorper Tal. Schon im 16. Jahrhundert wurden in Hagen Süßkirschen angebaut. Die bezaubernde Kirschblüte im Frühjahr ist ein beliebter Anlass aufs Fahrrad zu steigen oder zu wandern.
www.hagen-atw.de

63 **Schloss Bad Iburg:** Das Schloss der Iburg dominiert auf einer Anhöhe gelegen weithin das Land. Wer von Osnabrück kommend die B 51 in den Ort fährt, hat einen sensationellen Blick auf das Schloss und über das weite Münsterland. Die ehemalige Doppelanlage aus Schloss und Kloster, entstanden 1070, beherbergt heute das Amtsgericht. Die katholische und die evangelische Schlosskirche zeugen noch von der wechselhaften Geschichte des Landes zwischen Osnabrück und Münster. Nach dem Westfälischen Frieden, der in Verhandlungen zwischen Osnabrück und Münster

1648 geschlossen wurde, kam es dazu, dass im Osnabrücker Land wechselweise katholische und evangelische Bischöfe den Stuhl besetzen sollten. Nach der Regelung Cuius regio, eius religio kam es dazu, dass die Dörfer die Religion behielten, die sie zuletzt hatten. So gibt es im Osnabrücker und im Münsterland Land einerseits evangelische Dörfer und andererseits Orte, mit überwiegend katholischer Bevölkerung.
Im Schloss besonders sehenswert ist der Rittersaal aus dem 17. Jahrhundert, berühmt wegen seiner illusionistischen Deckenmalerei mit perspektivischer Scheinarchitektur. Im Rittersaal finden kulturelle Veranstaltungen statt.
www.badiburg.de

64 **Holperdorper Tal**: Zwischen Lienen (bereits in Nordrhein-Westfalen) und Bad Iburg verläuft die Straße zur Bauernschaft Holperdorp in Serpentinen zwischen dem Aldruper und Lienener Berg über den Kamm des Teutoburger Waldes und ist eine beliebte Strecke für Motorradfahrer.

65 **Charlottensee:** Am Fuß des Schlosses in Bad Iburg liegt der künstlich angelegte Charlottensee. Er liegt an der Stelle, an der sich früher der Mühlenteich der Schlossmühle befand, die heute gastronomisch genutzt wird. Der See ist nach der im Schloss geborenen späteren preußischen Königin Sophie Charlotte benannt. Da er sehr flach ist und schnell zufriert, ist er bei Schlittschuhläufern sehr beliebt. Der Charlottenburger Ring, der als Teilstück der Bundesstraße

51 um den See herumführt, wird heute noch nach seinem früheren Namen »Rennbahn« genannt. Die Schlosswiese, die früher als Sportplatz genutzt wurde, ist 2013 zu einem Parkgelände umgestaltet worden.
www.badiburg.de

66 **Bad Laer:** Das Solebad mit 1000-jähriger Geschichte ist seit 1975 staatlich anerkannt. Der alte Kurpark des Ortes wurde zu einem Erlebniskurpark mit Wassertretbecken, Barfußpark und anderen Attraktionen umgestaltet. Die ortseigene Quelle speist mit ihrer Sole einen überdachten Inhalierpavillon.
www.bad-laer.de

67 **Bad Rothenfelde:** Dieser Ort hat eine lange Geschichte, die auf der Entdeckung der Salzquelle beruht. Auf dem Salzwerk entwickelte sich eine Ansiedlung von Bauern, eine Landgemeinde und schließlich ein Heilbad, das 1965 staatlich anerkannt wurde. Die Schüchtermannklinik in Bad Rothenfelde ist eines der leistungsfähigen Herzzentren Deutschlands.
www.bad-rothenfelde.de

68 **Dreiländereck** bei Bad Laer: Vielen Menschen aus Versmold, Füchtorf (Stadt Sassenberg) und Bad Laer ist dieser Ort unbekannt, obwohl er den Mittelpunkt zwischen diesen Ortschaften markiert. Es waren die Gebiete der Grafschaft Ravensberg, des Bistums Münster und des Hochstifts Osnabrück, die hier aneinandergrenzten. Das Dreiländereck ist ein stilles Fleckchen Erde.
www.bad-laer.de

69 **Uhrenmuseum: Am** Gografenhof 5, 49186 Bad Iburg. Das private Museum zeigt mehr als 800 funktionstüchtige Zeitmesser aus mehr als drei Jahrhunderten. Es ist in einem hübschen Gebäude aus dem Jahr 1820 gegenüber dem Gografenhof, dem heutigen Rathaus der Stadt, untergebracht.
www.badiburg.de

70 **Mountain-Bike-Strecke Bad Iburg**: Zwei alternative Strecken von je 20 und 40 Kilometern Länge mit jeder Menge Höhenmetern sind für Sportsleute ausgeschildert. Ausgangspunkt ist die Wassertretstelle am Freden.
www.teutotour.de

71 **Töpferei Niehenke:** Am Plessen 51, 49205 Hasbergen. Gegründet 1799 hat die Töpferei eine 200 Jahre alte Familientradition. Seit einigen Jahren gibt es dort auch musikalische Veranstaltungen.
www.niehenke.eu

72 **FriedWald bei Bramsche: Navigationspunkt: Gehnstraße, 49565 Bramsche-Achmer. Koordinaten FriedWald-Parkplatz:** 7,915207° E; 52,425395° N Schon zu Lebzeiten können sich die Interessierten im FriedWald ihren Bestattungsplatz aussuchen. Friedwälder gibt es deutschlandweit derzeit 50 Standorte. Die Asche des Verstorbenen wird in einer biologisch abbaubaren Urne an den Wurzeln eines Baumes beigesetzt. Die Natur übernimmt gewissermaßen die Grabpflege. Der FriedWald wird unabhängig von Konfessionen genutzt. www.friedwald.de

DER INDIANISCHE SATTEL

VON CONNY RUTSCH

Sie schrak hoch und hielt den Atem an. Alles ruhig. Da, wieder. Leise Geräusche drangen vom Hof zu ihr. Der Hund schlug an, drohend. Genau – davon war sie aufgewacht. Ihr Setter bellte selten.

Anna wartete einen Moment, bis sich ihre Augen an die pechschwarze Dunkelheit des Schlafzimmers gewöhnt hatten. Dann stieg sie leise aus dem Bett, schlüpfte barfuß hinaus in den Flur Richtung Diele. Sofort stand ihr Hund neben ihr, schwanzwedelnd und trotzdem immer wieder um sich witternd. An der Tür zur Sattelkammer zog sie sich ihre Knöchelstiefel an und öffnete vorsichtig die Tür. Der Hund wich ihr nicht von der Seite.

In der sauber gefegten Diele standen die Pferde ruhig in ihren Boxen. Nur die dunkle Stute trat an die Gitterstäbe, als sie Anna bemerkte. Sicher wird sie bald fohlen, dachte sie.

Der Hund knurrte warnend. Und jetzt hörte auch sie leise Schritte draußen auf dem Kies. Mit einer Handbewegung befahl sie dem Hund, still zu sein und schlich weiter zur Futterkammer. Ein Dieb fehlt mir grade noch, dachte sie.

Der Lichtschein, kurz und flackernd, ließ ihr Herz bis in den Hals hinauf schlagen. Sie erreichte die Tür, legte die Hand an den Riegel, öffnete ihn vorsichtig und schob die Tür auf. Wer zuerst aufschrie, konnte Anna später nicht mehr sagen.

Sie mussten im selben Moment lachen. Die beiden Stallmädchen Luise und Jenny hatten es sich auf den Heuballen gemütlich gemacht. »Wir dachten, dass ›Shadow‹ vielleicht heute Nacht ihr Fohlen bekommt«, erklärte Luise. »Sie war nachmittags so unruhig.«

»Aber ihr hättet mir wirklich sagen müssen, dass ihr hier wachen wollt«, meinte Anna. Beruhigt war sie nicht. Denn es waren nicht die Mädchen, die vor ihrem Fenster über den Kies gegangen waren.

*

Thaddäus Just war früh aufgestanden und in einem Hotel in Melle mit einem ausgiebigen Frühstück verwöhnt worden. Danach hatte er seine alte DKW gepackt, seinen irischen Terrier Vincent in sein Brustgeschirr im Beiwagen geschnallt, ihm die kleine Lederkappe gegen die Zugluft um den Kopf geknöpft und war in die Stadt hinuntergefahren.

Jetzt saß er mit Professor Kleinwald auf dem Marktplatz in einem Café. Die Zeitschrift »Historische Bauwerke auf dem Land« hatte Thaddäus den Zuschlag erteilt, einen mehrseitigen Beitrag mit großformatigen Fotos und nicht zu wissenschaftlichem Text über den Grönegau zu liefern. Und weil er sich lieber mit kompetenten Menschen unterhielt als Fachliteratur zu lesen, hatte er sich mit dem über das Osnabrücker Land hinaus bekannten Meller Geografen Professor Kleinwald verabredet. Dieser hatte jetzt begonnen, ihm Einzelheiten über das Glockenspiel auf dem Rathausturm zu erklären.

»In der katholischen St.-Matthäus-Kirche 73 dort drüben wurde vor einigen Jahren die historische Klausing-Orgel restauriert«, erzählte der Professor. Auch die evangelische Petri-Kirche 74 sei mit einer Orgel aus dem 18.

Jahrhundert ausgestattet, einem Instrument von Christian Vater. Als wollte er sich entschuldigen, fügte er hinzu, Autos seien zwar nicht sein Fachgebiet, aber das Automuseum 75 in der Stadt sei auch sehr interessant. »Die Oldtimer sind alle fahrtüchtig und werden regelmäßig benutzt.«

Als Geograf lege er ihm die Waldbühne 76 in einem alten Steinbruch im Meller Berg ans Herz wegen der Topografie. »Die Theatervorstellungen sind übrigens auch ausgesprochen sehenswert.«

Etwas später, während er mit ihm den Stadtgang begonnen hatte und durch die Haferstraße zur »Alten Posthalterei 77« ging, fragte er Thaddäus: »Haben Sie sich denn auch schon die Schlösser der Gegend angesehen?«

Thaddäus erzählte dem Professor von seiner gestrigen Fototour zur Ippenburg 78 und Schloss Hünnefeld 79 und dass er sich heute das Schloss in Gesmold 80 ansehen wolle.

»Ein äußerst lohnendes Ziel«, lobte Kleinwald.

Da ahnte Thaddäus noch nicht, dass er wieder einmal in einen Kriminalfall verwickelt werden würde. Er verabschiedete sich von dem freundlichen Professor und bedankte sich für den lehrreichen Vormittag.

»Komm«, sagte er jetzt zu seinem Terrier Vincent, der die ganze Zeit brav unter dem Tisch gelegen und an einem Ochsenziemer gekaut hatte, »wir fahren noch ein bisschen in der Gegend herum.« Er setzte Vincent die Lederkappe auf und ging zum Motorrad. Gestern hatte er das Gut Bruche 81 östlich von Melle angeschaut und so machte er sich jetzt in westlicher Richtung aus der Stadt auf den Weg. Nach einigen Kilometern, die er einfach querfeldein gefahren war, fiel ihm kurz vor Gesmold auf, dass er schon mehrere große Wagen, die mit Pferdeanhängern unterwegs waren, überholt hatte. Eigentlich hatte er sich die Bifurkation 82 ansehen wollen. Immerhin gab es ein solches Naturphänomen nicht oft auf der Welt. Die ist aber morgen auch noch da, die Pferdewagen sicher nicht, dachte er.

»Na, dann schauen wir doch mal, wo die wohl hin wollen«, murmelte er in die Halbschale seines Motorradhelmes und reihte sich hinter einen blauen Hänger ein, aus dem ein blonder Pferdeschweif wehte.

»Bingo«, freute er sich, als er die Beschilderung für die Reitjagd an einer alten Kastanie bemerkte.

*

»Ruhig, Brauner«, flüsterte Anna, als sie zu ihrem Pferd in den Hänger kletterte. Der Wallach senkte seinen Kopf und stupste sie mit seiner Nase an der Schulter. Sie zog eine Mohrrübe aus ihrer Westentasche, sah zu, wie er sie vorsichtig aus ihrer Hand nahm und hörte dem Pferd eine Weile beim Kauen zu.

Die frühe Fahrt von Dülmen in den Meller Ortsteil Gesmold hatte Anna ein wenig abgelenkt. Sie war zwar nach dem aufregenden Nachterlebnis nicht mehr richtig eingeschlafen, doch die Vorfreude auf den Tag heute hatte ihre Müdigkeit nach der ersten Tasse Kaffee verscheucht. Schon seit Wochen freute sie sich auf diese herbstliche Reitjagd vom Schloß Gesmold aus. Es war etwas Besonderes für sie, mit ihrem Westernreitpferd an diesem Ereignis teilnehmen zu können.

Während der Fahrt war der frühe Nebel von einer strahlenden Oktobersonne aufgesogen worden. Die Hügel des Wiehengebirges zeigten sich mit bunter Laubfärbung von ihrer schönsten Seite.

Anna hatte den für die Pferdewagen ausgewiesenen Parkplatz vor dem Schloss erreicht. Nachdem sie den Heusack für ihr Pferd neu aufgeschüttet hatte, kletterte sie aus dem Hänger und tauschte die Halbschuhe gegen ihre blank geputzten, langen schwarzen Stiefel. Als Westernreiterin, wie sie sonst gekleidet war, konnte sie sich bei dieser traditionellen Reitjagd nicht blicken lassen. Also hatte sie ihre alten Reitsachen rausgekramt und sich wie die anderen Reiter mit Jackett und Schutzhelm ausgestattet.

»Ich geh mich mal umsehen«, erklärte sie dem immer noch kauenden Pferd und machte sich auf den Weg, um sich als Teilnehmerin für die Jagd eintragen zu lassen und Wasser für ihr Pferd zu besorgen. Aus einem ihr selber unerklärlichen Grund schaute sie immer wieder zum Hänger zurück.

Sie wurde das Gefühl nicht los, beobachtet zu werden.

*

»Ich werde ihr eine Lehre erteilen, die sie so schnell nicht wieder vergessen wird«, sagte der Mann. »Sie kann mich nicht so einfach rausschmeißen. Wie stehe ich denn da?« Er blickte die Frau nicht an, die ihm zuhörte. »Und außerdem brauche ich ihr Geld«, fügte er hinzu.

»Und was willst du tun?« fragte sie ihn.

»Nur ein kleiner Denkzettel. Du wirst schon sehen.«

*

Ein paar Hundert Meter weit außerhalb des Teilnehmerparkplatzes stellte Thaddäus sein Gespann ab, verstaute

Lederjacke, Helm und Handschuhe, zog seine Jeansjacke an, schulterte die Fototasche und nahm Vincent an die Leine. Aufgeregt schnupperte der Hund die fremden Gerüche ein. Auch Thaddäus machte das geschäftige Treiben neugierig: Schicke junge Frauen in roten Jacketts, wettergegerbte Männergesichter und die blank gestriegelten Pferde verströmten eine Atmosphäre, die ihn immer wieder zu seiner Kamera greifen ließ.

Thaddäus' Blick blieb an einer jungen Frau hängen, die einen überschwappenden Wassereimer abstellte, um sich die widerspenstigen Locken aus dem Gesicht zu streichen.

»Darf ich Ihnen behilflich sein?« fragte er, erfreut von ihrem Anblick.

»Sehr gerne, vielen Dank«, antwortete Anna ein wenig gehetzt. »Dort drüben steht mein Hänger. Ich heiße Anna Blomberg.«

»Freut mich«, sagte Thaddäus, während er nach dem Wassereimer griff. »Mein Name ist Thaddäus Just. Ich möchte hier ein paar Fotos machen. Nehmen Sie doch bitte meinen Hund. Er heißt Vincent.«

Anna ging mit dem Terrier voraus und nutzte den Moment, um sich zu beruhigen. Auf dem Weg zur Anmeldung war sie schon wieder aus der Fassung geraten. Sie hatte ihren Mann gesehen. Das glaubte sie wenigstens. Es war nur ein kurzer Augenblick gewesen, als sie die vertraute hochgewachsene Gestalt am Ende der Stallungen wahrzunehmen glaubte.

So ein Quatsch, hatte sie sich zur Ordnung gerufen und den Kopf geschüttelt. Und doch wurde sie das Unbehagen nicht los. Die nächtlichen Schritte auf dem Hof hatten ihr einen Schreck in die Glieder gejagt, der sie durcheinandergebracht hatte.

Ihr Mann Christian interessierte sich doch gar nicht für Pferde, und für sie auch nicht mehr. Erst vor einigen Wochen hatte sie ihm mitgeteilt, dass sie die Scheidung eingereicht hatte. Sie hatte die Nase voll von seinen Ausflügen und den immer neuen Frauengeschichten, die inzwischen schon zum Stadtgespräch geworden waren. Wütend und schimpfend hatte er zwei Koffer gepackt und war aus der gemeinsamen Wohnung auf dem Hof ausgezogen.

Seit Jahren widmete sich Christian nur noch seinen geschäftlichen und gesellschaftlichen Angelegenheiten im In- und Ausland und das immer ohne sie. Selbst wenn er auf eine Stippvisite nach Hause kam, blieb er oft über Nacht weg. Er arbeitete für eine weltbekannte Computerfirma und verdiente eine Menge Geld. Und er wollte immer mehr. Zwei wertvolle Autos, mehrere handgefertigte Armbanduhren und etliche teure Hobbys verschlangen alles. Seine Affären leugnete er inzwischen gar nicht mehr.

Das Schreiben ihres Rechtsanwaltes hatte Christian einen gehörigen Schock versetzt und ausgesprochen zornig reagieren lassen. War sie doch mit ihrem gut laufenden Reiterhof immer wieder eine willkommene Geldquelle.

Sollte er mir jetzt gefolgt sein?, dachte sie nervös. Hatten die Schritte auf dem Kies in der Nacht etwas mit ihm zu tun? Christians letzter Satz, bevor er den Hof verließ: »Das wirst du mir büßen«, ging ihr nicht mehr aus dem Kopf.

Thaddäus und Anna waren mittlerweile am Hänger angekommen. Anna tränkte das Pferd, und Thaddäus wunderte sich darüber, dass die junge Frau so gar nicht mitteilsam war.

»Kennen Sie die Gegend hier?«, versuchte er ein Gespräch in Gang zu bringen.

»Nein«, antwortete Anna, »und entschuldigen Sie, dass ich wahrscheinlich kurz angebunden wirke. Ich habe schlecht geschlafen. Außerdem habe ich das ungute Gefühl, als folge mir mein Mann.«

Sie merkte selbst, dass diese Bemerkung für einen Fremden rätselhaft klingen musste, und vertraute sich ihm ganz gegen ihre sonstige Gewohnheit an. »Ich lasse mich von ihm scheiden«, erklärte sie, »und befürchte, dass er etwas gegen mich im Schilde führt.« Über diesen Satz erschrak sie selbst.

»Oh, danke für Ihr Vertrauen«, sagte Thaddäus, während Vincent unbemerkt im Hänger herumschnüffelte.

»Sie sind so freundlich zu mir. Und auch wenn wir uns gar nicht kennen, finde ich es schön, dass sie mich begleiten. Wissen Sie, eine Scheidung wird meinem Mann nicht so gut bekommen. Wir leben in Gütertrennung, der Pferdehof gehört mir, und er setzt schon seit Jahren alles daran, dass ich ihn verkaufen soll, weil er nichts anderes will, als immer mehr Geld zu scheffeln.« Anna schwieg einen Moment und wunderte sich, dass sie einem Wildfremden, der freundlich neben ihr herging und den Wassereimer trug, in drei Sätzen die elende Geschichte ihrer Ehe erzählte. Aber Thaddäus Just hörte so selbstverständlich mit aufmerksamem Blick zu und nickte so verständnisvoll zu ihren Ausführungen, dass sie ihre Bedenken verwarf. Es war ja einerlei. Ihre Ehe war am Ende.

»Ich werde mein Pferd jetzt für die Jagd fertig machen«, erklärte Anna nach einer kurzen Pause. »Wenn Sie mögen, dann kommen Sie doch zum Schloss, wenn die Jagd angeblasen wird.«

»Gerne.«

Thaddäus rückte die Kamera zurecht. Das zweiflügelige Renaissanceschloss mit den wuchtigen Mauern und der gepflegten Anlage lud ihn förmlich zu einer Fotoserie ein. Er nahm die Hundeleine und schlenderte durch den Torbogen am ehemaligen Orangenhaus vorbei. Wie herrlich, dachte er. Vorgestern schon hatte er das Schloss Königsbrück 83 in Melle-Neuenkirchen besucht. Umgeben von Gräften fand er es versteckt im Wald am südlichen Rand des Grönegau. Vom Hausverwalter des Schlosses hatte er erfahren, dass die Eigentümer nicht dort lebten, sondern in der nahen Umgebung das Gut Sondermühlen bewohnten und das Schloss für musikalische Events oder Kunstausstellungen für die interessierte Bevölkerung öffneten. Ein Abstecher hatte ihn nach St. Annen geführt. Bei dieser Gelegenheit hatte er für seine Freundin Irmela Hagekötter – das war ein Tipp ihrer Nichte Ebba gewesen – in der Seifenmanufaktur in St. Annen 84 ein kleines Geschenk gekauft.

Aus der Presse wusste er, dass der Sohn des Malers Sigmund Strecker, Bernhard Strecker, in Neuenkirchen ein Museum 85 für seinen Vater gebaut hatte und auch schon auf dem Schloss mit einer Ausstellung vertreten gewesen war.

Das Sammeln der Reiter auf dem Schlosshof riss ihn aus seinen Gedanken.

»Darf ich Sie auch fotografieren?«, fragte er, als Anna ihn auf ihrem Schecken erreichte.

»Sehr gerne, aber Sie müssen mir später auch ein paar Fotos schicken, bitte.« Die letzten Worte verschluckte sie fast, weil ihr Pferd jäh scheute und einen Schritt zur Seite sprang. Eine Blondine war plötzlich neben ihr aufgetaucht.

»Halten Sie bitte ein bisschen Abstand«, versuchte Anna freundlich zu bleiben.

»Sie haben Ihr Pferd wohl nicht im Griff«, höhnte die andere und warf ihren Kopf zurück.

Wieder beschlich Anna dieses unbehagliche Gefühl. Ihr kam es vor, als hätte sie die Unbekannte schon einmal gesehen. Gespenster überall, mahnte sie sich selbst zur Vernunft, wahrscheinlich werde ich gleich denken, dass auch der freundliche Thaddäus mir seinen Vincent an die Kehle hetzt. Fast musste sie über diesen Gedanken lachen. Nein, sie wollte sich diesen Tag nicht verderben lassen.

»Wir werden von hier einige Kilometer durch die Felder am Ludwigsee [86] vorbeireiten«, wandte sie sich wieder an Thaddäus. »Dann wird es eine Pause an der Ledenburg [87] in Nemden geben. Fahren Sie einfach mit der Autokolonne mit, die sich sicher bilden wird. Die Zuschauer beobachten das Reiterfeld bei solchen Jagden gerne von den Straßen aus.«

»Danke für den Tipp«, erwiderte Thaddäus.

Vor dem Schloss hatte sich inzwischen eine Gruppe grünberockter Jagdhornbläser aufgestellt. Eine aufgeregte Hundemeute erregte zuerst Vincents Aufmerksamkeit, dann die seines Herrchens.

»Was hat das mit den Hunden auf sich?«, fragte Thaddäus zu Anna hinauf.

»Das ist die Warendorfer Meute«, antwortete sie. »Foxhounds sind das. Ein Reiter hat an seinem Sattel einen Kanister mit Pansenlauge angebracht. Er reitet mit einem Vorsprung los und legt mit ihr eine Tröpfelspur, die sogenannte Schleppe. Die Hunde nehmen dann diese Fährte auf, und das Reiterfeld folgt der Hundemeute. Sie werden sehen, welch ein schönes Bild das auf den Feldern und vor den bunten Wäldern geben wird.«

Die Bläser ließen jetzt einige Jagdsignale erklingen und

der Schlossherr begrüßte die Teilnehmer der Jagd und die Zuschauer, die in gebührendem Abstand im großem Rund das Geschehen verfolgten. Die Reiter verließen paarweise den Schlosshof, um den ersten Aufgalopp auf dem weitläufigen Gelände in naher Sichtweite der Zuschauer zu reiten.

Währenddessen wandten sich Thaddäus und Vincent wieder dem Parkplatz zu. Da ist sie ja wieder, die Blonde, dachte er. Zusammen mit einem ebenfalls blonden Mann schaute sie den Reitern nach und gestikulierte dabei heftig. Der Mann nickte ihr immer wieder zu. Dann bückte er sich und sammelte irgendetwas vom Boden auf. Es sah aber nicht so aus, als hätte er etwas verloren. Seltsam, dachte Thaddäus, da liegen doch nur Buchenblätter. Ebenso wie Anna vorhin schüttelte er unwillig den Kopf. Immerzu musste ihm sein kriminalistischer Spürsinn Streiche spielen. Kein Wunder, dachte er, ich gerate ja auch dauernd in solch merkwürdige Geschichten.

Thaddäus erreichte den Parkplatz und schlenderte am Pferdehänger hinter Annas Volvo entlang zu seiner Maschine zurück. Er ließ Vincent in den Beiwagen seines Motorrades springen und machte sich bereit zur Abfahrt. Neben der Straße konnte er jetzt das Reiterfeld hinter der Hundemeute auf einem abgeernteten Feld beobachten. Tatsächlich ein wunderschönes Bild. Er reihte sich in die Autoschlange ein, die sich vor dem Parkplatz bildete und bemerkte im Rückspiegel, dass ihm die Blonde mit ihrem Begleiter in einem offenen Mercedes-Cabriolet folgte. Schon wieder die, fuhr es Thaddäus durch den Kopf.

*

Anna hatte die ersten Natursprünge bewältigt. Sie genoss die langsamen Passagen durch die Natur ebenso wie die Galoppstrecken, auf die die Pferde förmlich zu warten schienen. Die Jagd war perfekt organisiert. Die Polizei hielt den Verkehr auf der Landstraße an, damit die Reiter ungefährdet ihren Weg Richtung Nemden nehmen konnten. Anna war warm geworden. Sie freute sich auf eine Erfrischung.

*

Thaddäus traf viel zu früh an der Ledenburg ein, wo junge Leute Häppchen und Getränke für die Reiter bereitstellten.

»Kennen Sie sich hier aus?«, fragte er einen Zuschauer, der an den Gräften der Burganlage entlangging. »Wissen Sie etwas über diese Burg?«

»Nein, nicht viel«, entgegnete der Mann, »nur, dass sie wahrscheinlich im 15. Jahrhundert nach der Zerstörung der Holter Burg entstanden ist.«

»Und wo finde ich die?«, fragte Thaddäus, immer auf der Suche nach Fotomotiven.

»Die Burg Holte 88 ist nur noch als Ruine, genauso wie die Wittekindsburg 89 in Rulle in Fragmenten erhalten und liegt in der Nähe von Bissendorf mitten im Wald«, erklärte ihm der freundliche Geschichtskenner.

Mit einem »Herzlichen Dank« wandte sich Thaddäus nun der ersten Reitergruppe zu, die gerade zur Pause eintraf. Anna winkte ihm schon von Weitem zu. Ihrem erhitzten Gesicht war anzumerken, dass ihr das Reiten Spaß gemacht hatte und wohl auch schweißtreibend gewesen war.

Als sie aus dem Sattel stieg, wurde sie sogleich von einigen jungen Mädchen umringt: »Was für ein tolles Pferd, und der Sattel ist auch so schön«, waren sie sich einig.

»Ja, danke, das ist wirklich ein besonderer Sattel. Ich habe ihn mir aus Amerika mitgebracht. Er reitet sich fantastisch, weil das Leder so schön weich ist.« Sie wurde öfter auf diesen hellbraunen Sattel angesprochen, der mit indianischen Motiven verziert war. »Eigentlich ist das ein Westernreitsattel«, erklärte Anna den Mädchen: »Ich möchte gerne etwas trinken gehen. Wenn ihr wollt und versprecht, dass ihr gut auf mein Pferd aufpasst, dürft ihr es jetzt in der Pause halten und auch ein wenig trockenführen. Er ist ganz brav.«

»Das tun wir immer so gerne bei diesen Jagden«, stimmten die Mädchen begeistert zu und entfernten sich mit dem Schecken, nachdem Anna den Sattelgurt gelockert hatte.

Thaddäus ging auf sie zu. »Sie hatten recht, es ist wirklich wunderbar, die Hunde und Reiter durch die Herbstlandschaft jagen zu sehen«, sagte er.

»Es macht einen Riesenspaß mitzureiten. Und mein Pferd ist einfach toll.« Sie schaute ihn dankbar an: »Schön, dass Sie hier sind.« Dabei hatte sie Thaddäus ja gerade erst kennengelernt.

Sie erzählte ihm von dem herrlichen Ritt über Stoppelfelder, von Galoppstrecken an Waldrändern entlang und von den Rehen, die sie unterwegs gesehen hatte. »Meine trüben Gedanken von heute morgen habe ich einfach vergessen«, strahlte sie und tätschelte Vincent, der weit mehr an den Jagdhunden interessiert war, die sich durstig über große Wasserbehälter hergemacht hatten. »Die Pause wird jetzt gut tun«, sagte sie, »kommen Sie, wir schauen mal, was wir zu essen und zu trinken finden.«

Gemeinsam suchten sie sich ihren Weg zwischen den dampfenden Pferdekörpern hindurch an das mit Eichenlaub geschmückte Buffet.

Aber dann wurde Anna aufgehalten. Eine Frau mit knallroter Lockenmähne rannte begeistert auf sie zu: »Anna, wie schön, dich zu sehen«, rief sie.

»Karla, wie kommst du denn hierher?« Anna war völlig überrascht. »Wir haben uns ja ewig nicht gesehen.«

Sie entschuldigte sich bei Thaddäus: »Tut mir leid, jetzt lasse ich Sie doch einfach stehen. Das ist Karla, eine Reitfreundin von vor vielen Jahren.« Und schon waren die beiden Frauen in ein Gespräch über früher und Pferde und ihr Leben vertieft.

*

»Wann willst du etwas unternehmen?«, fragte die Frau.

»Jetzt gleich«, sagte der Mann, »aber halt dich bitte ein Stück entfernt. Ich glaube ja fast, dass sie mich heute morgen schon gesehen hat.«

*

Auch Thaddäus wurde, kurz nachdem Anna sich mit der Freundin entfernt hatte, angesprochen. »Entschuldigen Sie bitte, darf ich mir mal Ihre Kamera ansehen? Die sieht ja superprofessionell aus«, sagte ein junger Mann bewundernd, der ebenfalls mit einem Fotoapparat unterwegs war.

»Ich bin Fotograf«, erklärte Thaddäus. »Kommen Sie, lassen Sie uns ein bisschen weiter weg gehen. Dann erkläre ich Ihnen gerne meine Kamera.«

Die beiden Männer verließen den Platz, auf dem die Pferde langsam geführt wurden und die Jagdhornbläser vorhin einige Signale geblasen hatten. Thaddäus erzählte von seinem Beruf und den Kameras, die er für die unterschiedlichen Aufgaben bevorzugte.

»Manchmal brauche ich einen leichten Fotoapparat, wenn ich schnell Motive einfangen möchte. Eigentlich so wie hier jetzt. Aber ich bin gar nicht wegen dieser Reitjagd gekommen, sondern wegen der schönen alten Bauwerke in dieser Gegend. Deshalb habe ich die große Kamera mit diesem riesigen Teleobjektiv mitgenommen.« Er ließ den immer weiter fragenden Mann gerne einmal durch die Linse blicken und drehte sich wieder den Pferden und Reitern zu.

Von Anna war weit und breit nichts zu sehen. Naja, dachte Thaddäus und musste grinsen, wahrscheinlich sind sie zusammen zur Toilette gegangen, Frauen tun so etwas ja.

Von Weitem – Thaddäus hatte sich vom Trubel der pausierenden Reiter entfernt, weil Vincent immer unruhiger wurde –, bemerkte er, wie sich ein rotberockter Reiter mit dunkelgrüner Kappe auf Annas Pferd und die beiden Mädchen zubewegte. Er sprach kurz mit ihnen. Dann zückte er eine kleine Kamera und schien Detailaufnahmen von dem indianischen Sattel zu machen. Thaddäus schraubte schnell sein großes Teleobjekt auf seinen Fotoapparat. Durch den Sucher konnte er erkennen, dass der Mann mit der Hand über das feine Leder strich und das Pferd am Hals tätschelte.

Dann allerdings beobachtete Thaddäus etwas sehr Merkwürdiges und drückte auf den Auslöser. Mit der linken Hand hob der Mann den locker sitzenden Sattel an und strich anscheinend mit der anderen Hand über den Rücken des Pferdes.

Vielleicht hat er gesehen, dass da etwas nicht in Ordnung war, dachte Thaddäus. Er hatte schon am Morgen auf dem Parkplatz bemerkt, dass die Reiter sich untereinander behilflich gewesen waren. Der Mann rückte jetzt den Sattel wieder zurecht. Dann entfernte er sich von den Mädchen und grüßte sie freundlich mit der Hand winkend.

Inzwischen hatten sich die Bläser wieder in einem Halbkreis aufgestellt. Thaddäus nahm die Kamera herunter, um sich langsam wieder Richtung Reitplatz zu bewegen. Er war gespannt, wie die Jagd weitergehen würde. Das große Halali am Ende sollte wieder am Ausgangspunkt der Jagd, auf Schloss Gesmold stattfinden. Die Reiter würden dort vom Schlossherrn kleine Eichenzweige erhalten und die Hunde zur Belohung große Pansen. Das hatte er einem Gespräch zweier Zuschauerinnen abgelauscht, in deren Nähe er einige Zeit gestanden hatte.

Die Reiter saßen auf. Thaddäus konnte gerade noch sehen, dass Anna offensichtlich einen kurzen Moment Schwierigkeiten hatte. Das Pferd wich zur Seite, als sie mit ihrem linken Fuß in den Steigbügel stieg.

Was ist denn da los, fragte sich Thaddäus, als sich Annas Schecke gar nicht beruhigte.

Nur mit Mühe schien sie ihn bändigen zu können. Er sah, dass sie vom Sattel aus die linke Hand unter den Sattelpausch schob und den Sattelgurt wieder einige Löcher enger schnallte.

Und dann passierte es: Das Pferd stieg steil in die Höhe und galoppierte in wildem Tempo durch die Reiter. Anna rutschte aus dem Sattel, blieb aber mit einem Fuß im Steigbügel hängen.

Unbewusst hatte Thaddäus aufgeschrien. Er sah, dass ihr Kopf immer wieder auf dem harten Boden aufschlug. Sie konnte den Fuß nicht befreien. Irgendjemand bekam das Pferd an den lose am Hals hängenden Zügel zu fassen und brachte es zum Stehen. Ein anderer befreite Annas Bein vom Sattel. Reglos lag sie auf dem Boden.

Thaddäus packte energisch die Hundeleine und eilte auf den Reitplatz. Er lief genauso schnell zum Unglücksort wie die Sanitäter vom Rettungswagen, der das Reiterfeld begleitete. Eine Trage hatten sie gleich mitgebracht. Die anderen Reiter waren von ihren Pferden abgestiegen und schauten erschüttert dem Geschehen zu.

Annas rothaarige Freundin Karla, die Thaddäus entgegensah, sagte schluchzend: »Das kann doch alles gar nicht wahr sein. Anna ist die beste Reiterin der Welt. Sie hatte noch nie einen solchen Unfall. Auf ihrem Pferd könnte man ein Baby in den Schlaf schaukeln. Was ist da nur passiert.« Tränenüberströmt sah sie Thaddäus an. Sie sahen gemeinsam zu, wie die Sanitäter die reglose Anna auf der Trage zum Rettungswagen brachten. Mit Blaulicht fuhr das Fahrzeug Richtung Melle.

Die Jagd wurde abgebrochen und verabredet, dass sich die Reiter auf den Rückweg zum Schloss Gesmold machen sollten. Keiner von ihnen war jetzt noch in der Lage, den Tag zu genießen.

Karla wollte sich um Annas Pferd kümmern. Sie erklärte dem fremden Reiter, der es in Obhut genommen hatte, wer sie war. Sie sattelte den Schecken ab, der sich inzwischen wieder beruhigt hatte. Sie löste den Sattelgurt und fuhr mit dem rechten Arm unter ihn, um ihn abnehmen zu können. Thaddäus sah, dass sie erschrocken zusammenzuckte.

»Was ist passiert?«, schaute er sie fragend an.

»Da stimmt etwas ganz und gar nicht«, antwortete sie, und legte den Sattel mit der Unterseite nach oben auf den Rasen. »Schauen Sie mal.«

In die Filzunterlage unterhalb des Leders hatten sich mehrere Bucheckern gegraben.

»Wie kommen die denn dahin?«, entfuhr es Thaddäus. Doch während er die Frage laut stellte, wurde es ihm plötzlich klar: Dieser Reiter, der sich an Annas Pferd zu schaffen gemacht hatte!

»Ich habe ihn gesehen!«

»Wen?«, fragte Karla.

»Diesen Mann, der irgendwas an ihrem Sattel gemacht hat.«

»Dann war es ein Anschlag«, sagte sie weinend. »Als sie aufgestiegen ist, haben sich die kantigen Bucheckern in den Rücken des Pferdes gebohrt. Kein Wunder, dass es durchgegangen ist.«

Einige Meter vom Geschehen entfernt stand der Mann, der sich an Annas Pferd zu schaffen gemacht hatte, inzwischen wieder in Jeans gekleidet.

»Das wird ihr hoffentlich eine Lehre sein«, sagte er völlig ungerührt.

»Hoffentlich ist das niemandem aufgefallen, dass du da etwas manipuliert hast«, sagte die sichtlich erschrockene Blondine an seiner Seite.

»Hier kennt mich doch niemand«, antwortete er, »und die beiden Mädchen haben mich nur ganz kurz angeschaut. Die werden sich wohl kaum an mich erinnern.«

Eine Stunde später machte die Nachricht die Runde, dass Anna Blomberg im Krankenhaus in Melle ihren schweren Kopfverletzungen erlegen war. Die örtliche Polizei war zum Schloss gekommen und hatte mehrere Augenzeugen befragt. Thaddäus meldete sich bei den Beamten und erzählte, dass er die Frau zwar nur kurz kennengelernt habe, sie ihm aber ihre Ängste ihren Mann betreffend erzählt habe. Er hinterließ seine Telefonnummer und machte sich auf den Nachhauseweg. Zu weiteren Ausflügen war ihm der Spaß vergangen.

*

Zu Hause in Hannover lud er seine Fotos auf den Computer und zoomte die Bilder, die er von dem fremden Reiter gemacht hatte, so groß er konnte. Der Mann hatte die Hand zur Faust geballt, als er sie unter den Sattel schob. Thaddäus erinnerte sich an den Fremden, der zu Beginn der Jagd unter den Buchen etwas eingesammelt hatte. Klar, die Bucheckern, dachte er, und anschließend musste er sich umgezogen und unter die Reiter gemischt haben.

Als er die Bilder von seiner Kamera löschen wollte, bemerkte er, dass er wohl in der Aufregung, als er den fremden Mann an Annas Pferd beobachtet hatte, auf den Videoauslöser gedrückt haben musste. Er lud das Filmchen ebenfalls auf seinen PC und war völlig erschüttert. Deutlich war zu sehen, dass die Hand, die zunächst als Faust geschlossen unter dem Sattel zu sehen war, sich öffnete. Thaddäus vergrößerte die Hand so weit er konnte. Tatsächlich, da waren sie, die Bucheckern.

Wochen später wurde Thaddäus Just von den Osnabrücker Kommissaren zu einer Zeugenbefragung eingeladen. Er hatte die Fotos, die er für wichtig hielt, und das Video auf einen USB-Stick geladen, die nun von den Kriminalbeamten genau unter die Lupe genommen wurden. Noch einmal konnte er seine Aussage bekräftigen, dass Anna ihm von ihrem Unbehagen erzählt hatte. »Sie schien sich tatsächlich vor ihrem Mann zu fürchten«, sagte Thaddäus. »Es muss sie vor dem Beginn der Jagd so beschäftigt haben, dass sie mir davon erzählt hat. Wir hatten uns ja gerade erst kennengelernt.«

Die Ermittlungen nahmen ihren Lauf. Die beiden Mädchen, die Annas Pferd in der Reitpause gehalten hatten, konnten anhand der Fotos, die ihnen der Polizist vorlegte, bestätigen, dass genau dieser Mann angeblich Bilder von dem indianischen Sattel machen wollte.

Auch der junge Mann, dem Thaddäus seine Kamera erklärt hatte, meldete sich noch am Tage der Reitjagd bei der Polizei und berichtete, dass ihm ebenfalls das seltsame Verhalten des Mannes aufgefallen war.

Der Täter wurde als Ehemann der verstorbenen Anna Blomberg identifiziert und in der Computerfirma in Münster aufgespürt und verhaftet. Er war dermaßen verblüfft, als die Kripo in seinem Büro aufgekreuzt war, dass er nicht einmal den Versuch unternahm, die Tat zu leugnen.

73 **St.-Matthäuskirche Melle:** Die katholische Kirche in der Innenstadt ist eines der ältesten Zeugnisse niederdeutscher Architektur um 1200. Sie wurde 1974 mit einem zeltdachförmigen Anbau erweitert und liegt neben dem Rathaus. Die historische Klausing-Orgel von 1713 wurde im Jahr 2009 restauriert und wird zu Messen und Konzerten gespielt.
www.st-matthaeus-melle.de

74 **St.-Petrikirche Melle:** Die evangelische Kirche, nach dem Meller Stadtbrand von 1720 völlig zerstört, wurde 1725 wieder ganz fertig gestellt und mit einer barocken Buckelhaube versehen. Die Orgel vollendete Christian Vater 1724. Sie wurde im Jahr 2000 restauriert. Die dreimanualige Orgel ist die größte des Orgelbaumeisters Vater in Deutschland von insgesamt 37.
www.melle-petri.de

75 **Automuseum Melle:** Pestelstr. 38-40, 49324 Melle. In den denkmalgeschützten Hallen einer ehemaligen Möbelfabrik sind auf mehr als 3000 Quadratmetern Fläche bis zu 300 Fahrzeuge von den Anfängen des Automobils an und die Ausstellung »Geschichte auf Rädern« zu sehen. Ausfahrten und Oldtimertreffen stehen jedes Jahr auf dem Programm des Museums.
www.automuseummelle.de

76 **Waldbühne Melle:** Bergstraße 19, 49324 Melle, zur Eingabe ins Navigationsgerät Parkplatz Zur Waldbühne, 49324 Melle. In einem alten Steinbruch im Mel-

ler Berg wurde die Freilichtbühne 1950 gegründet und nach einem Brandanschlag 2007 erneuert. Die Waldbühne zählt über 400 Mitglieder. Die Amateurschauspieler spielen jedes Jahr für mehr als 20.000 Zuschauer.
www.waldbuehne-melle.de

77 **Alte Posthalterei Melle:** Haferstr. 17, 49324 Melle. Ältestes Gebäude der Stadt von 1644, das den Stadtbrand von 1720 unbeschadet überstand. Für den Postverkehr zwischen Osnabrück und Bielefeld standen über 20 Pferde für den Wechsel vor den Postkutschen bereit. Heute kann das Gebäude für standesamtliche Trauungen genutzt werden. Auch Ausstellungen des Vereins für Kunst und Kultur Melle werden hier gezeigt.
www.melle-geschichte.de

78 **Schloss Ippenburg:** Schlossstr. 1, 49152 Bad Essen. Seit mehr als 600 Jahren ist das neugotische Schloss im Besitz der Familie von dem Bussche-Ippenburg. Im 14. Jahrhundert wurde es zunächst als Trutzburg gebaut, nach dem 30-jährigen Krieg mit einem Herrenhaus versehen und im 19. Jahrhundert auf den Fundamenten der abgerissenen Gebäude aus Ibbenbürener Sandstein wieder errichtet. Das mehr als 100 Räume fassende Schloss liegt in einer großzügigen Parkanlage, die von Victoria Freifrau von dem Bussche 1998 zum ersten Gartenfestival Deutschlands geöffnet wurde. Der Schlosspark der Ippenburg bildete 2010 das Kerngebiet zur Niedersächsischen Landesgartenschau in Bad Essen.
www.ippenburg.de

79 **Schloss Hünnefeld**: 49152 Bad Essen. Zwischen den Bad Essener Ortsteilen Harpenfeld und Wehrendorf liegt Schloss Hünnefeld, ein dreiflügeliges Haupthaus von 1613 mit schlichten frühbarocken Formen. Gegenüber liegt der Wirtschaftshof mit der Alten Rentei (heute Bed&Breakfast) und dem auffälligen weißen Taubenturm mit vielen Einfluglöchern. Haupt- und Südflügel des Hauses werden von der Familie von dem Bussche-Hünnefeld als Wohnhaus genutzt. Im Nordflügel erzählt ein kleines, liebevoll ausgestattetes Museum die Geschichte von Schloss und Familie. Der Park präsentiert sich als englischer Landschaftsgarten von 1840. Die Hünnefelder Hoffest-Spiele finden seit 2006 jedes Jahr im Frühsommer statt.
www.schloss-huennefeld.de

80 **Schloss Gesmold**: Schlossallee 5, 49326 Melle. Das zweiflügelige Renaissanceschloss mit zwei Vorburgen und Orangerie bestand zunächst nur aus einem Wohn- und einem Fliehturm aus dem 13. Jahrhundert. Erst im 16. Jahrhundert erhielt es seine heutige Form. Das Schloss befindet sich in Privatbesitz. Für standesamtliche Trauungen kann der romanische Turm über das Standesamt Melle gebucht werden. Jedes Jahr am 2. Sonntag im Oktober ist es Ausgangspunkt einer Hubertusjagd zu Pferd.
www.schloss-gesmold.de

81 **Gut Bruche**: Brucher Allee 50, 49324 Melle. Schon im 14. Jahrhundert entstand dieser Adelsstammsitz. Die frühere Burg wurde zu Beginn des 17. Jahrhun-

derts abgebrochen. Das heutige Herrenhaus wurde zwischen 1733 und 1736 erbaut. Herrenhaus und Vorburg sind von einer Gräfte umgeben. Das Gut befindet sich in Privatbesitz und wird für kulturelle Veranstaltungen genutzt.
www.heimatverein-melle.de

82 **Bifurkation Gesmold:** Ortsangabe für Navigationsgerät: Allendorfer Str. 55, Melle. An dieser Stelle gabeln sich die Flüsse Else und Hase. Die Hase, die über die Ems in Richtung Nordsee fließt, verliert hier ein Drittel ihres Wassers an die Else, die die Nordsee über Werre und Weser erreicht. Im Jahr 2000 wurde die Bifurkation zum Umweltbildungsstandort gestaltet. Ausführliche Informationen über die Geschichte des sagenumwogenden Ortes finden die Besucher auf ausführlichen Informationstafeln. Eine Einrichtung zum Wassertreten sowie ein Grillplatz stehen ganzjährig zur Verfügung.
www.bifurkation.de

83 **Schloss Königsbrück:** Königsbrücker Weg, 49326 Melle. Das Schloss liegt im Meller Stadtteil Neuenkirchen nahe an der Grenze zu Westfalen. Ursprünglich wurde es im Stil der Weserrenaissance als Wasserburg erbaut, die von einem Doppelgraben umgeben war. Erstmals erwähnt im Jahre 1488, wurde sie im 19. Jahrhundert teilweise abgebrochen. Heute befindet sich das Schloss in Privatbesitz und wird für kulturelle Veranstaltungen genutzt.
www.melle-geschichte.de

84 **Seifenmanufaktur St. Annen:** Zur Howe 15, 49326 Neuenkirchen-St.Annen. Aus naturreinen Zutaten werden in der kleinen Manufaktur handgemachte Seifen und andere Pflege- und Wellnessprodukte wie Naturcremes oder Badekugeln hergestellt. In Seifenkochshows kann die Herstellung beobachtet werden. Ein Ladengeschäft sowie ein Samstagscafé runden einen Besuch in der Manufaktur ab. www.mitdendingen.de

85 **Strecker-Museum Neuenkirchen:** Alte Bielefelder Str. 11, 49326 Melle-Neuenkirchen. Für seinen Vater, den deutschen Maler des Expressionismus Sigmund Strecker (1914 – 1969), baute sein Sohn Bernhard Strecker im Meller Ortsteil Neuenkirchen ein Museum, das auch für externe Ausstellungen genutzt wird.
www.sigmund-strecker-museum.de

86 **Ludwigsee:** Nemdener Straße 12, 49326 Melle-Gesmold. Auf 250 000 Quadratmetern bietet der Campingplatz am Ludwigsee im Meller Ortsteil Gesmold Platz für Dauercamper, Stellplätze für Zelte, Wohnwagen und Wohnmobile und bietet ein großes Freizeitangebot für die ganze Familie.
www.camping-ludwigsee.de

87 **Ledenburg Nemden:** Ledenburger Straße, 49143 Bissendorf. Das von Wassergräben umgebene Schloss stammt wahrscheinlich aus dem 15. Jahrhundert. Nach einem Brand wurde es zu Beginn des 17. Jahrhunderts wieder aufgebaut. Es besteht aus zwei Flü-

geln mit einem vorgebauten Turm sowie einer Vorburg. Seit 1951 befindet es sich im Privatbesitz der Fabrikantenfamilie Homann aus Dissen.
www.wanderungenimosnabrueckerland.npage.de

88 **Holter Burg:** In der Nähe von Bissendorf befinden sich die Überreste einer uralten Burganlage, die schon im 12. Jahrhundert zerstört worden sein soll. Mauerreste, ein Turmgrundriss und Teile der Burggräben sind noch zu erkennen. Die Burg war neben der Iburg und der Wittekindsburg die dritte Höhenburg im Osnabrücker Land. Archäologische Grabungen und Sicherungsmaßnahmen konnten die Reste der Ruine erhalten.
www.bissendorf.de

89 **Wittekindsburg:** Im Nettetal in der Nähe von Rulle gilt die Wittekindsburg mit einer Fläche von 16 Hektar als größte frühmittelalterliche Befestigungsanlage in Niedersachsen und als beliebtes Ausflugsziel. Heute sind von der Burg nur noch Grundmauern erhalten. Steilhänge und Bachniederungen, Mauern, Wälle und Gräben schützten die Anlage. Erstmals erwähnt wurde die Burg 1253.
www.rulle.de

EISKALT ERWISCHT

VON ULRIKE KRONECK

Die Hochzeit war für die Sommersonnenwende geplant. Im kleinen Kreis wollten sie heiraten, da es ihre zweite Ehe war und sie es nicht an die große Glocke hängen wollte, dass sie als geschiedene Frau eine neue einging. Doris Meyer zu Kamphausen hatte entschiedene Karriereabsichten, und auch wenn sich die Zeiten geändert hatten: Glandorf war ein stockkatholischer Ort. Dass die Hochzeit dann ganz ausfiel, lag daran, dass der Bräutigam zwei Wochen vor dem Termin tot in der Kühlkammer seiner Eberstation gefunden wurde.

Ein tragischer Unfall sei es gewesen, das Herz habe Martin Strothaus schon geraume Zeit Sorgen bereitet, und wahrscheinlich sei ihm die geplante Heirat über den Kopf gewachsen, vermuteten viele seiner Kunden an den unterschiedlichsten Stammtischen des Osnabrücker Landes. Strothaus war mit seinem exzellenten Samen im ganzen Landkreis unterwegs und fast prominent, sein Tod lieferte den zahlreichen Stammtischen des Osnabrücker Landes ein neues Topthema.

»Verdammt, wieso stirbt der einfach?«, fragte sich auch Karl-Josef Hoogebaum. Er hatte beruflich zu tun mit dem verschiedenen Bräutigam und war überhaupt nicht erfreut vom Ableben seines Nachbarn. Sie hatten nämlich ein größeres Geschäft vorgehabt, das nun wohl nicht mehr über die Bühne gehen würde. Ob der Erbe sich auf den Deal einlassen würde, war sehr fraglich, da die ganze Sache von Doris Meyer zu Kamphausen eingefädelt worden war.

Karl-Josef Hoogebaum fluchte, als er daran dachte, dass er Strothaus bereits eine Vorauszahlung von 200 000 Euro auf die Übertragung von 10 Hektar geleistet hatte, die Gesamtsumme wäre bei Abschluss des Vertrages in einigen Wochen fällig geworden. Er wollte nicht warten, bis Strothaus unter der Erde war. Zudem konnte das dauern. Die Polizei hatte ihn mitgenommen und eine Obduktion angeordnet. Schließlich war er erst 48 Jahre alt, ein Alter, in dem man normalerweise noch nicht stirbt.

Also griff Karl-Josef Hoogebaum zum Telefon.

»Meyer zu Kamphausen«, hörte er die skeptische Stimme.

»Na, Frau Kreisrätin«, flüsterte Karl-Josef Hoogebaum. »Wie stellst du dir das jetzt mit unserem Deal vor?«

Doris Meyer zu Kamphausen schwieg einen Moment. Dann hörte er, wie sie irgendetwas in den Raum sprach. Nach kurzer Zeit meldete sie sich wieder. »Karl-Josef, du rufst mitten in einer Sitzung an!«

Er hörte, wie sie mit ihren Pumps über den Flur des Kreishauses stöckelte. »Ach, selbst einen Tag, nachdem Martin den Löffel abgegeben hat, arbeitest du schon wieder. Is wohl alle nix mit der Trauer?«

»Karl-Josef«, antwortete Doris Meyer zu Kamphausen scharf. »Was willst du?«

»Ja, denkst du denn, du kannst dich jetzt zurücklehnen, und ich trage hier die Verluste?« Er hörte, wie sie wieder einige Schritte über den Flur machte.

»Wovon sprichst du?«

Diese mit blasierter Stimme vorgetragene Ahnungslosigkeit ließ Karl-Josefs Blut in Wallung geraten. »Du weißt genau, wovon ich spreche. Und …«

»Komm mir nicht so, Karl-Josef!«

»Du hast doch die Sache mit deinem Rucksackeber in die Wege geleitet«, ließ sich Karl-Josef nicht beirren. »Du wirst dafür geradestehen.« Er wartete nicht mehr darauf, was sie dazu zu sagen hatte, sondern legte auf.

Die Kreisrätin zog die Luft scharf ein und ging zurück in die Sitzung. Sie musste jetzt ihre Prioritäten setzen. Nun ging es erst einmal darum, die politischen Wege zu bereiten, und ihre Kandidatur bei ihrer Partei für den lukrativen Posten der Landrätin in die Wege zu leiten. Sie würde sich da nicht von einem größenwahnsinnigen Spargelbauern beirren lassen.

*

Irmela Hagekötter hatte an diesem Frühsommertag bereits um sechs Uhr das Bett verlassen. Seit sie ihren aktiven Dienst als Leitende Hauptkommissarin der Osnabrücker Polizeiinspektion mit 61 Jahren quittiert hatte, fühlte sie sich noch agiler, als sie ohnehin war. Diese wunderbaren Tage wollte sie auf keinen Fall im Bett verschlafen und für die nächsten beiden Tage hatte sie sich ein ehrgeiziges Programm gesetzt. Da sie im Sommer mit ihrer Nichte Ebba eine Kanufahrt über die Donau machen wollte, stand jetzt tägliches Training auf dem Programm. Heute sollte es für die beiden über die Hase 90 von Bersenbrück bis Löningen gehen.

Als sie sich gerade zum Frühstück hingesetzt hatte, klingelte das Telefon. Es war ihr Kollege Jupp Schmitz: »Irmela, isch könnte deine Hilfe jebrauchen.« Er konnte seine Herkunft aus Köln nicht verleugnen. Obwohl er schon fast 20 Jahre in Osnabrück wohnte und mittlerweile Kriminalhauptkommissar war.

»Wie schön.« Als leidenschaftliche Kriminalistin war sie begeistert, wünschte aber, dass er ihr keinen Strich durch ihre Freizeitplanung machte. »Ich hoffe nur, es ist nicht eilig.«

»Doch.« Jupp seufzte. »Du weißt, wie isch ös hasse, wenn da irjendwelsche einflussreische Pinkel mitmischen.« Und genau das war passiert. Der Betreiber einer gutgehenden Eberstation sei in seiner Kühlkammer offenbar einem Herzinfarkt erlegen. Das wäre nicht weiter schlimm, aber er sei verlobt mit der Kreisrätin Doris Meyer zu Kamphausen.

»Na und?«, blockte Irmela ein bisschen aus Prinzip. »Wo ist das Problem?« Sie kannte Doris Meyer zu Kamphausen zwar nicht persönlich, hatte aber in den letzten Jahren ihrer Berufstätigkeit ab und zu Kontakt mit ihr gehabt. Das letzte Mal, dass sie sie gesehen hatte, war aber noch gar nicht so lange her. Sie war mit Jupp Schmitz zu ihrem gewonnenen »Backgammonessen« in einem gehobenen Restaurant in Bramsche gewesen. Es hatte ein hervorragendes Menü gegeben mit exquisiten Sorbets und frischen Früchten, die mit viel Tamtam am Tisch vor den Augen der Gäste geeist wurden. Sie spielte mit Kommissar Schmitz alle zwei Wochen Backgammon, und sie addierten die Minuspunkte über Monate. Wer zuerst 1000 Miese hatte, musste den anderen zum Essen einladen. An diesem Abend war auch Doris Meyer zu Kamphausen mit einigen politischen Freunden da. Sie war eine ehrgeizige Person.

Da, so, meinte Jupp Schmitz, läge genau das Problem. Mit diesem Fall habe er die Aufmerksamkeit eines ganzen Landkreises an den Hacken. Er wolle aber in Ruhe recherchieren und nicht warten müssen, bis die Obduktion Zweifel am Herzinfarkt-Tod aufkommen lasse. »Mir kommt die Sache irgendwie nicht ganz geheuer vor.«

»Inwiefern?«

Der Mann sei in der Kühlkammer gefunden worden, wo er für gewöhnlich den Samen der Eber runterkühle. Schmitz fand es aber eigenartig, dass er dort mitten in der Nacht gewesen sein soll. Er habe nämlich keine entsprechend beschrifteten Samenabfüllungen im Kühlraum gefunden.

»Es geht also darum, herauszufinden, warum er nachts um eins in seine eigene Kühlkammer geht, um dort tot umzufallen.« Irmela dachte einen Moment an ihre geplante Kanutour, sagte Jupp Schmitz aber doch spontan zu, und der Hauptkommissar versorgte sie mit allen Informationen, die er hatte.

Was Ebba und ihren gemeinsamen Ausflug anging, hatte sie bereits eine Idee.

»Ebba-Mädchen«, begrüßte sie ihre Nichte, die erstaunt auf das Dach von Irmelas Auto schaute, auf dem diese zwei Tourenräder mitführte. »Wir müssen die Kanufahrt verschieben. Heute geht's mit dem Fahrrad in die weiten Felder der Glandorfer Heide.«

»Fahrradtour in und um Glandorf 91?«, fragte Ebba skeptisch. »Wir brauchen Armmuskulatur, keine strammen Waden.«

»Allgemeine Kondition ist auch wichtig!« Den Trumpf, den Irmela jedoch nun aus dem Ärmel zog, würde ihre Nichte überall hinführen, selbst auf einen industriellen Schlachthof, obwohl Ebba Vegetarierin war. »Wir haben möglicherweise einen Fall und fahren undercover.«

»Oh, Irmela«, jauchzte Ebba. »Ich bin dabei. Wer ist der Mörder?«

Irmela Hagekötter wusste, dass es nicht einfach werden würde mit ihrer etwas durchgeknallten Nichte. Aber diese blonde, hochgewachsene Elfe mit den esoterischen

Anwandlungen und dem Lebensgefühl einer 23-Jährigen würde ihr möglicherweise nutzen. Immerhin hatte der gekühlte Martin Strothaus einen 25-jährigen Sohn, Franz-Dieter, der noch im Haus wohnte. Und Irmela hatte noch keinen Mann gesehen, der von Ebba nicht restlos verwirrt war. Warum sollte nicht auch Franz-Dieter den Kopf verlieren.

»Ebba«, instruierte Irmela sie, als sie die beiden Tourenräder in Bad Rothenfelde auf einem großen Parkplatz vom Dachgepäckträger abmontierten. Sie wollten den Wagen hier stehen lassen, und die 13 Kilometer bis Glandorf mit dem Fahrrad fahren.

»Ach, Irmela, das ist ja richtiger Abenteuerurlaub«, jauchzte Ebba, als sie durch den Kurpark [92] an der Großen Saline [93] entlang fuhren. »Ich brauche ein Eis!«

Sie machten also gleich ihre erste Pause und schoben ihre Räder durch den Park, an einer Hand das Rad, in der anderen eine Waffeltüte mit drei Kugeln. Anschließend setzen sie sich gemeinsam in die hintersten Reihe der aufgestellten Stühle vor der Konzertmuschel [94] und lauschten dem angenehmen Gemurmel des Kurparks.

»Ich höre Geigenmusik«, stellte Ebba fest und lauschte in das Durcheinander von Menschenstimmen, Motorengeräuschen und Vogelgezwitscher.

Irmela lachte. »Sonst noch irgendwelche Schwingungen, die du empfängst?«

»Ja, ich denke, Martin ruft uns.« Ebba stand energisch auf. Sie hatte, nachdem sie auf der Fahrt von Osnabrück nach Bad Rothenfelde von Irmela ein wenig in die Familienverhältnisse der Strathaus eingeführt worden war, den Verblichenen gleich für sich reklamiert und versucht, Kontakt mit ihm aufzunehmen. »Wir sollten los.«

Sie fuhren über Aschendorf und Müschen, bogen unterhalb des Dorfes Glandorf bereits ab, da ihr Ziel, der Hof von Martin Strothaus und seiner Eberstation hier lag. Sie kreuzten die L 475 und nach eineinhalb Kilometern lag der Hof vor ihnen.

Langsam näherten sie sich und hatten Glück. Ein junger Mann mit rosa Haut und hellen Haaren stand auf dem gepflasterten Hof neben einem Golf und sah den beiden Frauen entgegen.

»Los, jetzt«, gab Irmela Hagekötter das Kommando.

Ebba stieß einen ganz reizenden Schrei aus und trat ins Leere. Mit einiger Grazie rollte sie sich in das Gras neben dem asphaltierten Weg. Das Fahrrad blieb auf dem Fahrweg liegen. Mit einem Satz war Irmela bei Ebba, fühlte ihr die Stirn und sprach, so laut es ging: »Hoffentlich hast du dir nichts getan.« Sie erhob sich und ging mit der Flachzange, die sie in der Jackentasche hatte, zum Fahrrad und quetschte ein Element der Kette zusammen.

Sie hätte sich ruhig Zeit nehmen können, denn der junge Mann stand bereits bei Ebba und half ihr auf die Beine.

»Danke«, sagte Ebba und strahlte ihn mit blauen Augen an. »Ich bin Ebba.«

»Franz«, stieß der junge Mann aus. »Ich heiße Franz. Franz Strothaus.« Er starrte Ebba an, und Irmela Hagekötter, die das Fahrrad in der Hand hielt, freute sich, dass es noch besser lief als geplant.

Ebba fuhr sich wie eine verschämte Nackttänzerin durch ihr blondes Haar und säuselte: »Könntest du mal nach meinem Rad sehen?« Und dann sprach sie seinen Namen aus, als mache sie ihm einen unsittlichen Antrag: »Franz.«

»Übertreib nicht!«, flüsterte Irmela ihrer Nichte ins Ohr.

Aber Ebba war nicht zu bremsen und nach zehn Minuten war die Sache perfekt. Irmela fuhr allein weiter in das Heuhotel, das sie sich für ihre Übernachtung ausgesucht hatten, und Ebba blieb bei Franz-Dieter, der unbedingt ihr Fahrrad reparieren wollte.

*

Blimm, ging die SMS bei Irmela ein. »Bin Gast bei Franz ;-)«

Ebba war nicht ohne. Obwohl der Sohn gestern den Vater verloren hatte, war er offenbar den angenehmen Seiten des Lebens nicht abgeneigt. Irmela war ganz froh, dass sie erst einmal allein die Lage erkunden konnte, schwang sich auf ihr Rad und fuhr in den Ortskern zur Kirche. Sie umrundete den Bau und informierte sich im Schaukasten über die Termine der diesjährigen Wallfahrt nach Telgte 95, die wie immer von Osnabrück über Oesede, Bad Iburg, Glandorf mit über 8.000 Menschen zu Fuß nach Telgte in Westfalen führte. Das wäre möglicherweise auch eine Alternative, um Kondition aufzubauen.

Während sie über die Dorfstraße in Richtung Kneipe zog, rief sie Jupp Schmitz an. Die vorläufigen Ergebnisse der Obduktion lagen vor: »Jetzt ham wir den Salat. Es war wohl ein Herzinfarkt. Aber er weist Erfrierungen am Rücken, an den Schulterblättern und am Gesäß auf.«

»Ist das nicht normal, wenn er einige Zeit in der Kühlkammer gelegen hat?«, fragte Irmela.

»Eben nisch«, wandte Kommissar Schmitz ein. »Die Kammer ist nisch viel kälter als ein normaler Kühlschrank.« Es gebe ohnehin noch andere eigenartige Umstände. »Diese Kühlräume haben eigentlich alle eine Lüftungsanlage. Das ist vorgeschrieben. Aber die Lüftung war ausgeschaltet.«

Er wisse noch nicht, was das bedeuten könne, aber er habe ein mulmiges Gefühl. Außerdem habe Vater Strothaus eine starke Beule am Hinterkopf. »Die kann er sich allerdings auch bei dem Sturz zugezogen haben.«

Irmela verabredete mit ihm in Kontakt zu bleiben, bis er morgen früh kommen wolle, um den Sohn zu befragen. Jetzt wollte sie sich einfach unter den Leuten umhören. Sie war der Ansicht, dass die meist viel wissen, und auch wenn es sich um Gerüchte handelte, werde der Blick schon mal in die richtige Richtung gelenkt. Sie fuhr also mit ihrem kleinen Rucksack, der sie als Fahrradtouristin auswies, in Richtung von Strothaus Hof. Ihr kamen einige Fahrradfahrer entgegen, allesamt Radwanderer, die den Tag genossen. Doch dann erblickte sie einen Fahrradfahrer, der ihr aus der Gegend zu kommen schien und den Weg in Richtung Dorf fuhr.

»Entschuldigung, bin ich hier richtig auf dem Weg zu Strothaus?«, fragte sie.

»Ja«, war die beredte Antwort. Der Fahrradfahrer fuhr einfach weiter und ließ sie stehen. Sehr mitteilsam waren die Leute hier nicht. Gut, dass Ebba direkt an der Quelle saß. Doch bei ihrem nächsten Versuch hatte Irmela mehr Glück. Ein junger Mann auf einem lila gestrichenen Fahrrad kam ihr entgegen.

»Entschuldigung, ist das der Hof Strothaus?«, fragte sie ihn, zeigte aber auf einen anderen, etwas zurückliegenden Hof.

»Nein«, sagte der junge Mann. »Das ist Hof Hoogebaum.«

Irmela gab nun die nichtsahnende Touristin aus der Stadt: »Ist das der bekannte Bio-Gemüse-Hof?«

»Nee.« Der junge Mann lachte. »Hoogebaum hat jede

Menge Spargelfelder, ein paar Container für polnische und rumänische Arbeiter und Ambitionen, groß in die Masthähnchen-Industrie einzusteigen. Chemie statt Bio.«

Am Abend, als sie mit Schmitz telefonierte, erzählte Irmela, dass sie gleich doppelt Schwein hatte. Sie hatte Ebba im Herzen des Tatorts platziert und in Tobias Klustermann ein aktives Mitglied der Piratenpartei kennengelernt, der zudem noch in der Bürgerinitiative gegen die geplanten Masthähnchenbetriebe mitmischte. Tobias wusste daher, dass Hoogebaum am Rande seines Landes einen Masthähnchenbetrieb errichten wollte. Eine Bürgerinitiative hatte das zuerst verhindern können, indem man auf die Auflagen gepocht hatte: zu nah an bewohntem Gebiet, zu wenig nutzbare Fläche für die Gülle und baurechtliche Bedenken. Dann hatte Hoogebaum plötzlich eine Genehmigung bekommen, diese Anlage auf der vom Nachbarn gepachteten Fläche zu errichten. Diese Fläche war kurzerhand in Gewerbegebiet umgewandelt worden.

»Wir von der Bürgerinitiative sind nach wie vor der Ansicht, dass die Genehmigung nicht hätte erteilt werden dürfen.«

»Wie hat Hoogebaum denn Ihrer Ansicht nach die Genehmigung erwirken können?«

Da könne Tobias jetzt nur mutmaßen, denn solche Deals liefen ja im Verborgenen ab. Als grüner Pirat habe er jedoch dazu eine glasklare Position. »Dahinter steckt diese Doris Meyer zu Kamphausen.«

»Ach, die Verlobte von Strothaus, der vorgestern Nacht einen Herzinfarkt hatte.«

»So ist es.« Tobias war nicht erstaunt, dass Irmela über den Todesfall im Bilde war. Es hatte ja in der Zeitung gestanden. »Strothaus und Hoogebaum sind nämlich

Nachbarn. Der eine hat irrsinnig viel Land und macht in Biogasanlagen und Ebersamen, der andere ist eigentlich Spargelbauer und will jetzt in die Hähnchenmast einsteigen.«

»Und was hat die Kreisrätin damit zu tun?«

»Der Kreis hat kurzerhand einer Umwandlung von Ackerland in Gewerbegebiet zugestimmt, obwohl es im Flächennutzungsplan nicht vorgesehen war. Damit hat Hoogebaum, der ansonsten nur Spargel anbaut wie viele hier, also die Möglichkeit erhalten, auf dem ehemaligen Ackerland seines Nachbarn Strothaus eine Hähnchenmastanlage von 180.000 Plätzen zu errichten. Die für dieses Vorhaben erforderliche Genehmigung hat der Landkreis Osnabrück erteilt. – Gegen die Genehmigung zur Umwandlung von Acker in Gewerbegebiet haben wir von der Bürgerinitiative vor einer Woche Klage eingereicht.«

»Warum sollte Doris Meyer zu Kamphausen darin verwickelt sein?«, fragte Irmela skeptisch.

»Vielleicht hat Hoogebaum die Meyer zu Kamphausen auch gev…« Tobias winkte ab. »Tschuldigung. Der Hammer dieses Geschäfts ist, dass dieses Land gar nicht Hoogebaum gehört, sondern Strothaus. Der wolle es für 20 Jahre an Hoogebaum verpachten.«

»Das scheint kompliziert.«

Nein, da war Tobias entschieden. Es ist nicht kompliziert. »Es geht einfach nur um Geld.«

»Sind die Biogasanlagen da hinten von Strothaus?«, fragte Irmela und zeigte auf eine weit im Hintergrund liegende Anlage mit den runden Kuppeln.

»Ja, diese und noch zwei weitere in nördlicher Richtung.« Außerdem betreibe er noch ein paar im Münsterland.

Als Tobias auf sein lila Rad stieg, winkte Irmela ihm hinterher.

*

»Meinst du, dass Franz-Dieter das so gemeint hat?«, fragte Irmela, als sie ihren Rucksack auf das zweite Bett legte und sich daneben setzte. Sie war gerade erneut etwa zehn Kilometer auf dem Fahrrad für den Weg zum Heuhotel hin und zurück gefahren, nachdem Franz-Dieter sie »selbstverständlich« auch eingeladen hatte, in der Ferienwohnung des Hofes zu wohnen.

Die hochgewachsene Ebba grinste ihre Tante an: »Selbstverständlich.« Sie setzte sich neben sie und zuckte mit den Schultern. »Er hat, glaube ich, ernste Absichten.« Ebba klimperte mit den Lidern.

»Ach, Ebba-Kind, nicht dass du den jungen Mann unglücklich machst.«

Ebba rollte mit ihren blauen Augen. »Nicht mit Absicht, Irmela. Manchmal geschieht es einfach.«

Sie schmiss sich auf den Rücken und begann mit den Beinen in der Luft zu radeln. »Er ist immerhin eine gute Partie. Schließlich erbt er alles.« Ebba setzte sich wieder auf. »Im Ernst, Irmela, er hat aber nichts zu tun mit dem Tod seines Vaters. Er ist wirklich traurig.«

Irmela war skeptisch, was Ebbas Fähigkeiten anging, Motive und Verhalten von Menschen einzuschätzen.

Doch Ebba beruhigte sie: »Ich habe das gefühlt, als er seinen Kopf an mich gelehnt hat. Seine Energieströme flossen völlig frei.«

Irmela sah ihre Nichte mit gespielter Empörung an. »Keinerlei Verspannungen?«

»Nein.«

Sie machten sich gerade fertig, um noch einmal ins Dorf zu radeln, um Essen zu gehen oder sich ein paar Dinge einzukaufen, die sie in der überraschend zugewiesenen Ferienwohnung bereiten konnten, als ein Wagen auf dem Hof ungewöhnlich scharf bremste und jemand laut nach Franz-Dieter rief.

»Franz!«, schrie der Mann noch einmal, und so schnell Irmela konnte, stürzte sie die Treppe der Ferienwohnung hinunter und bezog Position hinter der Eingangstür.

Sie sah, wie ein Mann mit sichtbarem Bauch, der über der braunen Kordhose hing, in einem strammsitzenden rotblaukarierten Hemd, die Dielentür öffnete und in das Haus hineinbrüllte: »Franz, verdammt, ich will dich sprechen.«

Irmela folgte und merkte im ersten Moment gar nicht, dass auch Ebba hinter ihr stand. »Du bleibst hinter mir.«

Gemeinsam schlichen sie durch die große Diele und wurden – an die Wand gepresst – vor der Tür, die in die Wohnräume führte, Zeugen des kurzen Gesprächs.

»Was willst du?«, fragte Franz-Dieter Strothaus

»Ich möchte mein Geld zurück!«, sagte der Mann.

»Hä? Was für'n Geld?« Franz war wirklich erstaunt.

»Das ich deinem Vater gegeben habe, wegen dem Masthähnchenbetrieb. Für die Verpachtung der Flächen.«

»Papa hat mir davon nichts erzählt, Karl-Josef«, meinte Franz, und Irmela hatte den Eindruck, dass er kein Theater spielte. Das war also der in den Deal um Land, Hähnchenmast und Genehmigungsverfahren verwickelte Nachbar Karl-Josef Hoogebaum. Einen Moment schoss ihr durch den Kopf, dass der Pirat Tobias im Scherz angedeutete hatte, die beiden hätten miteinander »gev…«. Das war für sie völlig ausgeschlossen. Sie hatte die Kreisrätin noch vor kurzem in dem Lokal gesehen. Sie war doch recht attraktiv.

»Pass auf, ich lass mich hier nicht verscheißern. Die Kamphausen hat das organisiert. Sie brauchte das Geld für die Genehmigungen und so. Du hast bis morgen Zeit. Ich will mein Geld zurück.«

»Ich weiß gar nicht, wovon du sprichst«, wehrte sich Franz-Dieter Strothaus. Anscheinend wurde der Besucher Karl-Josef ein wenig handgreiflich.

»Nimm die Finger von mir«, fauchte Franz energisch.

Irmela und Ebba stürzten beide durch die Diele zurück, denn es schien so, dass sich Franz durchaus zur Wehr setzen konnte, und das Gespräch begann, sich im Kreise zu drehen. Und sie hatten recht daran getan. Unmittelbar nach ihnen, sie hatten eben die Tür hinter sich zugezogen, stürzte Karl-Josef Hoogebaum aus der Diele. Er drehte sich noch einmal um: »Ich sage dir Franz, ich werde schon dafür sorgen, dass ich alles zurückbekomme.«

Der Wagen fuhr ab, im Haus blieb es still.

*

Während sich Ebba kurz nach zehn, die Dämmerung setzte gerade ein, zu Franz Strothaus in die Wohnräume begab, um vorsichtig zu fragen, ob sie eine Flasche Sprudel bekommen könnte, nahm Irmela Hagekötter die Kühlkammer in Augenschein. Sie war zwar versiegelt worden, aber Jupp Schmitz wollte morgen früh kommen und würde das Siegel erneuern.

Ebba kam, wie sie beide beabsichtigt hatten, nicht zurück und Irmela machte sich Gedanken, ob es richtig gewesen war, den hellhäutigen Strothaus dieser seelisch überaus robusten Sirene auszusetzen. Auf der anderen Seite hatte Franz-Dieter Strothaus ein nicht unerhebliches Motiv: viel Geld, dazu noch irgendwo Schmier- oder Schwarzgeld vom Nachbarn. Aber Ebba hatte erneut heftig widersprochen: Franz war ihrer Ansicht nach völlig unschuldig: »Schau dir doch mal diese arglosen Augen an.«

Vorsichtig überquerte Irmela den Hof und betrat das Gebäude, in dem die Kühlkammer lag. Die alufarbene Tür sah aus wie die überdimensionierte Tür eines Kühlschrankes. Der Schalter für die Lüftung stand immer noch auf Aus. Sie zog ihre Einmalhandschuhe an, durchtrennte das Siegel mit einem kleinen Taschenmesser und öffnete mit festem Griff die Tür.

Es sah alles so aus, wie Jupp berichtet hatte. Zwischen den metallenen Arbeitsflächen rechts, links und an der gegenüberliegenden Wand, gab es nur eine Fläche von zwei mal einem Meter. Hier hatte Strothaus also gelegen. Rechts am Eingang war ein Metallschrank. Der Boden war gefliest.

Irmela bückte sich und betrachtete zwei Kannen unter der rechten Ablage. Eine dritte mit geöffnetem Deckel lag auf der Seite. Die Kannen sahen aus wie übergroße Milchkannen. Ein Blick in die leere Kanne machte aber klar, dass es natürlich keine Milchkannen waren. Sie waren doppelwandig. »Flüssiger Stickstoff«, so konnte sie die Aufschrift auf einer der Kannen lesen.

Sie stellte sich wieder auf und sah sich langsam um. Die Arbeitsflächen waren leer, bis auf zwei blaue, feste Handschuhe, die rechts auf der Ablage lagen. Ein weiteres Paar hing an einem Haken, der Haken daneben war leer.

Eigenartig, dass in dieser akkuraten Ordnung die Handschuhe einfach auf der Ablage abgelegt waren. Vielleicht war es wirklich so gewesen, dass Strothaus der Herztod ereilt hatte, während er hier hantierte.

Aber an was hatte er hantiert. Am Flüssigstickstoff? Was hatte er kühlen wollen, wenn doch gar kein Samen gefunden wurde, den er für gewöhnlich in den mit Flüssigstickstoff gekühlten Boxen kurzzeitig lagerte. Sie schaute weiter und öffnete einen Metallschrank mit spitzen Fingern. Hier hingen einige Gegenstände an Haken. Irmelas Aufmerksamkeit fiel aber auf einen metallenen Stab, der einem Wetzstab glich. Er lag zwar neben anderen Werkzeugen ordentlich auf einem der Regalböden, hatte aber einen Ring zum Aufhängen. Alle Werkzeuge mit Ring jedoch waren hängend aufbewahrt. Auch den müsste sich Jupp Schmitz mit seinem Spurenteam vornehmen.

Irmela warf noch einen Blick auf die hintere Kante, an der sich Strothaus beim Sturz möglicherweise die Beule zugezogen hatte. Das schien ihr möglich, jedoch nicht wahrscheinlich. In dem Fall hätte er mit den Füßen weiter hinten liegen müssen. Seine Füße aber waren, wie Jupp ihr detailliert berichtet hatte, direkt hinter der Tür gewesen.

Nein, Irmela war der festen Ansicht, dass Strothaus nicht freiwillig und auch nicht durch einen einfachen Herztod zu Tode gekommen war. Sie hatte auch schon recht präzise Vorstellungen davon, was passiert war.

*

Als Irmela gerade wieder in die Ferienwohnung zurückgehen wollte, hörte sie aus der Diele ein lautes Keuchen. Leicht panisch – immerhin hatte sie Ebba in einem Haus, in dem es mit größter Wahrscheinlichkeit zu einem Mord gekommen war, allein in den Händen des Haupterben gelassen – riss sie die Dielentür auf.

Die blonde Ebba stand von Franz-Dieters Oberkörper an die Wand gepresst, den Kopf zur Seite gebogen und zerrte mit ihren Händen in seinen nicht weniger blonden Haaren. Bevor Irmela zurückspringen konnte, denn es war eindeutig, dass Ebba nicht in Gefahr war, ließ Franz von Ebba ab. Ebba stammelte was von, »wollte gerade nach oben«, aber Irmela war bereits verschwunden und lag schon im Bett, als Ebba zehn Minuten später kam.

»Kind«, empfing ihre Tante sie, »so weit musst du nicht gehen bei der Detektivarbeit.«

»Ach, er ist doch total süß«, meinte Ebba und legte sich in das zweite Bett. Sie fanden beide, dass sie recht erfolgreich gewesen waren. Irmela hatte ein genaues Bild davon, wie es geschehen war, und war sich auch schon ziemlich sicher, wer es getan hatte. Es fehlte nur noch das Motiv.

*

Während die beiden schliefen, traf sich Karl-Josef Hoogebaum mit Doris Meyer zu Kamphausen. Sie hatte es abgelehnt, direkt zu Hoogebaum zu kommen. Das war ihr zu nah. Eigentlich wollte sie gar nicht mehr in der Nähe dieser beiden Höfe gesehen werden. Das hatte ihr schon genug Probleme gemacht. Sie verabredeten sich am Rosengarten 96 in Bad Rothenfelde. Doris Meyer zu Kamphausen hatte sich ein weites Sommercape umgeschlungen. Denn sie wollte nicht unbedingt erkannt werden mit einem in ihren Augen nicht sehr ansehnlichen Bauern.

»Ich warne dich Doris, ich gehe an die Öffentlichkeit,

wenn du mir das Geld, das ich dir gegeben habe, nicht wiedergibst.«

»Ich habe kein Geld, was redest du denn?«, wiederholte sie zum x-ten Male.

»Das ist mir scheißegal, wo du es mit Martin versteckt hast. Ich will es zurück. Was meinst du, was dann alle so los ist, wenn ich das der Bürgerinitiative erzähle. Dann wirst du jedenfalls nicht als Kandidatin für den Posten des Landrats aufgestellt.« Karl-Josef Hoogebaum kannte die Kreisrätin bereits als kleines Kind und wusste, was ihr am Wichtigsten war.

Doris Meyer zu Kamphausen bezichtigte sich wie so oft in den letzten Wochen selbst der Dummheit, dass sie sich auf dieses Geschäft mit den beiden eingelassen hatte. Sie hatte ihre Netzwerke und Beziehungen spielen lassen, damit die Genehmigung für die Hähnchenmastanlage erteilt wurde. Dafür hatte sie sich sogar die Summe mit Martin Strothaus geteilt. Von Hoogebaum hatte sie noch ein kleines Handgeld bekommen. Sie war damals der Meinung gewesen, sie alle hätten ein gutes Geschäft gemacht und sie hätte vor allem in Zukunft ein ihr sehr gewogenes Klientel. Jetzt hatte sie aber nur Probleme.

»Ich bringe dir die Vermittlungsprovision morgen zurück«, sagte sie und wusste, dass das Hoogebaum nicht ausreichen würde. Aber an das Geld von Martin käme sie nicht ran. »Mehr geht nicht.«

»Ich warne dich, Doris!« Karl-Josef Hoogebaum kam so nah an sie heran, dass sie seinen Bauch an ihrem spürte. Sie wich zurück.

»Gut, ich werde die Sache regeln«, zischte sie. Sie hatte ja keine andere Wahl. Warum nur hatte sie sich mit diesen beiden Männern eingelassen?

Karl-Josef Hoogebaum ahnte nicht, dass er sich in unnötige Gefahr brachte, als er sich mit ihr für den nächsten Tag bei David und Goliath [97], den gigantischen Findlingen im südlichen Zipfel des Osnabrücker Landkreises, verabredete.

*

Wenn Irmela Hagekötter nicht als Detektivin auf dem Nachbarhof von Hoogebaum gewesen wäre, so wäre am nächsten Tag möglicherweise der Spargelbauer mit einem Entbeinmesser und einen Stich durch den Rippenbogen getötet worden. So aber kam es gar nicht zu einem Angriff auf Hoogebaum, weil Doris Meyer zu Kamphausen, just als sie am Abend des nächsten Tages von ihrem Haus abfuhr, um zum Treffpunkt zu fahren, abgefangen wurde.

»Frau Meyer zu Kamphausen, Sie sind vorläufig festgenommen«, erläuterte Hauptkommissar Jupp Schmitz. Er kam geradewegs von der Auswertung der Spurensicherung von seinem morgendlichen Einsatz auf dem Hof Strothaus und »ausgerüstet« mit Irmela Hagekötters Theorie.

Doris Meyer zu Kamphausen leugnete, dass sie zum Todeszeitpunkt auf dem Hof ihres Verlobten gewesen sei, obwohl der Sohn Franz-Dieter ihr Auto um Mitternacht hatte kommen hören. Der hatte sich nichts dabei gedacht, denn sie besuchte seinen Vater ja häufiger, auch wenn sie nie dort übernachtete, sondern immer zu sich nach Hause fuhr.

»Deshalb wunderte er sich auch nicht, dass sie so spät dort war«, erklärte Jupp Schmitz Irmela und Ebba am Abend. Es war schon dunkel an diesem lauen Junitag und sie saßen auf Irmelas Terrasse, um ihren Erfolg zu feiern. Nur Ebba war viel schweigsamer als gewöhnlich.

Sie hatten nicht nur Blutspuren an dem Stab gefunden, der im Schrank des Kühlhauses lag. Auf dem Belüftungsschalter, der auf Aus stand, war ein wunderbarer Daumenabdruck, den sie – wie Irmela vermutet hatte – der Kreisrätin zuordnen konnten.

»Auf der Kanne waren keine Abdrücke, als sie die angefasst hat, hat sie ja die Sicherheitshandschuhe getragen.« Aber in den Handschuhen – da waren sich die beiden einig, würden sie mit Sicherheit DNA von Doris Meyer zu Kamphausen finden.

»Und wie hat sie es nun gemacht?«, fragte Ebba und schaute zum wiederholten Mal auf ihr Handy. Aber es kam immer noch keine SMS.

»Ganz einfach. Sie hat ihn irgendwie dazu gebracht, mit ihr in die Kühlkammer zu gehen. Wie sie das geschafft hat, wissen wir nicht. Dort hat sie ihn mit dem Metallstab niedergeschlagen und die kurze Zeit seiner Bewusstlosigkeit genutzt. Sie hat den Stab in den Schrank zurückgelegt – nicht gehängt –, die Handschuhe angezogen und die gesamte Kanne flüssigen Stickstoff über den Boden gegossen. Deshalb auch die Erfrierungen an den Stellen, wo er auflag. Dann hat sie die Tür geschlossen und die Lüftung abgestellt. Wenn Flüssigstickstoff verdunstet, reduziert er die Konzentration von Sauerstoff in der Luft. Dadurch kommt es zu Sauerstoffmangel, vor allem weil ja der Raum luftdicht abgeschlossen war. Und die Belüftung, die in solchen Räumen aus Sicherheitsgründen vorgeschrieben ist, war ausgeschaltet. Er ist erstickt.« Irmela nickte.

»Wie bist du denn drauf gekommen, dass sie es war und nicht Franz?«, fragte Ebba, immer noch ein bisschen verärgert darüber, dass ihre Tante anfangs überhaupt auf den Gedanken gekommen war, diesen arglosen und gutaussehenden Franz zu verdächtigen.

»Durch meinen Restaurantbesuch mit Jupp vor einigen Monaten. Da gab es doch geeiste Himbeeren, der letzte Schrei. Und die wurden mit großem Bohei vor den Augen der Gäste mit Flüssigstickstoff vereist.«

Die Kreisrätin wusste also, was man mit flüssigem Stickstoff so anstellen konnte.

»Sie wird es ohnehin schwer haben, sich da irgendwie rauszureden. Denn sie war auf dem Weg zu ihrer Verabredung mit Karl-Josef Hoogebaum, hatte aber ein richtig scharfes Ausbeinmesser in ihrer Goldpfeiltasche.« Der Spargelbauer hatte schon alles zum Besten gegeben, was in der Tat nicht groß von den Vermutungen des grünen Piraten, den Irmela getroffen hatte, abwich.

»Das Motiv ist auch ganz einfach«, fuhr Jupp Schmitz fort. »Sie wollte Landrätin werden. Dafür musste sie aber von ihrer Partei erst einmal aufgestellt werden.«

Ebba legte ihr Smartphone enttäuscht zur Seite. Sie hatte immer noch keine SMS erhalten. »Welcher Partei gehört sie denn an?« Diese Frage konnte nur Ebba stellen.

»Meinst du das ernst?«, fragte Irmela verwundert.

Ebba zuckte mit den Schultern: »Wieso, leben wir nicht in einer Mehrparteiengesellschaft?«

»Im Prinzip ja. Aber nicht in Glandorf. Bei der Landtagswahl 2013 hatte die CDU zwar ›nur‹ 57,69 Prozent. Und das ist natürlich erheblich weniger als 1976, da hatte die Partei noch 87,5 Prozent.«

»Also so wie in Bayern«, meinte Ebba. »Oder in der ehemaligen DDR?«

Irmela seufzte. »Kind, Kind. Hier waren es aber freie Wahlen. Aber es ist so: Wenn du hier Karriere machen willst, dann gibt es nur eine Partei.«

Doris Meyer zu Kamphausen hatte Karriere machen wollen. Als aber einige enge Parteifreunde sie wissen ließen, dass diese Geschichte da in Glandorf mit dem von ihr vorangetriebenen dubiosen Genehmigungsverfahren für einen Masthähnchenbetrieb keine gute Presse machen würde, musste sie handeln.

»Wie?«, fragte Ebba. »Das verstehe ich nicht.« Sie nahm ihr Smartphone wieder in die Hand.

»Sie wollte den Deal wieder rückgängig machen. Aber Strothaus hatte keine Lust, das Geld zurückzuzahlen.« Der wollte, das alles so bleibt, wie es ist.

»Das war alles?«, fragte Ebba enttäuscht.

»Wieso alles. Ihre Kandidatur war in Gefahr. Einer Frau wie Meyer zu Kamphausen geht es aber nicht nur um das Geld. Ihr ging es einzig und allein um politischen Einfluss. Vielleicht ging es ihr auch um die Kontrolle, die hatte sie mit dem Deal aus der Hand gegeben. Mit dem inszenierten Tod von Strothaus wollte sie die zurückgewinnen«, vermutete Irmela und schaute ihre Nichte etwas besorgt an. Die schaute schmollend auf ihr regungsloses Handy.

Da surrte das Handy und Ebba riss begeistert ihre blauen Augen auf. »Das ist er!«, jauchzte sie und verzog sich in die Küche.

90 **Kanufahrten** über die Hase: Gerade auch für Anfänger bietet die Hase einen leichten Einstieg ins Kanuwandern. Parkähnliche Landschaften, Wälder, Ackerland und Weiden säumen den idyllischen Fluss. Längere Touren auf der Hase empfehlen sich ab Quakenbrück. Informationen finden Sie unter: www.hasetal.de/ und anderen gewerblichen Internetseiten.

91 **Radwanderrouten** in und um Glandorf: Zahlreiche Routen sind für den Fahrradtourismus ausgeschildert. Zwei Familienstrecken (9 und 21 km), eine Naturroute (45 km) führt durch die Glandorfer Umgebung und Außenbereiche, die durch Wiesen und Felder des Naturschutzgebiets Vennepohl in Sudendorf geht. Die Historischen Route (55 km) führt an traditionsreichen Bauernhöfen und dem Gut Ödingberge entlang. Auf der Spargelroute (25 km) gibt es frische Produkte aus eigener Herstellung der Höfe. Die Energieroute (33 km) bietet einen beeindruckenden Blick von der Aussichtsplattform über den Solarpark in Schwege, der größten Fotovoltaik-Freiflächenanlage Niedersachsens.
www.glandorf.de

92 **Kurpark Bad Rothenfelde**: Der Park liegt mitten im Ort und schließt sich unmittelbar an das kleine Geschäftsviertel mit Cafés und Restaurants, das Kurmittelhaus und den Konzertgarten an.
www.bad-rothenfelde.de

93 **Gradierwerk** im Kurpark Bad Rothenfelde: Die Salinen mitten im Ort bilden mit 10 000 Quadratmetern Rieselfläche die längste Gradierwerkanlage Westeuropas, die ganzjährig in Betrieb ist. Das erste stammt von 1777, das zweite von 1824 und misst eine Länge von 412 Metern. Im Winter werden die Gradierwerke zur Projektionsfläche von Videokunst. www.bad-rothenfelde.de

94 **Konzertmuschel** Bad Rothenfelde: Im Konzertgarten des Kurparks finden im Sommer mehrfach wöchentlich Konzerte statt. Die Muschel wurde zum 100sten Geburtstag generalüberholt und verströmt den beschaulichen Charme des Kurlebens des vergangenen Jahrhunderts.

95 **Wallfahrt nach Telgte**: Die zweitägige Wallfahrt von Osnabrück nach Telgte entwickelte sich seit 1852 mit mehr als 8000 Teilnehmern zur größten Wallfahrtsprozession in Deutschland. Die Bundesstraße 51 wird an beiden Wallfahrtstagen im Juli auf Teilstücken voll gesperrt. Termine finden Sie unter: www.wallfahrt-nach-telgte.de

96 **Rosengarten** Bad Rothenfelde: Der Rosengarten im Kurpark ist ein sehr gepflegtes öffentliches Rosarium und wird fachkundig gepflegt von Mitgliedern des Rosenvereins e.V.
www.bad-rothenfelde.de

97 **Naturdenkmal David und Goliath:** An der südlichsten Stelle des Landkreises im Glandorfer Orts-

teil Averfehrden liegt das Naturdenkmal »David und Goliath«. Der Stein, in zwei Teile zerbrochen, zählt zu den größten Findlingen im Landkreis und den größeren in Nordwestdeutschland. Goliath hat einen Umfang von 11 Metern und wiegt etwa 63 Tonnen. Die Geo-Koordinaten sind +52° 5' 30.16'', +7° 58' 8.05'' auf dem Weg von Glandorf nach Kattenvenne. www.glandorf.de

DER BULLI

VON CONNY RUTSCH

Die Kamera schwenkte von Westen über den tiefen Horizont zur Windmühle in Groß-Mimmelage 98 zum Ufer der Kleinen Hase. Marie strich sich noch einmal durch ihren mit Gel in Form gebrachten dunklen Igelhaarschnitt, als der Regieassistent ihr zurief: »Achtung, Kamera läuft.« Sie reckte die Schultern, als sie das Objektiv der Fernsehkamera in der Sonne blinken sah.

Sie stand in der parkähnlichen Gartenanlage des Artlandhofes zwischen ihren Holzskulpturen und wusste, dass Heinrich II. sicher missmutig aus irgendeinem Fenster zu ihr hinunterschaute. Die Laune ihres Stiefsohnes wurde immer schlecht, wenn er nicht im Mittelpunkt des Geschehens stand. Sie fühlte seine Blicke förmlich im Rücken.

Der Regionalsender OS1 TV, der für eine Reportage die im nordwestlichen Osnabrücker Land beheimateten Künstler filmte, hatte Marie für eine Filmsequenz aufgesucht. Über den weißen Zaun hinweg leuchteten die bunt gestrichenen Eichenbalken, die Marie mit ungewöhnlichem Beiwerk versehen hatte: Ein Vogelnest in Silberfarbe besprüht, das Gehörn eines Rehbocks in strahlendem Gold oder eine ausgemusterte, mit Hauswurz bepflanzte Suppenkelle schmückten die alten Balken, die sie alle in der näheren Umgebung bei Renovierungsarbeiten vor der Vernichtung gerettet hatte.

Marie beantwortete bereitwillig die Fragen des Interviewers und erklärte ihre Kunstwerke. »Nein, verkaufen möchte ich sie gar nicht, die Balken auf diese Weise zu erhalten, macht mir einfach Spaß, und auf unseren Hof passen sie wunderbar.«

Der Artlandhof mit dem beeindruckenden Giebel gehörte ihrem Mann, Heinrich Schüsselmann, der ihn von seinem Vater geerbt hatte. Nach dessen Tod schaffte er gleich die Schweinemast ab. Er hasste Schweine. Schon als Junge hatte er sich geweigert, die Ställe zu betreten. Er zögerte nie auch öffentlich zu äußern, dass diese Tiere nur auf Grill und Teller taugten.

Die Zeichen der Zeit erkennend, hatte er dagegen vor über 20 Jahren auf Pferde gesetzt. Jetzt standen wertvolle Zuchtstuten auf den Wiesen hinter den luxuriösen Ställen. Ein Dressurviereck, eine Sprunganlage und eine große Reithalle hatte er auf dem denkmalgeschützten Hof bauen lassen. Sogar eine Wellness-Anlage für die Pferde fehlte nicht.

*

Thaddäus Just war auf dem Weg zu Marie Gravenstein. Seine frühere Kommilitonin an einer hannoverschen Kunstakademie hatte er nach dem Examen aus den Augen verloren und jetzt auf Facebook wiedergefunden. Er freute sich auf ein paar Tage Erholung im Artland und hoffte wie immer auf schöne Landschafts- und Architekturmotive, die er mit seiner alten Hasselblad fotografieren konnte. Seit Jahren wurden seine künstlerischen Arbeiten in Zeitungen und Magazinen veröffentlicht.

Mit seiner alten DKW und dem irischen Terrier Vincent im Beiwagen genoss er die Fahrt durch das tellerflache Land, durch die noch hellgrünen Felder und weiten

Wiesen, auf denen Kühe weideten und die hin und wieder von Buschwerk und kleinen Gehölzen begrenzt wurden. Er brauchte wie immer viel Zeit, die beeindruckende Landschaft zu betrachten, deren Ausschnitte sich in seinem Auge gleich Motiven ordneten.

Einige Kilometer vor Maries Hof, er hatte eigentlich gar nicht mehr vor, noch einmal zu halten, bremste er verblüfft. Das gibt es doch gar nicht, dachte er. Am anderen Ende eines weiten Feldes, fast 500 Meter entfernt vor einem kleinen Streifen Buschwald, stand wahrhaftig ein VW-Bulli T1 Samba. Kein anderer als Thaddäus, der Oldtimerfreak, hätte dieses Gefährt auf so eine Entfernung erkannt. Aber er wusste gleich, dass es ein Wagen vom Anfang der 50er-Jahre sein musste. Thaddäus wendete sein Motorrad, um mit seinem großen Tele den T1 in dem schönen Licht am Wald auf ein Foto zu bekommen.

Vincent lag gelangweilt im Beiwagen und rollte mit den Augen. Schon wieder nicht raus! Er hatte jetzt langsam genug und wollte seinen Spaziergang. Das brachte er seinem Herrchen mit ungeduldigem kurzem Bellen zum Ausdruck.

»Warte einen Moment«, tröstete ihn Thaddäus. »Nur noch dieses Bild.« Vincent schaute ihn vorwurfsvoll an und schloss die Augen.

Thaddäus stellte das Teleobjektiv ein und holte sich den Bulli so scharf und nah heran, als stünde er zehn Meter vor ihm. Donnerwetter. Rechts hinter dem Wagen war eine Harley zu sehen. Thaddäus nahm das Objektiv zur Seite. Mit bloßem Auge war die Maschine kaum wahrnehmbar, verschwamm mit der Waldkante.

Er wollte sich den Bulli aus der Nähe ansehen und fragen, ob er ihn fotografieren dürfe.

Er startete sein Motorrad wieder und fuhr über einen holprigen Feldweg, der an der Wiese in Richtung Bulli verlief. Er parkte zehn Meter vor dem VW-Bus, befahl Vincent, schön brav auf seinem Platz zu bleiben und ging hinüber zu diesem mintfarbenen Traum eines jeden Oldtimerfans. Topp gepflegt wirkte er ein wenig unpassend so mitten in der Natur. Thaddäus hörte die Standheizung im Wagen laufen und hoffte, dass der Besitzer ihm die Geschichte dieses Wagens erzählen würde. Er klopfte an die Beifahrertür. Nichts. Im Führerhaus war niemand zu sehen. Er schlenderte um den Wagen herum und bewunderte den Zustand dieses Oldtimers. Sogar ein faltbares Sonnendach, dachte er und klopfte noch einmal an die Wagentür. Nur im hinteren Teil des Bullis verbargen kleine Jalousien den Blick in sein Inneres. Thaddäus schaute durch eines der vorderen Fenster und erschrak. Da lag ein Mann auf der Liege, die an einer Längsseite eingebaut war. Völlig reglos. Vom Fenster aus konnte Thaddäus keine Atembewegung des Brustkorbs erkennen. Deshalb klopfte er jetzt laut.

»Brauchen Sie Hilfe? Kommen Sie, öffnen Sie die Tür.«

Keine Reaktion, keine Antwort. Jetzt war Thaddäus wirklich beunruhigt. Zu seinem kriminalistischen Spürsinn meldete sich sein Verantwortungsgefühl. Während er sein Handy aus der Lederjacke fummelte und den Notruf wählte, fasste er an den Türgriff der Fahrertür. Offen. Er stieg ein. Die Standheizung hatte den Wagen derartig aufgeheizt, dass Thaddäus kaum atmen konnte. Er stieg noch einmal aus, holte tief Luft und kletterte zurück zu dem Mann, der sich nicht rührte, als Thaddäus ihm den Puls fühlte. Weil die Luft hinten im Wagen sehr stickig war, packte er den schlaffen Körper unter den Armen und bugsierte ihn aus dem Fahrzeug. Die Decke vom Beifahrersitz legte er auf den Feldweg und bettete den Mann darauf.

Ein älterer Herr, gut gekleidet. Eine beigefarbene Cordhose, ein dunkelgrünes Jackett mit einem hellen Hemd darunter. Auf der Krawatte erkannte Thaddäus ein dezentes Muster aus winzig kleinen Steigbügeln.

Nach 10 Minuten hörte er die Martinshörner des Rettungswagens. Und noch ein anderes Geräusch mischte sich darunter. Offenbar wurde die große Harley, die er vorhin am Horizont ausgemacht hatte, gestartet. Das satte Motorengeräusch wurde leiser. Die Maschine schien sich über eine parallel verlaufende Landstraße zu entfernen. Thaddäus winkte den Rettungswagen mit beiden Armen über den Feldweg heran. Das Martinshorn war mittlerweile ausgestellt worden.

»Was ist hier passiert?« Die Sanitäter und ein Notarzt waren herangeeilt. Thaddäus erklärte, dass er den Bulli gesehen, neugierig angehalten und den reglosen Mann im Wagen gefunden hatte. »Die Standheizung lief, als ich die Tür öffnete. Es war sehr stickig im Wagen.«

Der Notarzt hatte bei dem offensichtlich ohnmächtigen Mann inzwischen einen schwachen Puls gefühlt. Er legte einen Tropf, die Sanitäter betteten den Mann vorsichtig auf die vorbereitete Trage und brachten ihn zum Rettungswagen. Einer von ihnen hatte im Handschuhfach eine Brieftasche gefunden, die eine Krankenversicherungskarte und den Ausweis des Mannes enthielten.

»Kennen Sie den Mann?« fragte der Notarzt.

»Heinrich Schüsselmann? Nein, nie gehört«, entgegnete Thaddäus.

»Wir nehmen ihn mit ins Krankenhaus und kümmern uns um die Formalitäten. Schüsselmann ist ein bekannter

Pferdezüchter in dieser Gegend. Aber ich weiß nicht, ob er hier das tatsächlich ist. Können wir Sie erreichen, falls wir noch Auskünfte brauchen?« Thaddäus zog seine Visitenkarte aus der Tasche und erklärte, dass er zwar aus Hannover sei, aber sicher für einige Tage hier in der Gegend bleiben und sich im Krankenhaus auch selbst gerne erkundigen wolle, wie es dem Mann gehe.

»Was wird mit dem Bulli?«, fragte Thaddäus noch.

»Das ist ja wohl ein wertvolles Stück. Wir rufen die Polizei an, damit hier niemand Blödsinn machen kann. Die sollen sich darum kümmern.«

Thaddäus verabschiedete sich und bestieg wieder sein Motorrad. Irgendwie kam ihm das alles seltsam vor. Jetzt aber erstmal zu Marie, dachte er und freute sich auf das Wiedersehen.

*

Heinrich II., Sohn des eben in seinem geliebten mintfarbenen T1 aufgefundenen Pferde-Schüsselmann Heinrich dem Ersten, hatte die Schnauze voll. Heute Vormittag war er, sich Hilfe erhoffend, zu seiner Kollegin Angie Knockmeier nach Bippen gefahren. Er war geladen bis unters Kinn gewesen, als er sich von zu Hause auf den Weg machte. Schon früh war er, wie eigentlich in der letzten Zeit jeden Tag, mit seinem Vater zusammengerasselt. Dabei hätte der die paar Kröten – wie Heinrich II. seinen beträchtlichen Schuldenberg nannte –, lässig rüberwachsen lassen können, ohne dass er überhaupt bemerken würde, dass sie fehlten. So dachte jedenfalls Heinrich II.

Er hatte sich nicht das erste Mal verspekuliert. Jetzt

waren ihm prähistorische Zeiten in sein erfolgversprechendes Vorhaben geplatzt. Warum muss auch so ein beflissener Bauarbeiter den Denkmalschützern eine kaputte Vase vorlegen, dachte er zum hundertsten Mal. Er hatte all seine Ersparnisse inklusive eines sechstelligen Kredits in den Neubau eines Einkaufszentrums investiert. Als bei den Erdarbeiten die Vase gefunden und die Baustelle zur archäologischen Begutachtung geschlossen wurde, ging die Baufirma pleite, Heinrich II. ebenso.

Vielleicht hat Angie ja eine Idee, wie ich aus dem Schlamassel rauskomme, hatte er heute früh überlegt und sich zähneknirschend auf den Weg gemacht.

Er saß bei seiner Maklerkollegin Angie Knockmeier, die sich ihr Büro in einem Fachwerkhäuschen hinter den Wasserschloss Eggermühlen 99 in der Nähe der Bippener St. Georgskirche 100 eingerichtet hatte.

»Kannst du nicht deinen Vater um Hilfe bitten?« Angie Knockmeier schien seine Bedrängnisse nicht so wichtig zu nehmen.

»Ich versuche schon seit Jahren, ihn davon zu überzeugen, dass ich seine Geschäfte übernehmen kann. Schließlich bin ich ja auch ein erfolgreicher Geschäftsmann«, überzeugte sich Heinrich II. selbst. »Mann, Mann, der ist so was von stur. Dabei könnte mich der Verkauf eines einzigen seiner Zossen sanieren.« Wie sein Vater das jemals hinbekommen hatte, die Pferde dermaßen teuer verkaufen zu können, war ihm schleierhaft. Wer für so ein Tier, und mehr war es für ihn nicht, allerdings fast eine halbe Million Euro bezahlte, ebenso.

»Jetzt reg dich nicht auf«, versuchte es Angie Knockmeier noch einmal, »versuch noch mal mit ihm zu reden, eine andere Möglichkeit wird dir wohl kaum bleiben.«

Diese Aussicht gefiel Heinrich II. nun gar nicht. Mist, Mist, Mist. Da hatte er jetzt wirklich ein Riesenproblem. Aber er würde das alles schon hinkriegen, irgendwie. Aber nicht mehr über eine Auseinandersetzung mit seinem Vater, nein, das ging nicht.

Dieses Gespräch von heute Vormittag hatte ihm gereicht. Es war zum Kotzen: All die Diskussionen, die er noch mit seinem Vater hätte führen, all die Rechtfertigungen, die er sich hätte ausdenken müssen; er würde es nicht ertragen. Jetzt war Schluss. Er wollte den Hof. Sofort. Und er hatte einen Plan, den er genau heute in die Tat umsetzen wollte.

*

Da stand sie, seine Marie. Seine Marie , in die er so verliebt gewesen war. Und gut sah sie aus, noch besser als vor 25 Jahren und noch viel besser als auf den Facebook-Bildern. Sie lehnte an einem buntem Eichenbalken und blickte ihm entgegen. Thaddäus stoppte die alte DKW abrupt, die wegen dieser ruppigen Behandlung einen lautstarken Räusperer vernehmen ließ, legte den Helm ab und befreite Vincent aus dem Brustgeschirr. Noch mit der kleinen Lederkappe, aus dem seine Ohren hervorlugten, schoss er auf die Anlage des Artlandhofes und freundete sich sofort mit dem uralten Hofhund an.

Marie lachte und rannte Thaddäus entgegen, strahlend und jugendlich mit einem »Teddy, wie schön, dass du tatsächlich gekommen bist«, fiel sie ihm um den Hals, einfach so, als hätten sie sich gestern zuletzt gesehen. Teddy, dachte er und ihm wurde warm ums Herz, so hat mich schon ewig niemand mehr genannt. In Nullkommanichts schwelgten sie in Erinnerungen an die alten Zeiten und füllten die vergangenen Jahre mit ihren Erlebnissen.

Marie hatte Thaddäus in die große Küche des Hofes geführt. Er war beeindruckt von der riesigen Anlage. Sie berichtete über die Jahre, die sie hier mit ihrem Mann verbracht hatte. »Heinrich hat leider zwei Gesichter«, erklärte sie jetzt bei einer Tasse Tee auf der Terrasse vor der Küche. »So charmant wie er sich mir gegenüber gibt, wickelt er auch seine Geschäftspartner ein, gerade beim Pferdeverkauf. Aber mich belastet sehr, wie er hier mit den Angestellten umspringt und vor allem, wie ungerecht er seinen Sohn behandelt. Die beiden haben sich kaum etwas zu sagen. Dabei muss sich Heinrich wirklich bald um einen Nachfolger für den Hof kümmern. Er ist sehr krank.« Sie erzählte Thaddäus freimütig von der Krebserkrankung, die zwar durch teure Behandlungen zum Stillstand gebracht worden sei, aber jederzeit wieder ausbrechen könne. »Ich verstehe wirklich nicht, warum er seinen Sohn nicht einarbeitet. Der ist ein geschickter Makler geworden und hat sich einen Ruf erarbeitet, aber leider grade eine Schlappe bei einem Bauvorhaben hinnehmen müssen. Aber genug jetzt davon. Ich hab eben dein Motorrad bewundert, hast du Lust mit mir eine Spritztour zu machen? Dann gehen wir irgendwo zum Essen.«

»Superidee«, antwortete Thaddäus. »Wenn es dir nichts ausmacht, den Hund im Beiwagen zwischen die Füße zu nehmen. Er wird sich zwar wundern, dass du ihm seinen Platz streitig machst, aber das geht schon.«

Marie borgte sich einen Motorradhelm aus dem Fundus Heinrichs II. und sie machten sich auf den Weg nach Ankum. Sie zeigte Thaddäus den »Artländer Dom« 101 und erzählte ihm bei einem Latte Macchiato von den Steingräbern im Giersfeld 102 in Westerholte und den Hügelgräbern von Druchhorn beim »Esselmannschen Heuerhaus«.

*

Heinrich II. war nach Fürstenau gefahren. Auf seiner Harley fühlte er sich wie ein König, passend zu seinem Namen, den er sich vor Jahren selbst gegeben hatte. Der satte Motorenklang beruhigte ihn ein wenig. Wenn der Alte sich von dem Denkzettel erholt hat, wird er hoffentlich einsehen, dass er mich braucht, dachte er und drehte die Maschine richtig auf, als er durch den Ort fuhr. Er hatte keinen Blick für das historische Stadtbild. Er donnerte am fürstbischöflichen Schloss 103 mit der Pfarrkirche St. Katharina 104 und der Nordostbastion 105 vorbei.

»Dieses rücksichtslose Arschloch«, fluchte eine junge Frau, auf deren Straßenüberquerung mit ihrem Kinderwagen Heinrich II. keine Rücksicht genommen hatte.

»Ist das nicht der Kerl, der mit seinem Einkaufszentrum so richtig auf die Fresse gefallen ist?«, fragte ihre Freundin, die ebenfalls auf den Bürgersteig springen musste. Die Pleitegeschichte vom jungen Schüsselmann war von der Neuen Osnabrücker Zeitung in allen Einzelheiten über das Land verbreitet worden. »Recht geschieht ihm«, fügte ihre Freundin hinzu, »dass der jetzt mal die Quittung für seine Geschäfte kriegt. Furchtbar gelackter Typ.« Die beiden Frauen ereiferten sich noch eine Weile über die Gelfrisur, die Klamotten und die überdimensionale Sonnenbrille, die Heinrich II. damals auch für das Zeitungsfoto nicht abgenommen hatte.

*

Thaddäus und Marie waren inzwischen wieder zurück auf dem Hof. Ihr Handy brummte. »Du liebe Zeit, fünf Anrufe, hab ich überhaupt nicht mitbekommen«, sagte sie. Im selben Moment bog ein Polizeiwagen in die Hofeinfahrt ein.

»Frau Schüsselmann?«, fragte ein junger Beamter sie zur Begrüßung.

»Nein, Gravenstein, ich habe meinen Mädchennamen behalten«, erklärte Marie. »Was ist denn passiert?«

»Wir müssen Ihnen eine traurige Mitteilung machen«, sagte jetzt der zweite Polizist. »Ihr Mann ist heute Nachmittag im Krankenhaus verstorben.«

Marie wurde blass und schwankte, als würde sie gleich in Ohnmacht fallen. Thaddäus nahm sie am Arm und führte sie zur Terrasse, auf der noch das Teegeschirr stand. Die Polizisten folgten.

»Hatte er einen Unfall?«, flüsterte Marie fassungslos.

»Noch können wir das nicht genau sagen«, antwortete der junge Beamte. »Ihr Mann wird obduziert werden müssen, weil die Todesursache nicht klar ist. Er wurde in seinem VW-Bulli aufgefunden.«

Thaddäus erstarrte. Aufgefunden. Ich habe ihren Mann in dem Bulli gefunden, wie furchtbar. Er berichtete Marie von seinem Erlebnis, bevor er zu ihr gefahren war.

»Du konntest ja nicht wissen, dass er mein Mann ist«, sagte Marie tonlos, Tränen liefen über ihr Gesicht.

Die Polizeibeamten erklärten die Formalitäten und baten auch Thaddäus, sich zu weiteren möglichen Befragungen zur Verfügung zu halten. Sie hinterließen ihre Telefonnummern und verabschiedeten sich.

Thaddäus hielt Marie in den Armen. Sie hatte sich nach einem heftigen Weinanfall ein wenig beruhigt und schaute ihn jetzt an.

»Das kann doch alles nicht wahr sein. Heinrich wollte die Mittagsstunde nutzen, um ein wenig auf einem seiner Hochsitze zu entspannen. Das hat er mir noch gesagt, und dass er den Bulli nehmen wollte. Den liebt er heiß und innig. Und jetzt ist er … tot?«

Sie begann wieder zu weinen. Thaddäus hielt sie einfach nur fest. Nach einer Weile hob sie den Kopf und fragte ihn, was sie denn jetzt tun müsse.

»Du musst wohl die Obduktion abwarten«, sagte Thaddäus. »Wir rufen gleich mal in der Uniklinik in Oldenburg an, wo sie deinen Mann untersuchen, und dann werden wir weitersehen.«

*

Die Nachricht vom Tod Heinrich Schüsselmanns sprach sich wie ein Lauffeuer herum. Nachbarn hatten die Polizei vom Hof fahren sehen, andere den Rettungswagen gehört, und zwei und zwei eben zu vier zusammengezählt.

»Die arme Frau«, sagte Gertrud Schnattermann beim nachmittäglichen Kaffee in der Küche des Nachbarhofes, »jetzt steht sie ganz alleine da. Die beiden waren ja ein Herz und eine Seele.«

»Das waren sie wohl, aber der Schüsselmann war auch ein ausgebuffter Geschäftsmann und seine cholerischen Anfälle waren bei den Angestellten gefürchtet«, entgegnete ihr Mann Karl.

»Erst letztens habe ich mitbekommen, wie er den Stallmeister angeschrien hat. Ganz öffentlich hat er ihn angeschrien, der wusste kaum noch, wo er hinschauen sollte. Und das wegen so einer lächerlichen Mistforke.«

»Ja, und seinen Sohn hat er auch wie den letzten Dreck

behandelt«, ereiferte sich seine Frau. »Dabei ist er doch schon so krank gewesen, da hätte er doch froh sein können, dass ihm jemand bei den Geschäften hilft.«

Im Dorf standen die Leute auf der Straße und redeten über nichts anderes als über Heinrich Schüsselmanns Tod. Und sie waren sich einig, dass er sicher das Opfer eines Mordanschlags geworden war.

»Wahrscheinlich einer von seinen ausländischen Stallarbeitern«, sprach eine ältere Dame aus, was viele dachten. »Wie der mit denen umgesprungen ist.«

In der Dorfkneipe beherrschte dieses Thema ebenfalls alle Gespräche rund um den Eichentresen. »Wenn da mal nicht dieser Heinrich II. dahintersteckt«, mutmaßte ein Mittvierziger. »Diesem gelackten, windigen Typen traue ich alles zu. Wisst ihr noch, dass der damals bei den Devil Riders war?«

Auf einmal erinnerten sich alle wieder an die Zeit, als die Motorradgang mit ihrem lauten Geknatter die Gegend unsicher gemacht hatte. Heinrich junior war immer mittendrin gewesen.

»Ja, genau«, wusste Kalli, »ein richtig guter Schrauber ist der gewesen, der hat mir mal meine Auspuffanlage an meiner Harley heile gemacht, als ich damals so klamm war.«

Langsam fügten die Menschen ein Bild von Heinrich Schüsselmann, seinem Sohn und seiner Frau zusammen. Ihr Bild.

»Die Marie ist so ganz anders als die beiden«, hatte vorhin noch jemand angemerkt. Künstlerin sei sie ja, naja, und Grün, aber so sozial eingestellt. »Immerhin hat sie sich mit dafür stark gemacht, dass nicht noch so ein Riesenhühnerstall in die Gegend gebaut wird. Das war doch große Klasse.« Und dass sie so manch einen armen Klepper, der kein Geld mehr einbrachte, vor dem Schlachthof bewahrt und auf ihrem Hof aufgenommen hatte.

*

Heinrich II. hatte sich im Fursten Forest 106 abreagiert. Er hatte sich ein Quad gemietet und war mit Höllentempo durch das rauhe Gelände in dem großen Outdoor-Park gefahren. Austoben war jetzt genau richtig und verdient hatte er sich diese Tour, davon musste er sich nicht lange überzeugen. Er hatte es schlau angestellt heute Mittag. Innerlich schlug er sich auf die Schulter. Nachdem er sich von Angie Knockmeier verabschiedet hatte, war er zunächst, stinksauer auf die ganze Welt, einfach in der Gegend rumgefahren. Dann hatte er den Bulli seines Vaters gesehen. Typisch, hatte er gedacht, geht am hellen Tage auf seinen Hochsitz.

Die Idee war ihm blitzschnell gekommen. Das Ritual, dem sein Vater so gern in den beiden Mittagsstunden nachging, gab Heinrich II. gewissermaßen die Steilvorlage. Wie oft hatte der Vater bei Tisch schon erzählt, dass er eine Stunde auf dem Hochsitz und anschließend eine Stunde auf der Liege im Bulli verbringen würde. Eine Stunde Hochsitz. Heinrich II. hatte hin und her gerechnet, auf seine teure Uhr geschaut, und den Plan in die Tat umgesetzt. Es war ganz einfach gewesen. Warum der Vater den teuren Wagen nie abschloss, war Heinrich II. schon immer ein Rätsel. Ein Schlauch, sowieso ein bisschen lose, die Zufuhr zur Standheizung, ein Kinderspiel, die war ja später eingebaut worden. Das alles dauerte nur ein paar Minuten und mehr als den Schraubenzieher aus der kleinen Werkzeugtasche, die er immer unter dem Sitz seines Motorrades mitführte, und etwas Geschick hatte er gar nicht gebraucht. Anschließend war er umhergefahren.

Mittlerweile war er auf dem Heimweg. Er würde den Hof erben, ganz klar. Anders konnte sein Vater ja gar nicht entschieden haben. Marie war ja ganz nett, aber für eine Geschäftsführung taugte sie auf jeden Fall nicht. Um mit seiner Ankunft auf dem Hof kein Aufsehen zu erregen, fuhr er einen Umweg über die schmalen Feldwege zwischen den Pferdekoppeln und parkte sein Motorrad neben der Reithalle. Er ging durch die Garagen ins Haus, um sich umzuziehen.

Er verließ das Gebäude durch den Haupteingang und fand seine Mutter völlig aufgelöst auf der Terrasse. Sie saß neben Thaddäus und hatte geweint. Sie stand auf und nahm ihren Stiefsohn in den Arm. Das tat sie selten.

»Was ist denn?«

»Dein Vater ist tot. Thaddäus Just hier, ein Studienfreund von mir, hat ihn zufällig in seinem Bulli gefunden und den Notarzt alarmiert. Im Krankenhaus ist er vor einigen Stunden gestorben. Die Polizei wird gleich wiederkommen, weil die Todesursache nicht geklärt ist.«

Maries Handy klingelte. Nach kurzem Schweigen keuchte sie: »Nein, das ist doch nicht möglich.« Ihr »Ja, danke«, ging schon in weiteren Tränen fast unter.

»Heinrich ist an einer Kohlenmonoxydvergiftung gestorben.«

Heinrich II. erschrak, beruhigte sich aber schnell wieder. Ihn hatte ja niemand gesehen da draußen.

»Dann wird die Polizei wohl jetzt ihre Arbeit aufnehmen«, sagte Thaddäus.

Kurze Zeit später rollte wieder ein Polizeiwagen auf den Hof. Marie hatte inzwischen Heinrichs Mitarbeiter informiert und den Verwalter gebeten, alles Nötige zu erledigen, damit die Pferde versorgt wurden. Dann bat sie die Polizisten auf die Terrasse. Philip Kurz, der zusammen mit seiner Kollegin Astrid Mikan die Befragung auf dem Hof führen sollte, erklärte einfühlsam das Vorgehen der Polizei.

»Verstehen Sie uns bitte nicht falsch, aber wir müssen in alle Richtungen ermitteln«, fügte Astrid Mikan hinzu. »Sind Sie in der Lage, uns schon einige Fragen zu beantworten?«

Thaddäus sah Marie besorgt an, die in keiner guten Verfassung war. Sie aber setzte sich auf und sah die Polizeibeamten an: »Selbstverständlich möchte ich so schnell wie möglich die Aufklärung«, sagte sie gefasst.

Die Beamten befragten sie auch über die Mitarbeiter des Gehöftes. Marie telefonierte den Verwalter heran, der die Angestellten zusammentrommeln sollte.

»Das wird sicher einer von den Polen gewesen sein«, mischte sich Heinrich II. ins Gespräch. »So wie Vater mit denen immer umgesprungen ist.«

»Ich denke, das wird die Polizei rausfinden«, mahnte Thaddäus zur Ruhe. Als wüsste sein Hund, dass der unbeschwerte Nachmittag zu Ende war, hatte er sich seit geraumer Zeit neben Thaddäus' Füßen unter dem Terrassentisch zusammengerollt.

»Und wo waren Sie heute Mittag?« fragte Astrid Mikan zu Marie gewandt.

»Wir waren die ganze Zeit zusammen«, erklärte Thaddäus der Polizistin, die seine Personalien aufgenommen hatte, »ich bin zu Besuch hier, wissen Sie, und wir haben einen kleinen Ausflug mit meinem Motorrad gemacht.«

»Und Sie?«

Heinrich II. zuckte unmerklich zusammen. »In Bippen bei meiner Kollegin.« Er nannte Zeit und Ort und erklärte weiter: »Danach im Fursten Forest.« Für diese Zeit konnte er den Mietvertrag für das Quad vorweisen.

Die Polizisten gingen einige Schritte über den Rasen, um zu telefonieren.

»Verdächtigen die mich denn auch?« Marie hatte wieder angefangen zu weinen.

»Du erbst den Hof, da müssen sie dich so befragen.« Thaddäus nahm sie wieder in den Arm. Wie das klingt, dachte er, als wäre ich auch Polizist.

»Ich werde dann mal ins Büro gehen«, merkte Heinrich II. an. Er wollte hier weg.

Dass der so kühl reagierte und offensichtlich keine Rührung zeigte, wunderte Thaddäus.

Er beobachtete, wie Heinrich II. nun um das Haus herumschlenderte. »Ich fahre mein Motorrad in die Garage«, hatte er erklärt. Irgendetwas in Thaddäus' Gedanken begann zu rumoren. Was war das denn bloß? Er war selber so erschüttert über diesen Verlauf des Tages, dass er Mühe hatte, sich zu konzentrieren. Der Bulli hatte da auf dem Feldweg gestanden. Er hatte beim Näherkommen die Standheizung gehört. Da war doch noch etwas gewesen.

Er hörte, wie Heinrich II. mit der Harley um den Hof zur Garage fuhr.

Ja, genau, das war es gewesen, dieser Motorenklang. Jetzt hatte Thaddäus den Faden wiedergefunden. Er ging zu den Beamten hinüber.

»Ich möchte eine Aussage machen«, sagte er entschlossen. »Und vielleicht kann ich Ihnen sogar helfen.«

Er erzählte von seiner Anfahrt heute Morgen auf den Hof und dass er den VW-Bulli auf dem Feldweg gesehen habe. »Ich erinnere mich aber leider jetzt erst, dass da auch ein Motorrad gestanden hat, ein ganzes Stück entfernt zwar, aber ich habe gehört, wie jemand den Motor startete und weggefahren ist.« Er habe sich nichts dabei gedacht und sei später von der Ankunft des Rettungswagens abgelenkt gewesen.

Heinrich II. war inzwischen im Haus verschwunden und Marie hatte Thaddäus und die Polizistin wieder an den Tisch gebeten. Ihr Kollege Philip Kurz hatte sich zu den Stallanlagen begeben, wo sich schon einige der Angestellten versammelt hatten und sich flüsternd unterhielten.

In diesem Moment wurde Thaddäus klar, dass er vielleicht den Mörder gehört hatte. Als arbeite sein Gehirn in Zeitlupe, wurde ihm bewusst, dass er ja ein Beweisstück vorlegen konnte. Er holte seine Kamera aus der Motorradpacktasche und klickte sich durch die Bilder, die er heute im Laufe des Tages gemacht hatte.

»Hier«, jetzt wandte er sich wieder an die Polizisten. »Ich habe ein Foto gemacht, bevor ich zu dem VW ging, mit dem Tele, weil ich das Motorrad auch mit drauf haben wollte.« Er wandte sich zu Marie: »Marie, hast du einen Laptop?«

»Ich hole ihn, kleinen Augenblick bitte.«

Nach zehn Minuten klickten die Handschellen. Heinrich II. wurde abgeführt. »Ich sage nichts ohne meinen Anwalt«, half ihm nicht, denn das Motorrad konnte auf dem Foto klar als seine Harley ermittelt werden. Seine Kollegin in Bippen hatte seine Abfahrzeit nach ihrem Gespräch genau angeben können. Für die Zeit danach bis zum Mietvertrag des Quads im Offroad-Park konnte Heinrich II. keine Zeugen benennen.

Am nächsten Tag untersuchten die Männer von der Spurensicherung den alten Bulli. Der Abgleich der Fingerabdrücke machte überhaupt keine Probleme. Heinrich II. war sich seiner Sache dermaßen sicher gewesen, dass er nicht mal Handschuhe angezogen hatte, als er an dem Wagen manipulierte.

*

»Was wirst du jetzt tun?«

Einige Tage waren verstrichen und Thaddäus war noch immer auf dem Hof, weil Marie ihn darum gebeten hatte. Gemeinsam hatten sie die Bestattung organisiert und auch den Trauerkaffee mit den vielen Beileidsbekundungen überstanden.

»Ich werde jetzt das tun, was ich schon immer tun wollte, und was sich für mich auf diesem Hof genau richtig anfühlt. Ich möchte einen Gnadenhof einrichten für all die Tiere, die nicht mehr gebraucht werden. Mit unserem alten Hofhund und dem noch älteren Schaf einer befreundeten Schäferin wird mein neues Leben anfangen.«

»Viel Glück dafür«, wünschte Thaddäus von ganzem Herzen. »Wenn du alles neu sortiert hast, dann komme ich und mache für dich Fotos.«

98 **Groß-Mimmelage Windmühle:** Mimmelager Straße 63a, 49635 Badbergen. Die Windmühle wurde 1785 als Erdholländer im Emsland erbaut und zwei Jahrzehnte zunächst nach Menslage versetzt und 1877 nach einem Verkauf als Galerieholländer an seinem jetzigen Standort wieder errichtet. 2012 erhielt die Mühle die Auszeichnung »Ausbildungsmühle für historische Windmüller« der Niedersächsischen Mühlenvereinigung. Seit 2006 dürfen in der Mühle auch standesamtliche Trauungen vorgenommen werden. An Mühlen- oder Denkmaltagen kann auch das historische Sägewerk in Aktion erlebt werden.
www.muehle-grossmimmelage.de

99 **Wasserschloss Eggermühlen:** Große Allee 1, 49577 Eggermühlen. In der Nähe des Ortskerns von Eggermühlen, einem Ortsteil der Samtgemeinde Bersenbrück, liegt das frühere Rittergut Eggermühlen aus dem 13. Jahrhundert. 1714 wurde es zu einem Schloss ausgebaut. Eine Orangerie und die Schlosskapelle vervollkommnen die Anlage. Weitere touristische Angebote sind auf der Internetseite zu finden:
www.schloss-eggermuehlen.de

100 **Bippen St. Georgskirche:** Die Kirche wurde im 12. Jahrhundert als romanische Saalkirche aus Findlingen erbaut. Der romanische Taufstein aus dem 13. Jahrhundert ist das älteste Stück der Kirche. Im 15. Jahrhundert wurde die Kirche mit gotischen Stil-

elementen verändert. Die Innenausstattung aus dem Rokoko ist erhalten geblieben.
www.heimatverein-bippen.de

101 **St.-Nikolaus-Kirche Ankum**: Die katholische Pfarrkirche, im Volksmund »Artländer Dom« genannt ist das Wahrzeichen Ankums. Der Kirchturm ist fast 80 Meter hoch. Nach einem Brand wurde die heutige Kirche Ende des 19. Jahrhunderts als neuromanische Basilika gebaut und mit Arkaden ausgestattet. Altartisch, Tabernakel und Lesepult stammen von dem Berliner Bildhauer Paul Brandenburg.
www.st-nikolaus-ankum.de

102 **Prähistorischer Lehrpfad Giersfeld**, Westerholte: Landstraße zwischen Ueffeln und Ankum. Dieser Steingräberweg ist einer der schönsten in Norddeutschland. Der Rundwanderweg ist von Ankum aus beschildert und führt an Megalith- und Hügelgräbern vorbei. Im Clubhaus des Golfplatzes gibt es eine ständige Ausstellung der Megalithkultur mit Fundstücken von Ausgrabungen zu besichtigen. Touristinformation: Hauptstraße 27.
www.bersenbrueck.de

103 **Schloss Fürstenau**: Schlossplatz 1, 49584 Fürstenau. Die ehemalige Landesburg des Fürstbistums Osnabrück stammt aus der Gründungszeit des Ortes, der erste Festungsteil wurde 1344 erbaut und erhielt den Charakter eines Schlosses mit dem Bau weiterer Gebäude. Im 18. Jahrhundert wurde der Schloss-

graben trockengelegt. Heute ist es Sitz der Gemeindeverwaltung mit Standesamt.
www.fuerstenau.de

104 **St.-Katharina-Kirche**: Im Südflügel des Schlosses befindet sich die katholische Pfarrkirche St. Katharina mit dem Bergfried als Kirchturm. Mit dem Anbau eines Seitenschiffes 1924 wurde die Kirche zu einer zweischiffigen Hallenkirche. Eines der älteren Stücke der Innenausstattung ist der barocke Hochaltar.

105 **Nord-Ost-Bastion in Fürstenau**: Die Bastion wurde wahrscheinlich 1527 erbaut und ist mit einer Mauerstärke von sechs Metern die einzige Wehranlage dieser Art, die im Osnabrücker Land erhalten ist. In der Mitte der Anlage befindet sich das fürstbischöfliche Schloss. Der Geschützturm ist von der Schlossinsel aus zu begehen und liegt im Schlossteich. Heute wird die Anlage mit dem Wehrturm für Feierlichkeiten und mittelalterliche Feste genutzt.
www.fuerstenau.de

106 **Fursten Forest**: Pommernstraße 12, 49584 Fürstenau. Auf dem ehemaligen Übungsgelände der Bundeswehr nördlich von Fürstenau entstand auf 400 Hektar Europas größtes Outdoor-Freizeitgelände. Attraktionen sind Geländefahrten mit Quads, Hummern, Panzern, Volvo TSBs oder auch dem eigenen Geländewagen. Ein Campingplatz ist vorhanden.
www.furstenforest.de

DAS PHRYGISCHE AMULETT

VON ULRIKE KRONECK

Es hatte nicht viele Fälle in Irmela Hagekötters Dienstjahren gegeben, in denen sie es mit mehr als zwei oder drei Verdächtigen zu tun hatte. In diesem Fall aber hätte jedes Familienmitglied schuldig sein können am Tod von Heinz Brindisch. Die Lage gestaltete sich daher für Irmela schwierig: Zum einen war Heinz Brindisch zu Lebzeiten in seiner Familie nicht gerade beliebt gewesen und zum anderen war Irmela Hagekötter a.D. – außer Dienst. Wie schon häufiger in der kurzen Zeit ihres Ruhestands war sie ganz zufällig in die Ermittlungen geraten. Im Grunde hatte sie die Ermittlungen sogar ausgelöst. Denn auf den ersten Blick sah alles nach einem ganz normalen Herzinfarkt aus.

Sie war über Nacht zu Besuch bei ihrer Schwester Gerlinde, die ein paar Jahre jünger als Irmela und noch berufstätig war. Sie arbeitete als Anwältin für Wirtschaftsfragen und hatte eine Phase ihres Lebens mit Finanzbeamten verbracht. Eine Zeit lang war sie sogar mit einem verheiratet gewesen. »Ein großer Fehler«, stellte sie später ohne Lamento fest. »Aber aufs Ganze betrachtet ein Segen.« Immerhin war ihre Tochter Ebba das Ergebnis dieser nüchternen Beziehung. Nach ihrer Trennung war sie nach Wellingholzhausen gezogen und lebte seit dem direkt neben Heinz Brindisch.

»Er hatte ja niemanden«, sagte sie zu Irmela, als sie ihr Kaffee einschenkte. »Er lebte völlig allein in dem Riesenkasten.«

Im ersten Winter, nachdem sie das kleine Haus neben Heinz Brindischs alter Villa bezogen hatte, stand er eines Morgens im Winter um sechs Uhr zehn neben Gerlindes Kleinwagen, während die vergeblich versuchte, den Motor zu starten. »Sie sehen doch gar nicht so dumm aus. Warum orgeln Sie dann die Batterie leer?«, hatte er sie gefragt. »Sie sehen erheblich intelligenter aus, als ihre dumme Bemerkung vermuten lassen könnte«, hatte Gerlinde geantwortet. Er hatte sich wortlos umgedreht, war mit seinem Wagen und einem Überbrückungskabel gekommen und hatte ihr geholfen, damit der »elende Lärm« endlich aufhöre. Seitdem hatten sie in den letzten Jahren, wenn er zwischen seinen vielen Reisen und Wanderungen zu Hause war, jeden Tag gemeinsam gefrühstückt. Morgens um sechs Uhr kam er rüber zu Gerlinde, um einen extrastarken Kaffee zu trinken. »Er war ja genau wie ich vor Tau und Tag auf den Beinen. Fit war er und er sah auch ganz gut aus«, fand Gerlinde.

Irmela überlegte, ob sie was mit ihm hatte. Sie schaute ihre Schwester an, die ihr äußerlich so unähnlich war. Irmela war mit ihren 1,62 sehr schlank und wirkte mit ihrem kurzen grau-melierten Haaren zäh. Gerlinde war groß und füllig und sah mit ihren blondierten Wellen aus wie eine in die Jahre gekommene Anita Ekberg.

»Ich dachte, du warst durch mit Männern?«, fragte Irmela nicht besonders feinfühlig, wenn sie denn unterstellt hätte, dass ihre Schwester Gerlinde mit ihrem wohlhabenden Nachbarn einen guten Freund oder möglichen Liebhaber verloren hätte.

»Irmela«, beschwerte sich Gerlinde in dem typischen Ton, den sie gegenüber ihrer älteren Schwester anschlug. »Er war echt schwierig. Ich war ja nicht mit ihm verwandt. Aber er sprach ungefiltert aus, was er von den Menschen hielt.«

Irmela nahm einen Schluck Kaffee und schaute auf die Uhr: »Darin wart ihr euch doch gar nicht so fremd.«

»Eben!« Gerlinde nahm das als Kompliment, sie hasste, wie sie sagte, die Verlogenheit der Konvention. Sie war der Ansicht, dass sich die meisten Menschen anlächeln, um ihr Gegenüber in Sicherheit zu wiegen. Wenn einem jemand bei der Umarmung über den Rücken streichele, suche er meist die beste Stelle, um das Messer optimal ansetzen zu können. »Aber Heinz war mir denn doch zu speziell.«

Heinz Brindisch war nämlich leidenschaftlicher Misanthrop, Naturliebhaber und Schatzsucher. Begonnen hatte es mit der Liebe zur Natur. Er war schon in den 1950er-Jahren durch den Teutoburger Wald gestreift. »Kinder damals hatten ja nichts und mussten den eigenen Kopf anstrengen.« Seit dieser Zeit hatte er alles erkundet, was sich erkunden ließ. Ausgangspunkt seiner Welt- und Naturentdeckung war seine unmittelbare Umgebung. Schon als 10-Jähriger war er rund um sein Heimatdorf Wellingholzhausen unterwegs und er kannte den Beutling [107] wie seine Westentasche. Während die anderen Jugendlichen später an Mopeds herumbastelten, verbrachte er seine Zeit an der Hasequelle [108] und lernte Vögel und Pflanzen kennen. Er interessierte sich für die Hügelgräber [109] in der Nähe von Wellingholzhausen und seine erste Freundin schleppte er mit auf eine dreitägige Wanderung über den Ahornweg [110].

»Aus der Beziehung wurde nichts.« Die meisten Frauen seien von Natur aus faul und auf der Suche nach einem Alphamännchen, um zwei Kinder in die Welt zu setzen und das Recht zu erlangen, dem Mann auf der Tasche zu liegen. Das war auf den Punkt gebracht Brindischs Beurteilung des anderen Geschlechts. Natürlich habe er sich schon mal für den Körper der einen oder anderen Frau interessiert, aber deshalb habe er nie gleich den Kopf verloren.

»Er hat also nie geheiratet?«, unterbrach Irmela Gerlindes Erzählung.

Nein, die profunde Kenntnis von Xanthippe, wie er seine ältere Schwester Gerda nannte, und Aluka, der Blutsaugerin, wie er Anna, die Jüngere, titulierte, hätte ihn zu seinem Glück von der Frau als solcher Abstand nehmen lassen.

»Warum gab es denn gestern diese Familienversammlung aller Nichten und Neffen?«, fragte Irmela Hagekötter. Sie fand es seltsam, dass sich ein Mann wie Heinz Brindisch, über den sie ja heute nicht zum ersten Mal von ihrer Schwester hörte, darauf eingelassen hatte.

»Er hat mir gesagt, sein Interesse sei, sich die gesamte verlogene Bande noch mal genau anzugucken, um herauszufinden, welcher seiner Neffen der widerwärtigste sei.«

»Meinst du nicht, dass er möglicherweise nur mit der Zunge so scharf war, und eigentlich doch lieber einen guten Kontakt gehabt hätte zu seiner Familie?« Irmela kannte zu viele Menschen, die schnell mit dem Wort waren, aber es im Grunde ihres Herzens nicht so meinten, und so ihre Einsamkeit überdeckten.

Gerlinde widersprach dieser Annahme entschieden. »Es gab niemanden auf der Welt, sagen wir mal in meiner kleinen übersichtlichen Welt, dem ich das, was er sagte, mehr abgenommen habe als Heinz.« Sie zog ein Taschentuch aus dem Ärmel und putzte sich verschämt die Nase, denn sie mochte ihn wirklich. »Er meinte immer, ›So einsam kann ich gar nicht sein, als dass ich mir die Gesellschaft meiner Familie antue‹.« Sie lachte. »Schön, dass ich so eine liebe Schwester habe.« Gerlinde stand auf und umarmte Irmela.

Gestern hatte er anlässlich seines 70. Geburtstags die gesamte »Höllenbrut« zu sich eingeladen. Er bezeichnete die 13 Nichten und Neffen meist als Teufelsdutzend und zog sie als Paradebeispiel heran, wenn er sich mal über Kindererziehung ausließ. Dass nichts dabei rauskomme, wenn man Kindern ununterbrochen Puderzucker in den Hintern blase, wie das heute üblich sei, sehe man an seinen Nichten und Neffen. »Dieses ganze Gesindel ist völlig verzogen, faul und gierig.« Heinz Brindisch hatte da keinen seiner Neffen und Nichten ausgenommen.

»Sind denn alle 13 Kinder von den beiden Schwestern?«, fragte Irmela. Dass Wellingholzhausen die Hochburg des Katholizismus im Osnabrücker Landkreis war und man hier, wenn man von Mischlingsehe sprach, immer noch die Verbindung eines Evangelischen mit einer Katholischen meinte, war ihr bekannt. Aber dass das zu solchem Kinderreichtum führen sollte, verwunderte sie.

»Nein, er hat noch zwei Brüder, Paul-Peter und Josef«, erklärte Gerlinde. »Mit beiden hatte er aber nichts mehr zu tun, seit sie sich bei einer gemeinsamen Grabung überworfen haben.«

Die Schatzsuche war nämlich Heinz Brindischs zweite Leidenschaft gewesen. Aber es war Entdeckergeist, der ihn trieb. Sein Ziel war nicht, sagenhaften Reichtum zu erwerben. Den hatte er ohnehin. Er steckte viel Geld in diese Leidenschaft, weil es ihm um das Abenteuer ging und das Alleinsein mit sich, seinen Fantasien und der Natur. »Ein Grund, warum ich auf Schatzsuche gehe: dass ich so der tumben Gesellschaft der Menschen entfliehen kann«, hatte er zu Gerlinde gesagt. »Artefakte sind schön und reden keinen Unsinn.« Gerlinde nahm es als Ehrerbietung seinerseits, dass er sie aus der Menge der »mit Blödheit Geschlagenen« aussortiert hatte.

Aber seine Brüder gehörten seiner Ansicht nach zu den zerstörerischen Raubgräbern, die sich überall rumtrieben und dabei grundlos Bodendenkmäler zerstörten.

»Brindisch war einer der wenigen, der die Genehmigung der Denkmalschutzbehörden hatte, die meist verweigert wird. Das heißt aber auch, dass derjenige, der mit einer solchen Genehmigung etwas findet, leer ausgeht. Das Einzige, was er von seinen Expeditionen für sich behalten hatte, war ein phrygisches Amulett. Er liebte es und trug es immer um den Hals.« Gerlinde hatte sich offenbar mit Heinz Brindisch häufiger darüber unterhalten. »Ansonsten war er rein wissenschaftlich-leidenschaftlich unterwegs. Er nannte seine Brüder hohlköpfige Idioten, die wie die meisten der sogenannten Schatzsucher ›Verbrechen am Kulturgut‹ begingen.« Zum Bruch kam es bereits vor mehr als dreißig Jahren, als Paul-Peter in einem Hügelgrab herumstocherte. Später wurde es aus Unwissenheit eingeebnet. »Alles Ignoranten«, hatte Brindisch geflucht und seit der Zeit kein Wort mehr mit seinen Brüdern gewechselt.

In den letzten Jahren hatte Brindisch zwei Fährten verfolgt. Die eine lag im Teutoburger Wald, die andere in Kampanien in Italien. Im Teutoburger Wald war er auf der Suche nach Neben-Schlachtorten der großen Varusschlacht. Er liebte das Museumsfeld Varus in Kalkriese [111]. Trotzdem war er, wie manche andere, nicht restlos davon überzeugt, dass dort wirklich der Ort der Varusschlacht war. In Italien arbeitete er zusammen mit irgendwelchen italienischen Archäologen und war das halbe Jahr bei Ausgrabungen, zu denen er eingeladen war, in der Gegend von Neapel. »Er hat dort wohl auch ein Haus.«

Gerlinde schenkte Irmela noch einen Kaffee ein. »Was hat dich eigentlich dazu gebracht, außer dem Arzt auch die Polizei zu rufen? Was kann es denn sein außer einem Herzinfarkt?«

Genau diese Frage stellte sich Irmela auch. Sie war ein wenig nervös, obwohl sie nicht genau sagen konnte, was sie irritierte. »Weißt du«, meinte sie zu ihrer Schwester, »es war diese Atmosphäre, die im Haus herrschte.« Alles war ruhig, zu ruhig, zu normal sauber und gleichzeitig spürte sie die Anwesenheit so vieler Brindisch nicht wohlgesinnter Menschen. Aber genau dieses Gefühl hielt sie zurück. Irmela Hagekötter misstraute nämlich diesen Anwandlungen und fürchtete, von der esoterischen Tochter ihrer Schwester Gerlinde, ihrer Lieblingsnichte Ebba, infiziert worden zu sein. Die reizende Ebba fühlte überall irgendetwas.

Gerlinde nahm den Schlüssel ein zweites Mal an diesem Tag vom Schlüsselbrett. »Los komm, wir gucken uns die Sache noch mal an.«

Mittlerweile war es elf Uhr. Heute Morgen um kurz vor acht hatten sie Brindisch gefunden. Gerlinde hatte sich Sorgen gemacht, weil er nicht zum Frühstück gekommen war. Da er normalerweise – einerlei an welchem Wochentag – halb sieben bei ihr war, wurde sie um halb acht zusehends nervöser. Da aber immerhin das bizarre Neffen- und Nichtentreffen am Abend zuvor stattgefunden hatte, vermutete sie, er habe wohl länger geschlafen. Um acht aber konnte sie es nicht mehr aushalten, und so war sie mit Irmela, die eigentlich schon hatte fahren wollen, mit dem bei ihr für alle Fälle hinterlegten Schlüssel zum Nachbarhaus gegangen.

Heinz Brindisch lag in seinem Bett in der ersten Etage. Das große einmetervierzig breite Möbel aus Kokosholz, das er von einer seiner Reisen nach Sansibar mitgebracht hatte, stand zentral in seinem Schlafzimmer, dessen einziger Schmuck eine Stuckdecke war. In den Ecken je rechts und links vom Bett, standen zwei Stehlampen aus den 1920er-Jahren. Irmela wunderte sich über diese geschmackvolle Einrichtung, die in ihrer Kargkeit vermuten ließ, dass Brindisch ein Freund asiatischer Raumgestaltung war.

Es waren zwei Dinge, die Irmela neben ihren vermuteten »Schwingungen« irritiert hatten. Denn obwohl Brindisch eine Apnoemaske trug, fehlte etwas Entscheidendes: das Geräusch der Maschine. Sie lief nicht, obwohl sie eingeschaltet war. Das Zweite, das Irmela eigenartig vorkam, war eine kleine kreisrunde Stelle auf der Brust des Mannes mit der Maske. Es war ein roter Fleck wie von einer Entzündung oder einer allergischen Hautreaktion.

Gerlinde wandte ein, dass es auch die Folge der Neurodermitis sein könnte, an der Brindisch litt, wenn er sich zu lange im feuchten Klima des Nordens aufhielt. »Oder er war allergisch gegen das Kupfer seines Amuletts«, meinte sie und wollte das verrutschte Amulett, das an einem schmalen Lederbändchen um den Hals des Mannes hing, berühren.

»Nicht anfassen«, stoppte Irmela ihre Schwester. Sie beugte sich vor und beäugte das Amulett. Dabei sah sie, dass Brindisch Ohropax in den Ohren hatte.

Deshalb hatte sie doch Jupp Schmitz angerufen, ihren ehemaligen Kollegen, und gewartet, bis er kam und nach kurzer Inaugenscheinnahme den verstorbenen Brindisch zu seiner vorletzten Fahrt begleitete – in die Gerichtsmedizin. Er wollte sich mit den ersten Ergebnissen der Obduktion sofort melden, beziehungsweise mit der Spurensicherung zurückkommen. »Falls es nicht doch ein natürlicher Tod war«, hatte er gemeint. »Vielleischt hatte er einen schweren Atemaussetzer von mehr als einer oder zwei Minuten, und da die Maschine nisch funktionierte, ist er jestorben. Erstickt«, mutmaßte Kommissar Schmitz, der immer noch kein ch sprechen konnte, obwohl er schon seit mehr als 25 Jahren nicht mehr in Köln wohnte und Osnabrück zu seiner Heimat gewählt hatte.

*

So standen sie nun zum zweiten Mal in der Villa von Heinz Brindisch. Er schien ein sehr organisierter Mensch gewesen zu sein. Der große Wohnraum hatte wahrscheinlich vor mehr als hundert Jahren als Empfangsraum gedient. Diese Landvilla war direkt auf den Grundmauern eines Bauernhofes errichtet worden und lag heute am Rande der Ortschaft, umgeben von großen Eichen, die den Blick auf das Gründerzeitgebäude verstellten. Im Wohnraum wies nichts darauf hin, dass hier gestern eine Art Familientreffen stattgefunden hatte. Alles war aufgeräumt, es gab keine Gläser oder sonstige Hinweise auf eine Feier.

Irmela sah sich um und suchte Blumen oder irgendwelche Geschenke. »Ich dachte der Anlass war sein 70ster Geburtstag.«

»Ja.« Gerlinde guckte durch eine große Doppeltür in den nächsten Raum, die sogenannte kleine Stube. »Hier.« In verschiedenen Vasen hatte er Blumen, die er von seinen

Nichten und Neffen bekommen hatte, in einer akkuraten Reihe auf den Tisch gestellt.

»Na ja!«, kommentierte Irmela. »Komischer Kauz.«

Auf dem Tisch lagen außerdem ein Boss-Sakko und ein Handy. Gerlinde wollte das Handy in die Hand nehmen, wurde aber auch dieses Mal von Irmela zurückgehalten. »Nichts anfassen.«

Irmela betrachtete den historisch eingerichteten Salon mit zwei großen Wölkchensofas und einem Tisch galaktischen Ausmaßes mit enormer Schnitzerei, der zu einem gigantischen Büffetschrank passte. Zwölf Stühle standen präzise ausgerichtet um den Tisch.

»Er hatte ja wohl auch was Pedantisches«, stellte Irmela fest und betrachtete die Wandlampen, die überhaupt nicht zu der Einrichtung passten. Sie waren kubisch und aus gebürstetem Edelstahl. Sie ging näher und nahm sich einen Stuhl, um sie genauer zu begutachten.

»Die hat er sich erst vor vier Wochen installieren lassen«, sagte Gerlinde, die aus dem Nebenraum zurückgekommen war. »Die Firma war geschlagene zwei Tage hier.«

»Zwei Tage für diese Beleuchtung?« Irmela berührte einen kleinen Punkt im inneren der Lampe. »Aha!«

Ohne etwas zu sagen, stieg sie vom Stuhl und ging zur nächsten Lampe. »Sag ich's doch!«, stellte sie fest. »Dann wollen wir doch mal sehen.« Sie ging durch den kleinen Salon und von dort gelangte sie durch eine Tür in einen Raum, der hinter dem Wohnzimmer lag. Hier war offenbar das Arbeitszimmer von Heinz Brindisch, eine große Bibliothek mit deckenhohen Regalen und einem Schreibtisch, der dem Hereinkommenden entgegensah. Die Fenster waren mit Holzläden von innen verdunkelt.

Auf der rechten Seite stand das, was Irmela suchte: ein PC und zwei große Bildschirme. Sie tippte auf die Tastatur: Standby-Modus.

Gerlinde schaute ihr über die Schulter: »Was machst du denn da?«

Irmela antwortete nicht, sondern orientierte sich auf dem Desktop: eine nicht geschlossene Datei – »DasTeufelsdutzend.avi« – fiel ihr sofort auf.

»Na, schau mal da«, sagte Irmela, statt Gerlinde aufzuklären, die mit ihrem Kopf jetzt direkt neben ihrem war. Auf dem Bildschirm war Brindischs leeres riesiges Wohnzimmer zu sehen, unten eingeblendet die Zeit: 03.04.2014.10.43.

»Was soll denn dieses Foto von seinem Wohnzimmer.«

»Das ist kein Foto«, korrigierte Irmela, »das ist ein Video.« Sie zeigte auf die eingeblendete Zeit: 03.04.2014.10.44.

»Er hat sein Wohnzimmer aufgenommen?«, fragte Gerlinde – nach Irmelas Ansicht etwas begriffsstutzig für eine ausgebuffte Rechtsanwältin.

»Tut er immer noch. Warte!« Irmela stand auf, ging ins Wohnzimmer und winkte sich einmal um die eigene Achse drehend in die Kameras, die sie in den Lampen entdeckt hatte.

»Das ist ja was«, empfing Gisela sie. Irmela nahm wieder Platz und beendete die Aufnahme. Dann startete sie die Wiedergabe der gesamten Datei.

Das Theater begann am 02.04.2014.19.31, als drei blonde junge Männer von Brindisch ins Wohnzimmer gelassen wurden.

»Setzt euch«, sagte Brindisch, der einen Blumenstrauß in der Hand hielt. Die drei hatten ihn wahrscheinlich an der Haustür überreicht. »Hat eure Mutter euch dazu geraten?«, fragte Heinz Brindisch und verließ ohne eine Antwort abzuwarten das Zimmer. Er war schlank, hatte ein gut geschnittenes Gesicht und noch volle und akkurat geschnittene graue Haare.

»Das sind wahrscheinlich die drei Söhne von Gerda: Markus, Johannes und …«

»Lukas?« fragte Irmela.

»Nein. Matthias. Der jüngste. Er ist 24.«

»Woher kennst du sie?«, fragte Irmela und hielt das Video an.

»Heinz hat mir vor drei Wochen eine Genealogie seiner Familie aufgemalt und gesagt, er wolle sich auf das Pack, so gut es ginge, vorbereiten.«

Irmela sah sich die drei Söhne der Schwester an, die erst etwas unbeholfen am Rand des großen Tisches standen, sich dann aber auf eines der Wölkchensofas setzten.

»Scheiße«, meinte der größte und schlug die Beine übereinander. »Jetzt läuft die erste Runde Poker-Championchip auf Sport 1.« Er stöhnte laut.

Der Mittlere stand auf und ging zum Büffet und fuhr wie eine Hausfrau mit der Hand über die Theke. »Alles tiptop. Der Alte kann sich bei seiner Kohle ja auch mehrere Haushälterinnen leisten.« Er wanderte weiter und blieb vor einem Alpenbild, das über dem anderen Sofa hing, stehen. »Ist es das?«

»Nein«, antwortete der Dritte und stand nun auf. Er zeigte auf ein Porträt: »Mama hat gesagt, das Bild ist mindestens 25.000 Euro wert.«

02.04.2014.19.34. – Die Wohnzimmertür öffnete sich erneut und dieses Mal ließ Heinz Brindisch zuerst eine Gruppe von vier Personen rein. »Auf das andere Sofa«, dirigierte er. Die beiden Schwestern waren Anfang 30 und trugen usedlooked Jeans, die zwei Männer, einer schwarzhaarig Mitte 20 mit schlechter Haltung, der andere etwas dicklich und Mitte 30, guckten sich an. Der Dickliche rollte mit den Augen. Aber sie setzten sich alle vier widerstandslos auf den ihnen zugewiesenen Platz. Den zweiten Schwung Nichten hatte er mit einer Hand zurückgehalten, jetzt ließ er sie eintreten. »Ihr setzt euch nach hinten an den Tisch«, kommandierte er, und die drei Mädchen – Anfang zwanzig – kicherten, setzten sich aber an die dem Vertiko zugewandten Seite des Tischs.

»Hi Rolf!«, grüßte Lukas aus der ersten Gruppe vom anderen Sofa. »Hi Florian!« Aber sie blieben sitzen, wo sie hingesetzt worden waren.

02.10.2014.19.45 – Nun kamen die Letzten. Es waren die Kinder von Josef: ein weiterer Sohn der dem dicklichen Rolf vom ersten Sofa ähnelte, und eine Frau Anfang 30. Der Doppelgänger des dicklichen Rolf trug das Sakko, das im kleinen Salon auf dem Tisch lag.

Gerlinde stieß mit dem Finger auf den Bildschirm. »Ich glaube, das ist Laura, die Tochter von Josef.«

»Sortiert euch dazu«, blaffte Heinz Brindisch die beiden an.

»War der immer so?«, fragte Irmela ein wenig irritiert und stoppte das Video erneut.

»Nein, er war geradeheraus, aber ich glaube …« Gerlinde überlegte. »Er wollte sie provozieren, denke ich.«

Dass er diese Absicht in die Tat umsetzte, machte das Video in den nächsten eineinhalb Stunden deutlich. Brindisch eröffnete den Abend mit einer bizarren Kurzrede. Er beschäftige sich als kinderloser Mann zurzeit mit seinem

Testament und wolle prüfen, ob irgendeiner von ihnen es möglicherweise rechtfertige, dass er sie bedenke.

Gerlinde, die sich mittlerweile einen Stuhl neben Irmela gezogen hatte, runzelte die Stirn: »Das verstehe ich nicht. Heinz hat doch sein Testament erst vor sechs Wochen im Notariat unserer Kanzlei gemacht.« Er hatte, erklärte sie, während Irmela das Video stoppte, sein erhebliches Vermögen, Aktien und Unternehmensbeteiligungen einem Institut für Bionik vermacht. »Er war als Ingenieur an unzähligen Entwicklungen beteiligt, hat selbst jahrelang ein solches Labor geleitet und besaß eine Reihe Patente, aus dem Bereich der Umwelttechnologie.« Nur über ein nicht unerhebliches Bargeldkonto wollte er noch in einer Nachlassbestimmung verfügen.

Irmela drückte auf die Taste und Brindisch fuhr fort: »Da ihr mir im Grunde einerlei seid, und ich euch ohnehin nicht unterscheiden kann, habe ich beschlossen, euch nach eurem Genpool zu trennen.« Um zu ermitteln, wer unter den Blinden die einäugige Regentschaft antreten könne, verlangte er von jedem ein kurzes Selbstporträt.

»Einäugige Regentschaft?« fragte eine der blassen Töchter von Akula und kicherte.

»Er will damit sagen, dass er uns alle für bescheuert hält.« Das hatte Laura gesagt, die jetzt vom Tisch aufgestanden war. »Ich hol mir mal was zu trinken aus der Küche«, sagte sie und verschwand aus dem Raum.

Die nächsten anderthalb Stunden wären, hätte nicht Heinz Brindisch in dieser Nacht den Tod gefunden, ganz unterhaltsam gewesen, zeigten sie doch, zu was Menschen fähig sind, wenn sie von ihrer Gier getrieben sind. Jeder der Neffen und Nichten nahm nämlich Platz auf einem Stuhl und Heinz Brindisch filmte sie mit einer Handkamera. Die Aufgabe: Präsentiere dich mir in drei Minuten und zeige mir, warum ich dir etwas vererben sollte.

»Oh, er hasste diese Videospielchen aus den Trainingsseminaren, wie sie heute im Assessmentcenter so oft üblich sind«, erklärte Gerlinde. »Er meinte, das begünstige nichts weiter als Verlogenheit und persönlichkeitsfremde Performance. Und nur rückgratlose ›Seegurken‹ würden daran teilnehmen.«

Genau das murmelte Brindisch nach der siebten Vorstellung laut und vernehmlich. »Alles Seegurken. Du bist dran!« forderte er Laura auf, die als Einzige ein Glas Wasser in der Hand hielt.

»Ich lass mich doch von dir nicht verarschen«, sagte Laura und verließ den Raum.

Aber alle anderen blieben, stammelten herum und starrten angestrengt in die Kamera, hinter der Brindisch sich versteckte. Um 21.47 war das Spektakel vorbei. Brindisch forderte sie auf zu gehen und richtete es so ein, dass alle eine gewisse Zeit allein und unter sich waren, was ihnen Gelegenheit gab, ihre Rückmeldung zur Geburtstagsfeier zu geben. Die Söhne von Gerda titulierten ihren Onkel als Riesenarschloch, die von Paul-Peter teilten diese Meinung, die Kinder von Akula, der Blutsaugerin, bedauerten, dass so ein Schwein das ganze Geld, wie die Mama gesagt hatte, der italienischen Mafia in den Rachen werfen würde. Brindisch stellte, als alle weg waren, die Stühle in Reih und Glied, öffnete das Fenster, »um den bösen Geist rauszuscheuchen«, wie er laut kommentierte, nahm das Sakko und ein Handy, das auf dem rechten Wölkchensofa liegen geblieben war und trug es raus. Dann kehrte er zurück, winkte in die Kamera und löschte das Licht.

»Ach du Scheiße«, fand Gerlinde und wollte aufstehen.

»Warte. Das geht doch noch weiter.«

Und dann eröffnete sich ihnen, was im weiteren Verlauf der Nacht geschah. Bis 23.37 passierte nichts. Offenbar näherte sich um 23.38 ein Auto über den Kies. Das Geräusch drang durch das geöffnete Fenster. Plötzlich klingelte es über den Lautsprecher. Irmela und Gerlinde zuckten zusammen. Eine Minute und 13 Sekunden geschah nichts. Dann hörten sie kratzende Geräusche und zwei Hände wurden am Fenster sichtbar. Eine männliche Gestalt quälte sich durch das Fenster.

»Nicht der Sportlichste«, flüsterte Gerlinde, als wolle sie ihn nicht auf sich aufmerksam machen.

Es war der dickliche Rolf, der mit einem vernehmlichen Plumps im Wohnzimmer landete. Einen Moment blieb er stehen und lauschte.

»Heinz Brindisch hat nichts gehört, weil er mit Ohrstöpseln schläft«, sagte Irmela laut.

Rolf wendete sich zum Sofa, auf dem er gesessen hatte. Mit beiden Händen griff er rundum in die Ritzen, sagte dann laut und vernehmlich »Scheiße«, und verließ das Wohnzimmer in Richtung Flur. Nach drei Minuten kam er zurück und stieg wieder aus dem Fenster.

»Oh Gott, oh Gott.« Gerlinde riss die Augen auf. »Wo war er?«

Das war jedoch nicht der einzige nächtliche Besuch. Um 2.13 kletterte der Nächste ins Wohnzimmer.

»Das ist doch der jüngere Bruder von Rolf. Die Ratte Florian«, identifizierte Gerlinde den großen jungen Mann anhand der Vorstellung auf dem Video und der Ahnentafel. »Der jüngere Sohn von Paul-Peter.«

Er war eleganter im Wohnzimmer gelandet und durchquerte auf Zehenspitzen das Zimmer. Er stellte sich vor das

Porträt, das sein Cousin vorhin auf 25.000 Euro geschätzt hatte und betrachtete es.

»Interessiert er sich etwa für Malerei, der Versager?« Gerlinde schien die Vorgänge mittlerweile aus der Perspektive Heinz Brindischs zu betrachten und benutzte unbewusst sein Vokabular.

Florian warf einen Blick auf das Fenster und schaute dann wieder das Bild an. Plötzlich verschwand er durch die Tür zum Flur aus dem Blickfeld. Auf dem Video blieb das Standbild des Wohnzimmers. Nach vier Minuten kam er zurück, ging zügig durch den Raum, stieg durch das Fenster und drückte es anscheinend von außen wieder zu.

Die nächsten Besucher waren Irmela und Gerlinde selbst bei ihrem zweiten Besuch um 10.32. Uhr. Als Irmelas Froschgesicht auf dem Bildschirm auftauchte, als sie die Kameras fand, lachte Gerlinde.

*

Der dickliche Rolf öffnete die Tür. Offenbar kam er gerade aus dem Bett. Sie überrumpelten ihn. Irmela erzählte was von »Kriminalhauptkommissarin« und verschluckte das a. D., Gerlinde fügte ihrem Namen den Beruf an und beide drängten ihn gleichzeitig zurück in sein Wohnzimmer. Es schien eine lange Nacht gewesen zu sein am Vorabend.

»Warum sind Sie gestern noch einmal zurückgekehrt in die Wohnung Ihres Onkels?«

Der dickliche Rolf wollte leugnen, aber Irmela stoppte ihn mit eine exakten Beschreibung seiner Einstiegsübung durch das Fenster.

»Ich hatte mein Handy vergessen, verdammte Tat«, fluchte Rolf und schwieg.

»Dabei haben Sie die Gelegenheit genutzt, Ihren Onkel zu …« Irmela dachte an die nicht funktionierende Beatmungsmaschine, »… ersticken?«

Neffe Rolf schaute verblüfft und begann zu flattern. Er habe nichts getan, und natürlich könne er erklären, wo er die drei Minuten gewesen sei. Die habe er in der Gästetoilette verbracht und dort gekotzt. Nachdem sein Onkel nämlich seinen Spaß gehabt habe, seien er und seine Geschwister noch nach Dissen in eine Kneipe gegangen und hätten was getrunken. »Er hat uns ja noch nicht mal ein Glas Wasser angeboten, dieser Irre.«

»Warum haben Sie denn Ihr Handy nicht mitgenommen?«, fragte Irmela den derangierten Rolf.

»Weil ich es nicht gefunden habe!« Es sei sowieso eine Schnapsidee gewesen, dorthin zu fahren. Als er den Klingelknopf gedrückt habe, hatte er eigentlich schon wieder abhauen wollen. Aber sein Onkel habe ja so fest gepennt, der sei gar nicht wachgeworden. Als er wieder zum Auto wollte, habe er durch Zufall gesehen, dass das Fenster offenstand und da sei er einfach eingestiegen. Nachdem er auf dem Klo gewesen sei, sei er sofort nach Hause gefahren und ins Bett gegangen.

»Kann das jemand bezeugen?«, fragte nun Gerlinde in strengem Ton.

Ja, sein Bruder habe ihn noch auf dem Festnetzanschluss angerufen und ihn gefragt, ob er das Handy wiederhabe. Dem habe er die ganze Scheißgeschichte erzählt.

*

Auf dem Weg zum jüngeren Bruder Florian, der in seiner Präsentation mit nichts Weiterem aufwarten konnte als seiner abgebrochenen Lehre als Elektriker, rief Hauptkommissar Schmitz an. »Irmela, es war ein Herzinfarkt.«

Irmela Hageкötter schüttelte enttäuscht den Kopf. »Ich glaube das nicht. Ihr müsst euch die Villa genau anschauen. Stellt alles auf den Kopf. Was ist denn mit dem Fleck auf der Brust?«

Das könne der Gerichtmediziner noch nicht genau sagen, es könne eine kleine Verbrennung sein. Aber Jupp Schmitz sagte zu, dass er sich jetzt mit einem Spurenteam auf den Weg mache.

»Ich bin in einer halben Stunde auch da, Kollege«, sagte Irmela wie in alten Zeiten und drückte auf den Klingelknopf.

Florian wohnte noch bei seinen Eltern. Aber die waren am heutigen Sonntag mit ihrer Nordicwalking-Gruppe auf einer kleinen Wanderung über den Dreitürme-Weg 112. Der Sohn sah nicht so sportlich aus. Er fragte nicht nach ihrem Anliegen, sondern blieb vor ihnen im Flur stehen. Offenbar hatte ihn sein Bruder angerufen und er hatte die beiden erwartet.

Irmela wollte keine Zeit versäumen. »Sie wurden gestern beobachtet, wie Sie um 2.13 durch das Fenster in die Villa Ihres Onkels stiegen.«

Offenbar hatte ihn sein Bruder Rolf instruiert und ihm erklärt, dass offensichtlich jemand genau mitbekommen hatte, was sie gemacht hatten, denn Florian mit der krummen Haltung hatte sofort eine Erklärung bereit. Er versuchte nicht zu leugnen, sondern sagte trotzig: »Ich wollte das Bild holen, das meiner Mama gehört.«

»Das Bild im Wohnzimmer Ihres Onkels gehört Ihrer Mutter?«, empörte sich Gerlinde.

Das Bild sei ein Familienbild, das den Großvater zeige, der genauso der Vater seiner Mutter, seiner Tante wie der seiner drei Onkel sei. »Onkel Heinz hatte doch keinen Anspruch mehr darauf, weil er doch gar nicht mehr zur Familie gehörte.« Das sei jedenfalls die Ansicht seiner Mama gewesen. Gestern, nachdem sich Onkel Heinz ihnen gegenüber so scheiße benommen habe, sei er spontan auf die Idee gekommen, das Bild zu klauen. »Ich wusste von Rolle, dass das Fenster offenstand. Deshalb bin ich einfach hin. Aber das Bild war zu groß.«

»Und was haben Sie, nachdem Sie das festgestellt haben, noch weitere vier Minuten im Haus gemacht?«, fragte Irmela Hagekötter und lächelte ihn kühl an.

»Ich habe …«

»Jetzt sagen Sie nicht, Sie haben sich erbrochen«, fuhr Gerlinde dazwischen.

»… gekackt.«

»Saubere Familie«, kommentierte Irmela.

Als sie gingen, sagte Irmela zu ihrer Schwester: »Heute Abend werden wir ihn an den Eiern haben.«

»Aber Irmela«, mokierte sich Gerlinde.

»Das etwa ist doch das Niveau der ganzen Bande.« Heinz Brindisch hätte sich gefreut, wenn er das gehört hätte.

*

Während der Fahrt zurück nach Wellingholzhausen war Irmela schweigsam, und Gerlinde störte sie nicht bei ihren Überlegungen.

Mit einem Mal hielt sie an: direkt am Wasserturm Borgloh 113. Sie rief einen Freund an: »Hans, sag mal, wie kann man einen Herzinfarkt herbeiführen …« Mit Dr. Hans Klekamp hatte Irmela Hagekötter vor nicht allzu langer Zeit einen Fall gelöst. Er hatte die Polizei unterstützt bei Aufklärung eines alten Falles, den Irmela als Makel ihrer Karriere mit sich schleppen musste.

»Ja, unser Verdächtiger kennt sich ganz gut aus mit Elektrik«, sagte sie und Gerlinde machte heftige Zeichen, weil sie gern wissen wollte, was Dr. Klekamp ihrer Schwester gerade erläuterte.

Aber sie musste nicht lange warten. Gemeinsam mit Hauptkommissar Jupp Schmitz betraten sie kurze Zeit später das Schlafzimmer von Heinz Brindisch. Das Spurenteam stand hinter ihnen. Mittlerweile war es dunkel geworden. Sie hatten das Licht im Treppenhaus angemacht und betätigten den Lichtschalter direkt neben der Tür. Aber es blieb dunkel.

»Vielleicht ist die Birne defekt«, vermutete Gerlinde.

»Vorsicht«, sagte Irmela. »Was ist mit dem Schalter?« Direkt neben dem Lichtschalter lag ein weiterer. GS stand darunter.

Jupp Schmitz, der inzwischen seine Einmalhandschuhe angezogen hatte, kippte diesen Schalter und das Licht ging an.

»Ach so«, erinnerte sich Gerlinde. »Er hatte ja einen Hauptschalter im Schlafzimmer, der den gesamten Strom im Raum ausschalten konnte, weil er unbelastet von elektrischen Schwingungen schlafen wollte. Das konnte er natürlich nicht mehr, seit er an dieser Maschine schlief. Der Schalter war aber noch da.«

»Genau«, nickte Irmela »und aus diesem Grund war die Apnoe-Maschine eingeschaltet, arbeitete aber nicht. Denn der Täter hat nach der Tat unwissentlich diesen Schalter betätigt.«

Dass Irmela nicht Unrecht hatte, bewies später der wunderbare Abdruck des Zeigefingers von Florian.

»Aber Heinz ist doch nicht gestorben, weil er ihm die Maschine abgedreht hat«, zweifelte Gerlinde. Kommissar Schmitz untersuchte derweil mit seinem Team das Bett auf Fingerabdrücke.

»Nein, ich denke nicht. Es hätte allerdings passieren können. Denn er schlief mit Ohrstöpseln und hat von allem nichts mitbekommen. Er könnte bei einem schweren Atemaussetzer einfach umgekommen sein.« Irmela zeigte auf die Lampe in der linken Ecke des Zimmers.

In manchen Momenten hatte Irmela Hagekötter einen gewissen Hang zur Inszenierung. Sie forderte die Männer auf, sich die Lampe genauer anzugucken und frohlockte, als sie feststellten, dass das Kabel der einen nur lose unter dem Fuß lag. »Sauber abisoliert«, kommentierte Jupp Schmitz.

Mit diesem Kabel hatte Florian seinen Onkel ins Jenseits befördert. Ob er das aus Zorn darüber gemacht hatte, weil das Bild nicht durch den Fensterrahmen passte, oder weil dieser Onkel ihn am Abend beleidigt hatte: Er war in den fraglichen vier Minuten die Treppe hinaufgestiegen, hatte, während Heinz Brindisch schlief, das Kabel der Zwanzigerjahre-Lampe gekappt und den Bakelitstecker in der Stromleiste, in der auch die Beatmungsmaschine steckte, fixiert. Dann hatte er den Onkel mit den zwei Enden über das Amulett unter Strom gesetzt.

»Fliegt da nicht die Sicherung raus?«, meinte Gerlinde, die sehr patent in handwerklichen Angelegenheiten war.

»Nein«, sagte jetzt Kommissar Schmitz. »Das Kabel hat keine Erde. Das war früher nicht üblich. Die Sicherung blieb drin.«

Florians Fingerabdrücke waren unter dem Fuß der Lampe und auf dem Schalter für den Gesamtstrom nachzuweisen. Es war also nicht die Frage, ob sie diesen »Schmarotzer«, wie Gerlinde ihn jetzt nannte, überführen konnten. Sie wurde deshalb so heftig, weil sie sich Vorwürfe machte. »Ich hätte das nicht zulassen dürfen. Er wollte sie provozieren und hielt das für einen seiner legitimen Späße.« »Sie warten darauf, dass ich sterbe«, hatte er zu Gerlinde gesagt. »Ich will sie mir alle einzeln vornehmen und schauen, wie sie auf meine Geburtstagsrede reagieren!«

Aber damit hatte er sich ums Leben gebracht.

*

Ein gutes Ende fand die Geschichte doch noch oder zumindest konnte ein Familienmitglied das sagen: Laura. Noch am Abend hatte Heinz Brindisch sich an seinen Schreibtisch gesetzt und Laura seine paar »500 000 Euro« vermacht, weil sie die Einzige gewesen sei, die sich so verhalten habe, wie das ein vernünftiger Mensch tun würde. Sich nicht alles bieten lassen.

Eine weitere kleine Hinterlassenschaft von 50 000 Euro für die musikalische Nachwuchsförderung der Heimatkapelle Wellingholzhausen 114 zeigte – entgegen seiner anderslautenden Beteuerungen – wie sehr er an seiner Heimat gehangen hatte. Um den Lokalpatriotismus nicht zu übertreiben, hatte er der Blaskapelle Gesmold 115 ebenfalls ein kleines Legat für den Kauf von Musikinstrumenten hinterlassen.

107 **Beutling:** Wanderparkplatz »Am Beutling«, 49326 Wellingholzhausen. Vom 30 Meter hohen Aussichtsturm auf dem Wellingholzhausener Hausberg, dem Beutling 220 Meter über NN, genießt man einen herrlichen Rundblick über den Teutoburger Wald und den Grönegau.
www.heimatverein-wellingholzhausen.de

108 **Hasequelle:** Die Hase ist ein 169 Kilometer langer rechter Nebenfluss der Ems. Sie entspringt wenige Meter von der Landesgrenze von Westfalen entfernt in Wellingholzhausen. Die Quelle ist im Sommer 2001 neu gestaltet worden. Auf den ersten zwei Kilometern wird der junge Fluss von verschiedenen Quellen versorgt: Blauer See, Schwarzen Welle (Almaquelle) Große und Kleine Rehquelle. Die Hase fließt durch Osnabrück und gibt der Stadt gewissermaßen den Nachnamen »Hasestadt«.
www.melle-geschichte.de

109 **»Hügelgräber« Wellingholzhausen:** An der oberen Schützenstraße befinden sich in einem Waldstück auf der linken Seite drei Hügelgräber. Die Toten aus der Jungsteinzeit (ca. 3. Jahrtausend v. Christi) wurden in Grab-Gruben bestattet und mit bis zu zwei Meter hohen und bis zu 20 Meter breiten Erdhügeln bedeckt. Den Toten wurden Grabbeigaben mitgegeben, die heute die Frühgeschichte illustrie-

ren. Auch auf der Südseite des Beutlings befinden sich archäologische Zeugnisse dieser Art.
www.melle-wellingholzhausen.de

110 **Ahornweg:** In Schleifen führt der 100 Kilometer lange Ahornweg bestückt mit fünf Aussichtstürmen als Rundwanderstrecke durch den südlichen Teil des Osnabrücker Landes. Er führt an den drei Heilbädern Bad Iburg, Bad Rothenfelde und Bad Laer vorbei. Er streift Georgsmarienhütte, die »Stadt im Grünen«, Wellingholzhausen am Beutling und geht durch die anmutige Landschaft um Hilter, die auch den Namen »Borgloher Schweiz« trägt. Die ständig wechselnden Landschaftsformen machen ihn für Wanderfreudige besonders attraktiv.
www.ahornweg-wandern.de

111 **Varusschlacht Kalkriese:** Venner Straße 69, 49565 Bramsche-Kalkriese. Im 9. Jahrhundert n. Chr. wurden drei römische Legionen unter Publicus Quinctilius Varus in Germanien von einem germanischen Heer unter der Führung von Arminius (Hermann), einem Cheruskerfürst, dahingemetzelt. Seit den 1980er Jahren machen Ausgrabungsfunde den Ort Kalkriese zu einem Favoritenort des Schlachtgetümmels. Zur Weltausstellung Expo 2000 entstand der große Museumspark »Varusschlacht«. Das zwei Jahre später eröffnete Museum besitzt einen 40 Meter hohen Aussichtsturm und zeigt eine Dauerausstellung zur Varusschlacht. 2006 entstand ein Botanicum, in dem die Pflanzen wachsen, die zur Zeit der Römer charakteristisch waren. Seit 2009 werden die

Geschichtsinteressierten von einem Besucherzentrum empfangen. Im Obergeschoss des Gebäudes werden Sonderausstellungen mit archäologischen Sensationen aus ganz Deutschland präsentiert. Das ganze Jahr über finden in Kalkriese Veranstaltungen statt, die auf der Internetseite nachzulesen sind.
www.kalkriese-varusschlacht.de

112 **3-Türme-Weg:** Vom Parkplatz Friedenshöhe im Meller Ortsteil Buer führt ein Wanderweg durch die Meller Berge vom Aussichtsturm Friedenshöhe weiter zur Diedrichsburg bis zum Aussichtsturm Ottoshöhe. Der Weg ist gut 11 Kilometer lang und nimmt etwa 3 bis 4 Stunden in Anspruch.
www.heimatverein-melle.de

113 **Wasserturm Borgloh:** Von Borgloh kommend Richtung A33 südlich der Iburger Straße steht der rote Ziegelturm 188 Meter über NN. Auf 15 Metern Höhe kann man von der Aussichtsplattform über den Ausläufer des Teutoburger Waldes sehen, die hier als »Borgloher Schweiz« bekannt ist. Das 50 Jahre alte Bauwerk birgt einen Wasserbehälter, in dem bis zu 250 Kubikmeter Wasser bereitstehen, um die umliegenden Ortschaften mit Trinkwasser zu versorgen, das bei Bedarf mit dem natürlichen Steiggefälle in die Haushalte fließen kann. Der Turm wird morgens von den Mitarbeitern der Wasserversorgung geöffnet und kann anschließend tagsüber besucht werden, im Winter auf Nachfrage bei der Gemeindeverwaltung Hilter.
www.heimatverein-borgloh.de

114 **Heimatkapelle Wellingholzhausen.** Unter der Leitung von Chris Stieve-Dawe geben die 120 Musikerinnen und Musiker jährlich anspruchsvolle Konzerte mit einem Programm von Swing bis Jazz.
www.heimatkapelle.de

115 **Blaskapelle Gesmold.** Die Kapelle feierte im Jahr 2012 ihren 50. Geburtstag. Traditionell spielt sie jeweils zu Beginn des Jahres drei Konzerte. Die Blaskapelle wird von Thomas Niemann geleitet.
www.blaskapelle-gesmold.de

MÖRDERISCHE ABSICHTEN

VON CONNY RUTSCH

»Dir werde ich es zeigen, du verdammtes Miststück!«

Er hatte es laut gesagt. Auch nach drei Monaten konnte er nicht fassen, dass sie ihn so einfach abserviert hatte. Abserviert, sang- und klanglos.

»Es war schön mit dir«, hatte sie gesagt, »aber es geht nicht, das weißt du doch.«

Er betrachtete die Fotos, die er an die Wände in dem kleinen Kellerraum gepinnt hatte. Es waren schöne Bilder, zumindest einmal gewesen. Er hatte ihr fröhliches Lachen irgendwann nicht mehr ertragen können und ihr Gesicht mit dem Cuttermesser zerstört. Jedes Mal, wenn er hier unten saß, befriedigte ihn dieser Anblick.

Sein Plan würde aufgehen. Heute würde die Premiere sein.

Er holte sein Fahrrad aus der Garage und radelte in Ruhe aus der Reihenhaussiedlung in Jeggen bis zum Golfplatz 116. Das von Büschen umgebene Haus mit großem Grundstück war sein Ziel, wie so oft. Er kannte es genau, jede Einzelheit hätte er beschreiben können, bis hin zu dem losen Dachziegel am Südgiebel. Er hatte es so lange beobachtet, dass alles in seinem Kopf gespeichert war. Stunde um Stunde, tagelang und seit Wochen saß er in der Grünanlage, verdeckt von Sträuchern und beobachtete das Haus.

Und heute war der Tag, der besondere Tag. Zum ersten Mal würde er das Haus betreten.

Er stellte sein Fahrrad ein paar Straßen weiter an einer Bushaltestelle ab, nahm die Aktentasche vom Gepäckträger und ging los. Nein, aufgeregt war er nicht, das konnte er sich auch gar nicht leisten. Er hatte sich zu konzentrieren. Einen Fehler durfte er nicht machen, wie vor einigen Wochen, als er ihre Handtasche genommen hatte, die sie kurz in der Rezeption des Golfplatzes abgelegt hatte. Sie war noch einmal zurückgekommen, sodass er sich gerade noch in die Toiletten zurückziehen konnte, bevor sie ihn sah. Die Tasche gab er als gefunden etwas später bei der netten Empfangsdame ab.

Jetzt bog er in die Einfahrt, die zu den Garagen führte und ging entschlossen auf die Haustür zu, die von der Straße aus nicht zu sehen war.

Wie selbstverständlich zog er den Schlüssel aus der Hosentasche und schloss die Tür auf. Er schnupperte die Luft im Haus. Ihr Parfüm. Ein kleiner Stich durchfuhr ihn, ein Gefühl, das er sofort verbannte. Konzentrier dich, rief er sich zur Ordnung. Er zog sich die Plastikhäute über seine Schuhe, nachdem er seine Hände mit dünnen Gummihandschuhen geschützt hatte. Wie bei der Spurensicherung, dachte er und lächelte in sich hinein.

Er zog seine kleine Kamera aus seiner Aktentasche und begann seinen Rundgang durch die untere Etage. Küche, großzügiger offener Essbereich, ein Wohnzimmer im Shabby-Chic und trotzdem edel gestaltet, Kerzen überall und geschmackvolle Dekorationen.

Teuer alles hier, dachte er. Neid erfasste ihn.

Er ging zurück in die Diele. Die Mäntel und Jacken hingen ordentlich an der Garderobe. Die Treppe in den ersten Stock hinauf war mit edlem Teppichboden belegt. Oben ein großzügiges helles Bad mit angrenzender Sauna und ein lichtes Schlafzimmer mit einem großen Wasserbett und dicken Teppichen auf dem Holzfußboden.

Er fotografierte alles. Im Bad steckte er sich als Andenken einen ihrer Lippenstifte ein, den dunklen, den sie so gerne trug. Wieder unten, schaute er noch einmal in das Wohnzimmer. Die bodentiefen Fenster und die Terrassentür brauchten keine Gardinen, der Garten war zum Nachbarn und zur Straße hin völlig abgeschirmt von riesigen Rhododendren und Azaleen.

Zuletzt wandte er sich dem Hundekorb zu. Sogar für den Hund hat sie es gemütlich gemacht, dachte er. Er ließ zwei Leckerchen auf die weiche Decke fallen.

Nicht übertreiben, jetzt zurückziehen, ermahnte er sich selbst.

An der Haustür zog er die Plastikhüllen von den Schuhen, verstaute sie in der Aktentasche und zog die Tür hinter sich ins Schloss. Ohne Eile ging er die Einfahrt zurück zur Straße und streifte die Handschuhe ab. Wenig später hatte er die Bushaltestelle erreicht, bestieg sein Fahrrad und machte sich auf den Heimweg.

*

Eine Woche später

»Hast du meine Handtasche gesehen?«

Ingeborg Meisterschmid überlegte krampfhaft, wo sie noch suchen könnte. Sie war gestern von der Kosmetikerin zurückgekommen und hatte die rote Ledertasche wie immer auf die Ablage im Flur gelegt. Das tat sie ganz automatisch.

»Herbert, hast du meine Handtasche weggenommen?« Ihr Mann kam durch die Terrassentür ins Wohnzimmer.

»Nein, warum sollte ich das tun?«, entgegnete er einigermaßen ungehalten. Ihm ging ihre Schusseligkeit auf die Nerven, wie so manches andere.

Sie hatte in ihrem feuerroten Twingo nachgesehen und hier und da geschaut, aber die Tasche blieb verschunden.

»Meine Güte, sie liegt hier auf dem Sofa.«

»So ein Quatsch«, erwiderte Ingeborg. »Da muss ich ja mal wieder völlig in Gedanken gewesen sein.« Ihr geflötetes »Herbert, du bist ein Schatz«, hörte er nicht mehr.

Sie griff in die Tasche nach ihrem Lippenstift. Aber der war nicht mehr da. Wahrscheinlich im Bad, dachte sie. Aber um noch einmal nach oben zu gehen, reichte die Zeit nicht mehr. Sie wollte zu einem Geburtstag. Viktoria wurde zwei Jahre alt. Die irische Terrierhündin sprang jetzt mit großen Sätzen auf ihr Frauchen zu. Sie hatte gehört, wie sie die rote Lederleine vom Haken genommen hatte. Zu einem Ausflug war sie wie immer gerne bereit.

»Ich fahr dann jetzt, Herbert«, rief Ingeborg ihrem Mann zu. »Bis später.«

»Bis später.«

Ingeborg ließ den Hund ins Heck ihres Autos auf seine Decke springen und fuhr los. Jedes Jahr organisierte die Züchterin der Irischen Terrier in Jeggen ein Familientreffen, wie sie es nannte. Alle Hundebesitzer, die bei ihr Welpen gekauft hatten, lud sie zu einem Gartenfest ein.

Die Idee, auf diese Weise Hundegeburtstage zu feiern, war genau nach Ingeborgs Geschmack, sie liebte diese Nachmittage auf dem Hof der Züchterin. Es würde Sekt geben und Leckerchen für die Hunde, und nette Leute waren die Hundebesitzer alle.

*

Er sah, wie sie in ihren Wagen stieg. Den Hund hatte sie auf den Rücksitz springen lassen und Blumen auf den Beifahrersitz gelegt. Er wusste, dass sie zur Hundezüchterin Pia Westing fuhr. Das hatte er in ihrem Terminkalender gelesen.

Sein Plan war einfach genial. Ihr Mann würde gleich eine Stunde joggen, genau eine Stunde. Im geduldigen Beobachten war er sehr gut. Er hatte also noch Zeit und fuhr mit seinem Mountainbike durch das kleine Wäldchen, das an die Siedlung der schicken Häuser angrenzte und weiter in Richtung Hasetal, wo sie jetzt ihr Auto an dem einsam gelegenen Gehöft abgestellt hatte. Wie immer würde es nicht abgeschlossen sein. Sich vergewissernd, dass sie auch wirklich dort geparkt hatte, machte er sich auf die Rückfahrt zu ihrem Haus.

*

Auch Thaddäus Just hatte sich mit Vincent zum Geburtstag feiern aufgemacht. Sein irischer Terrier Vincent saß wie immer neben ihm im Beiwagen der DKW. Der Fotograf war schon seit einigen Tagen unterwegs im Osnabrücker Land. Ein Freund hatte ihn gebeten, »Locations« zu erkunden, die sich für einen Film eigneten. Ein Krimi sollte es werden – viel Mord und Totschlag und alles, was dazu gehört. Die Einladung der Züchterin seines Hundes kam ihm da sehr gelegen. Zum vierten Mal inzwischen ließ er sich die Gelegenheit nicht entgehen, viele Hunde seiner bevorzugten Rasse zu sehen und sich über deren Erziehung und die Erlebnisse des vergangenen Jahres auszutauschen.

Er freute sich auf den Nachmittag, weil er schon einige

interessante Fotos im Kasten hatte. Die Aussichtstürme auf dem Dörenberg 117 und dem Lammersbrink 118 in Georgsmarienhütte hatte er fotografiert und sich erzählen lassen, dass das Kloster Oesede 119 sowie das Mahnmal des Augustaschachtes 120 ebenfalls spannende Orte seien.

Nun fuhr er über Landstraßen in Richtung Jeggen am Gut Stockum 121 vorbei und genoss die Sicht auf die weitläufigen Wiesen mit den unzähligen Pferden, die sich das Gras schmecken ließen. Der Sommertag lud geradezu zu einer fröhlichen Gartenparty ein.

Auf dem Züchterhof »Die Roten von der Hase« herrschte Trubel. Die ersten Hundebesitzer waren eingetroffen und von Pia Westing herzlich begrüßt worden. Der große Garten war festlich geschmückt und ein langer Tisch einladend gedeckt. Bunte Frühlingssträuße schmückten die Tafel, und die Sektgläser schimmerten in der Sonne.

»Hallo Thaddäus, wie schön, dass Sie auch gekommen sind.« Pia Westing ging zusammen mit Ingeborg Meisterschmid auf das Motorrad zu, das Thaddäus gerade geparkt hatte.

»Nein, ist das eine witzige Idee«, fanden die beiden Frauen, als er den roten Terrier aus seinem Brustgeschirr befreite und ihm die kleine Lederkappe vom Kopf knöpfte, die ihn vor Zugluft schützen sollte. Vincent sprang aus dem Beiwagen und konnte sich vor lauter Begeisterung über so viele Streicheleinheiten und herantollende Hunde gar nicht beruhigen.

Die gelben Sonnenschirme vor dem Hof schützten die Häppchen vor allzu viel Sonne, Sekt stand in kühlenden Kübeln bereit und die farbenfrohen Feldblumen wippten in den hübsch arrangierten Weckgläsern mit den Köpfen.

Die Hundebesitzer, vor allem Frauen, waren bereits in

Gespräche vertieft und der Sekt mit vielen begleitenden Prösterchen auf die Hunde begann zu fließen.

»Ihr Vincent hat sich wirklich herausgemacht«, sagte Ingeborg Meisterschmid zu Thaddäus.

»Und Ihre Viktoria ist ja eine richtige Dame geworden«, erwiderte Thaddäus und erfreute sich an dem Anblick der beiden tobenden Hunde.

»Ja, sie ist mein ein und alles. Ach, sind Sie vielleicht so nett und kommen mit zu meinem Auto? Da habe ich ein Mitbringsel für Pia und etwas für die Hunde. Und dann stürzen wir uns ins Geschehen.«

»Ja, gern.« Thaddäus folgte ihr zu ihrem Wagen, den sie etwas abseits im Schatten einer Mauer geparkt hatte.

»Das gibt es doch gar nicht«, entfuhr es Ingeborg, als sie auf dem Beifahrersitz nach den Geschenken greifen wollte. Da war nichts mehr, weder der Blumenstrauß, noch die Flasche, die sie so hübsch verpackt hatte, noch der Beutel mit Spielzeug und Leckerchen für die Hunde. »Alles weg.«

Sie überlegte krampfhaft, aber ja, sie hatte alles ins Auto gelegt. Das wusste sie genau, weil sie sich noch Gedanken darüber gemacht hatte, die Sachen so zu verstauen, dass sie nicht in den Fußraum rutschen konnten.

»Meine Güte«, gab sie sich dann doch selber Schuld, »ich bin einfach total schusselig.«

»Sie hatten den Wagen aber auch nicht verschlossen«, sagte Thaddäus, »vielleicht hat ja jemand einfach hineingegriffen.

»So wird es wohl sein«, antwortete sie und schüttelte über sich selber den Kopf. Doch dann hakte sie Thaddäus unter, und sie mischten sich unter die Gäste auf dem Hof.

*

So schöne Blumen. Er machte sich gar nichts aus Blumen und aus Hundeleckerchen schon gar nicht, aber sie gehörten jetzt ihm. Er würde alles im Keller arrangieren, wenn er sein Werk vollbracht hatte.

Er schaute auf die Uhr. Noch war Zeit. Langsam fuhr er zurück in die Siedlung. Er verstaute sein Fahrrad und das Diebesgut im Kofferraum. Zu Fuß spazierte er zu Ingeborgs Haus zurück, sah sich kurz um, obwohl ihn niemand sehen konnte, als er die Haustür aufschloss.

Vorsichtig lugte er aus dem Fenster, schaute immer wieder auf die Uhr. Und dann sah er ihn kommen, verschwitzt und außer Puste. Er hörte den Schlüssel im Schloss, die Tür öffnete sich. Er sah den erschrockenen Blick des Mannes.

»Was machen Sie in meinem Haus?«, keuchte Herbert atemlos.

»Ich will Ihre Frau.«

Ehe Herbert noch ein Wort sagen konnte, hieb ihm der Eindringling die Faust ins Gesicht. Röchelnd ging Herbert zu Boden. Ohnmächtig.

Sehr gut, dachte der Mann, und tat dann weiter genau das, was er geplant hatte.

Verdammt, großer Mist, verdammt, wieso stirbt er nicht, dachte er einige Minuten später.

Er hatte Herbert aufs Sofa verfrachtet. Sauschwer war der gewesen, so ohnmächtig. Dann hatte er ihm den Taschentuchknebel möglichst weit in den Mund gestopft und schnell den Abroller mit dem Klebeband aus seiner Aktentasche geholt und ihm Hände und Füße zusammengeklebt.

Herbert roch nach Schweiß. Eklig. Aber jetzt gab es kein Zurück mehr. Er legte dem Ohnmächtigen die Krawatte um den Hals und zog. Es sah so aus, als sprängen

Herbert die Augen aus dem Kopf. Er wölbte den Oberkörper und röchelte durch Nase und Knebel.

Er zog noch einmal. Herbert atmete immer noch.

Ich hätte gleich einen Strick nehmen sollen, dachte er. Plötzlich hörte er ein Motorrad. Ganz nah. Fast schon vor der Tür.

Das war nicht geplant, er wurde panisch. Er hielt in seinem mörderischen Werk inne und lauschte nach draußen. Stimmen jetzt. Ich muss hier sofort verschwinden, dachte er, hektisch zog er noch einmal fest an der Krawatte. Herbert verdrehte die Augen. Mist, Mist, Mist, dachte er immer wieder. Er verpasste Herbert noch einen heftigen Kinnhaken, damit das Röcheln endlich aufhörte. Herberts Körper sackte wieder zusammen.

Kurz durchatmen. Im selben Augenblick, als er den Hausschlüssel im Schloss hörte, stand er mucksmäuschenstill hinter der Kellertür.

*

Die Hunde tollten über das Grundstück. Die Häppchen waren aufgegessen und der Sekt hatte seine Wirkung getan. Angeregt plauderten und fachsimpelten die Geburtstagsgäste. Hundefotos machten die Runde, und einige Besitzerinnen zeigten stolz das Können ihrer Lieblinge auf der Agility-Strecke.

Ingeborg Kleinschmid sah auf ihre teure Armbanduhr.

»Ach herrje, so spät schon«, sagte sie mehr zu sich selbst und setzte einen kleinen Rülpser hinterher. Sie genoss die Stimmung. Thaddäus hatte ihr von seinem neuen Auftrag erzählt. Fantastisch, hatte sie bewundernd gesagt. »Die großen alten Hünengrabersteine in

Jeggen [122] würden sich als Tatort sicher hervorragend machen, oder mal ganz etwas anderes wie ein Stoß von der Achterbahn auf der Gesmolder Kirmes [123].« Sie ließ ihrer Fantasie freien Lauf. »Große Menschenansammlungen bieten doch sicherlich auch eine spannende Kulisse.«

»Es muss ja auch nicht immer besonders gruselig sein«, war Thaddäus auf sie eingegangen, »ich habe gehört, dass es in Kloster Oesede eine Waldbühne [124] gibt und ein Museum in der Villa Stahmer [125]. Die muss ich mir unbedingt ansehen, das habe ich heute nicht mehr geschafft. Da könnte man dann einen Krimi mit kulturellem Hintergrund spielen lassen.«

»Eine spannende Idee«, antwortete Ingeborg und versuchte, einen erneuten Rülpser hinter ihrer Hand zu verbergen. »Du lieber Himmel, ich sollte nicht mehr Autofahren«, sagte sie mit einem Blick zu Thaddäus. »Ich habe wirklich einen Schwips.«

»Das ist doch kein Problem«, sagte er. »Ich fahre Sie gerne, wenn Sie mit dem Beiwagen Vorlieb nehmen wollen. Vincent kann im Fußraum sitzen und Viktoria nehmen Sie für die kurze Strecke einfach auf den Schoß.«

»Das ist ja lieb von Ihnen«, sagte Ingeborg, »mein Auto kann ich morgen holen, das wird gehen.«

Die beiden verabschiedeten sich von den Gästen und machten sich auf den Heimweg. Der Himmel hatte sich inzwischen bewölkt, es sah nach Regen aus.

Thaddäus parkte das Motorrad in der Einfahrt zum Haus. Sie stiegen aus, und Vincent folgte seiner neuen Freundin zu einer ausgiebigen Gartenbesichtigung.

Ingeborg schloss die Haustür auf und rief: »Ich bin wieder daha, habe Besuch mitgebracht,« und zu Thaddäus gewandt, »Mögen Sie auch einen Kaffee? Der würde mir jetzt richtig gut tun.«

»Gerne«, antwortete Thaddäus und sah sich in dem großzügigen Haus um.

Plötzlich hörte er ein Röcheln.

»Was war das denn?« Auch Ingeborg hatte das fremde Geräusch gehört und lief ins Wohnzimmer hinüber.

»Herbert«, schrie sie im selben Moment. »Thaddäus, schnell.«

Ihr Mann lag in seinem schweißnassen Joggingzeug auf dem Sofa. Eine Krawatte war um seinen Hals geschlungen. Seine Hände waren mit Klebeband gefesselt und lagen auf seinem Bauch. Auch die Füße waren zusammengeklebt, und in seinem Mund steckte ein Knebel aus Taschentuch, um den Kopf befestigt mit dem gleichen Klebeband. Auf seinem Kinn machte sich ein großer Bluterguss breit.

Hektisch riss Ingeborg den Knebel aus seinem Mund.

Herbert hustete und rang nach Luft. »Gott sei Dank«, röchelte er, »das war wohl knapp.«

»Was ist denn passiert?«, fragte Ingeborg, und fühlte ihrem Mann besorgt den Puls.

»Keine Ahnung.« Herbert versuchte trotz seiner trockenen Lippen deutlich zu antworten.

Thaddäus hatte inzwischen ein Glas Wasser aus der Küche geholt, das Herbert dankbar entgegennahm. »Ich rufe den Notarzt«, sagte er und zog sein Handy aus der Hosentasche.

»Ja, gut. Ich rufe die Polizei an. Das war ja wohl ein Mordanschlag.« Ingeborg wischte sich hastig ein paar Tränen aus dem Gesicht. »Herbert, gleich kommt Hilfe. Du warst doch zum Joggen?« Sie schaute besorgt in das blaurote Gesicht ihres Mannes.

»Ja, ich bin danach zurück ins Haus.« Er trank hastig und dachte nach, versuchte, sich mühsam zu erinnern. »Also, ich hab die Haustür hinter mir zugemacht und wollte grade in die Küche, da stand er da.«

»Wie, er stand da«, Ingeborg war fassungslos. »Da war jemand im Haus?«

»Ja, ein Mann, der sagte nur: ich will Ihre Frau, und mehr weiß ich auch nicht.«

»Das, das gibt es doch gar nicht«, stotterte Ingeborg. »Ein fremder Mann in unserem Haus, das ist ja furchtbar.«

»Hoffentlich ist er nicht noch hier.«

»Ich seh mich mal um, wenn es Ihnen recht ist«, sagte Thaddäus und ging zurück auf den Flur.

Resigniert und erschöpft schüttelte Herbert den Kopf, zuckte ratlos mit den Schultern und sackte wieder zusammen.

»Herbert, Herbert.« Ingeborg sah, dass ihr Mann wieder einer Ohnmacht nahe war. Vorsichtig klopfte sie ihm auf die Wange.

Herbert griff sich an seine linke Brust. »Schmerzen«, murmelte er.

Ingeborg versuchte ihm, noch ein wenig Wasser einzuflößen. Herbert schnappte nach Luft und sank in sich zusammen.

»Thaddäus, schnell«, schrie Ingeborg.

Aber Thaddäus hatte ein leises Geräusch gehört, als er an der Kellertür vorbeikam. Im selben Augenblick landete sie schon mit voller Wucht an seiner Schulter. Er fluchte, als ein Mann an ihm vorbeispurtete, die Haustür aufriss und im Garten verschwand. Die beiden Terrier, die grade noch buddelnd in den Rabatten beschäftigt waren, sahen auf.

Thaddäus rannte los. Der Mann war inzwischen auf der

Straße. Thaddäus spurtete zu seinem Motorrad. Sofort hechtete Vincent in der Aussicht auf einen Ausflug hinter seinem Herrchen her und sprang in dem Moment in den Beiwagen, als Thaddäus den Motor startete. Er fuhr um die nächste Ecke, hinter der der Mann verschwunden war. Dort sah er ihn gerade noch in einen Wagen steigen und mit quietschenden Reifen davonfahren.

»Komm, gib alles«, schrie Thaddäus sein Motorrad an, das mit einem erschrockenen Knattern Tempo aufnahm. Thaddäus schaffte es, den Wagen im Auge zu behalten und blieb an ihm dran. Der Wagen raste über eine Kreuzung, die rote Ampel missachtend. Thaddäus hörte Bremsen kreischen und schoss ebenfalls über die Kreuzung, gerade noch rechtzeitig einem abbiegenden Auto ausweichend. Der flüchtende Wagen hatte jetzt ein wenig Vorsprung und bog rechts ab. Thaddäus hinterher. Zwei Straßen weiter sah er die Bremslichter. Der Mann riss die Fahrertür auf, stolperte aus dem Wagen und stürzte auf die Straße. Thaddäus gewann Zeit und als der Mann sich hochgerappelt hatte und über einen Vorgartenzaun hechtete, stand sein Motorrad hinter dem Auto, dessen Fahrertür sperrangelweit offen stand. Thaddäus riss sich den Helm vom Kopf, sprang ebenfalls über den Gartenzaun. Vincent verstand das merkwürdige Gebaren seines Herrchens als fröhliche Jagd und heftete sich ihm an die Fersen.

Der Mann hatte die Haustür erreicht, schloss sie auf und war schon mit einem Bein im Haus, als Thaddäus die letzte Treppenstufe erreichte. Im allerletzten Augenblick, bevor der Mann die Tür zuschlagen konnte, setzte Thaddäus seinen Fuß auf die Türschwelle. Er hörte den Mann im Haus fluchen. Er riss die Tür auf und erhielt prompt einen Schlag gegen seine Schulter. Thaddäus fühlte den Schmerz nicht, weil er sich auf den nächsten Angriff konzentrierte. Er bündelte seine Energie, sah, dass der Mann die Faust geballt hatte und wich mit einer kleinen Linksbewegung des Kopfes dem nächsten Schlag aus. Der Mann zuckte kurz zurück, in diesem Moment schnellte Thaddäus' Bein gestreckt gegen den Brustkorb seines Widersachers. Aber der Mann wich der vollen Kraft des Tritts aus, Thaddäus verlor das Gleichgewicht und konnte gerade noch einen Sturz ausbalancieren. Diese Sekunden gaben dem Mann erneut Vorsprung. Er rannte auf die Wohnzimmertür zu. Plötzlich spürte Thaddäus seinen Hund neben sich. »Fass«, schrie er. Das nahm Vincent wörtlich. Mit drei großen Sätzen sprang er auf den Mann zu, und bevor der reagieren konnte, hatte Vincent ihn am Hosenbein gepackt. Der Stoff riss, der Mann trat zu, erwischte den Hund nicht, doch der wackere Vincent fasste nach. Der Mann sank schreiend zu Boden. Laut knurrend verbiss sich der wütende Hund in den Oberschenkel. Blut sickerte durch die Hose.

Sofort stand Thaddäus neben dem sich windenden Mann, riss ihn auf die Seite und verdrehte ihm mit einem kraftvollen Griff den rechten Arm in der Schulter. Der Mann heulte auf.

»Vincent, aus!«, befahl Thaddäus dem Hund, der die Hose immer weiter aufriss und mit seinem ganzen Körper zu schütteln begann. »Aus!«, wiederholte Thaddäus und Vincent ließ von seinem Opfer ab. »Komm her.« Mit einer Hand zog Thaddäus dem Hund das Halsband über den Kopf und zurrte es so fest er konnte um die Handgelenke des Mannes. Er befahl Vincent, neben dem sich immer noch wehrenden Mann sitzen zu bleiben.

»Du rührst dich hier nicht von der Stelle«, zischte er dem Mann zu. »Der Hund beißt sofort wieder in dein

Bein, wenn du es wagen solltest, dich zu bewegen.« Er griff in seine Westentasche und fingerte sein Handy hervor. Er tippte, fluchte kurz, als er sich verwählte, dann hatte er die Polizei am Apparat.

»Deine Adresse«, schrie er den Mann an. »Los, deine Adresse.« Der Hund begann zu knurren.

Der Mann presste eine Antwort hervor.

Thaddäus wiederholte die Adresse ins Handy und fügte »Kommen Sie schnell« hinzu.

*

Der Notarzt war zeitgleich mit einem Streifenwagen bei den Meisterschmids eingetroffen. Die Polizeibeamten Philip Kurz und seine Kollegin Astrid Mikan sahen sich kurz im Wohnzimmer um, während der Arzt Herbert untersuchte.

»Ein Herzinfarkt«, stellte er sachlich fest.

»Man wollte ihn umbringen«, kreischte Ingeborg wie von Sinnen. Sie sprang auf, rannte die Polizistin fast um. »Umbringen«, wiederholte sie und war offensichtlich einem hysterischen Anfall nahe.

»Ihr Mann muss sofort ins Krankenhaus.« Der Arzt erteilte den Sanitätern kurze Anweisungen und Herbert Meisterschmid wurde in den Krankenwagen getragen.

Das Funkgerät, das Philip Kurz am Gürtel trug, piepte. Der Polizist stellte die Verbindung her, und dann hörten sie alle die Stimme, die sagte: »Wir haben einen Windolf Breisenstein festgenommen. Der muss laut Zeugenaussage aus dem Haus der Familie Meisterschmid …« Mehr war nicht zu hören, denn Ingeborg bekam einen Schreianfall, der alle Beteiligten vor Schreck zusammenfahren ließ. »Das gibt es doch gar nicht«, brüllte sie die Polizisten an. Der Beamte verließ das Wohnzimmer, um seinem Kollegen am Funkgerät mitzuteilen, dass sie eben im Hause Meisterschmid angekommen seien.

»Versuchen Sie sich bitte ein wenig zu beruhigen«, bat der Beamte in Richtung Ingeborg.

»Wir müssen von Ihnen wissen, was passiert ist.«

»Was passiert ist, was passiert ist«, kreischte Ingeborg. »Mein Mann ist beinahe umgebracht worden. Und ich bin an allem Schuld.«

Langsam setzte Verwirrung ein. Thaddäus parkte das Motorrad wieder in der Einfahrt vor dem Haus. Ihm wurde die Tür geöffnet. Er konnte ein wenig Licht in das Dunkel bringen und berichten, wie Ingeborg und er den strangulierten Mann aus seiner bedrohlichen Lage hatten befreien können. Dieser Breisenstein sei geflohen, er sei er ihm gefolgt und der Rest sei ja bekannt.

»Wer ist denn dieser Breisenstein, kennen Sie den?« fragte die Polizistin in Richtung Ingeborg.

Thaddäus schien auf Ingeborg eine äußerst beruhigende Wirkung zu haben.

»Ich bin an allem Schuld«, schluchzte sie ein letztes Mal auf, dann begann sie zu erzählen.

»Mit diesem Breisenstein hatte ich bis vor drei Monaten eine Affäre. Er war mein Bankberater, und auf einer Jubiläumsfeier sind wir uns näher gekommen. Ich war fasziniert von seiner Ausstrahlung, habe es genossen, von so einem charmanten Mann geliebt zu werden«, sie schluchzte erneut auf. »Naja, dann habe ich die Geschichte nach einigen Wochen beendet. Damit konnte Breisenstein zuerst nicht umgehen, hat versucht, mich unter Druck zu setzen. Auf einmal war er aber aus meinem Leben verschwunden.«

»Warum haben Sie nicht Ihren Hausschlüssel von ihm zurückverlangt?«, fragte ein Beamter.

»Ich hab ihm gar keinen gegeben«, stellte Ingeborg zu ihrem eigenen Erstaunen fest. »Aber, Moment mal, jetzt werden mir einige Sachen klar. Vor einiger Zeit habe ich meine Handtasche im Golfclub verlegt, die war nirgends zu finden, wurde aber dort gefunden und abgegeben. Danach vermisste ich meinen Hausschlüssel und den Terminkalender.«

»Sicherlich doch auch diesen Lippenstift«, sagte auf einmal einer der Polizisten, die Thaddäus ins Haus gelassen hatten. Die hatten Breisenstein auf dem Polizeirevier der Kripo übergeben und waren zum Tatort geeilt.

Überrascht sah Ingeborg auf. »Ja, wieso …«

»Breisenstein hat in seinem Keller einiges von Ihnen gebunkert, viele Fotos,« berichtete einer der Beamten. »Und in seinem Wagen fanden wir einen Blumenstrauß und Hundekuchen.«

»Thaddäus, da hat der doch tatsächlich meine Sachen aus dem Auto geklaut. Der ist hier ins Haus gekommen und hat auf meinen Mann gewartet und …« Jetzt war es um ihre Fassung völlig geschehen. Sie weinte hemmungslos über all das, was noch hätte passieren können.

Der Notarzt hatte seine Utensilien zusammengepackt und bot Ingeborg zum zweiten Mal eine Beruhigungsspritze an. Sie willigte schließlich ein.

»Wir sind hier erst einmal fertig, kommen Sie allein klar?«, fragte Astrid Mikan.

»Thaddäus, Sie bleiben doch? Bitte.« Ingeborg sah ihn flehentlich an.

»Selbstverständlich bleibe ich. Ich helfe Ihnen bei den Dingen, die jetzt zu tun sind«, antwortete er und schaute in den Garten hinaus. Er musste trotz all dieser Aufregungen lächeln. Sein Vincent schien die wilde Jagd schon vergessen zu haben und lag friedlich neben seiner neuen Freundin auf der Terrasse.

Ingeborg Meisterschmid wurde langsam ruhiger. Die Spritze half ihr tatsächlich, und sie erzählte unter Schluchzen noch einmal, dass sie ihren Mann so schändlich hintergangen hatte.

»Herbert sagte vorhin, dass der Mann gesagt hat: Ich will Ihre Frau. Da habe ich mir gar nichts dabei gedacht.« Ingeborg schluchzte jetzt in ihr Taschentuch. »Thaddäus, wie gut, dass Sie da sind.«

Thaddäus nickte und rieb sich seine Schulter, die zu schmerzen begonnen hatte.

»Ingeborg, es tut mir alles so leid.«

Einige Wochen später konnten die Kriminalbeamten Windolf Breisenstein die Tat lückenlos nachweisen. Die Verurteilung wegen versuchten Mordes würde in den nächsten Tagen verkündet werden.

Insgeheim war Thaddäus froh, als er nach einigen Tagen das Haus Meisterschmid wieder verlassen konnte. Er hatte mit seinen wenigen Habseligkeiten das Gästezimmer bezogen und Ingeborg beigestanden, als sie ihrem Mann noch im Krankenhaus ihre Affäre beichtete.

Das muss ich unbedingt Irmela erzählen, dachte er auf seiner Fahrt zurück nach Hannover. Vielleicht würde die Kriminalkomissarin a. D. bei einem nächsten Besuch seinem Vincent eine Wurst für die Mithilfe bei der Aufklärung einer Straftat verleihen.

116 **Osnabrücker Golf Club e.V.**: Am Golfplatz 3, 49143 Bissendorf. Auf einer Anhöhe in schöner Naturkulisse bietet der Golfplatz unter altem Baumbestand einen Parkland Course. Schnupperkurse sind ebenso möglich.
www.ogc.de

117 **Hermannsturm auf dem Dörenberg**: Die 21 Meter hohe Stahlbetonkonstruktion mit einer Aussichtsplattform in 352 Meter über NN ermöglicht den Blick nach Südosten über den Teutoburger Wald, nach Süden auf Bad Iburg bis ins Münsterland und nach Norden über das Wiehengebirge. Er ist benannt nach dem germanischen Heerführer Arminius (Hermann).
www.wanderungenimosnabrueckerland.npage.de

118 **Varusturm auf dem Lammersbrink**: Am Pavillon 6, 49124 Georgsmarienhütte. Der Aussichtsturm, baugleich mit dem Hermannsturm, liegt an der südlichen Grenze von Georgsmarienhütte. Der Name erinnert an den Führer der Varusschlacht. Hermannsturm und Varusturm sind mit einem Wanderweg verbunden.
www.georgsmarienhuette.de

119 **Kloster Oesede**: Klosterstraße 12a, 49124 Georgsmarienhütte. Das Benediktinerinnenkloster, erbaut im 12. Jahrhundert, bestand über 600 Jahre bis 1803. Die frühere Klosterkirche, heute kath. Pfarrkirche

St. Johann, ist das bedeutendste Baudenkmal Georgsmarienhüttes mit der baulichen Besonderheit einer sogenannten Lepraspalte, einem Mauerdurchbruch, der von außen einen Blick auf den Altar erlaubt. www.georgsmarienhuette.de

120 **Gedenkstätte Augustaschacht**: Zur Hüggelschlucht 4, 49205 Hasbergen. Die Gedenkstätte Augustaschacht erinnert an das frühere Arbeitserziehungslager Ohrbeck und damit an die Zeit des Nationalsozialismus im Osnabrücker Land. Das Mahnmal wurde 1998 vom Künstler Volker-Johannes Trieb geschaffen.
www.gedenkstaette-augustaschacht-osnabrueck.de

121 **Gut Stockum:** Gut Stockum 1, 49143 Bissendorf. Das ehemalige Rittergut liegt in der Nähe der Hase. Erbaut im 13. Jahrhundert erhielt es 1470 den letzten Anbau, die Hauskapelle. Heute wird die Anlage als Reiterferienhof genutzt.
www.gut-stockum.de

122 **Großsteingrab Jeggen**: Niederfeldweg, 49143 Jeggen. Das neolithische Ganggrab entstand zwischen 3500 und 2800 v. Chr. Die Megalithanlage gehört in die Zeit der Trichterbecherkultur und liegt an der »Straße der Megalithkultur« etwa 300 Meter südöstlich von Jeggen (Ortsteil von Bissendorf). Es ist von der Mindener Straße aus beschildert.

123 **Gesmolder Kirmes**: Über 500 Jahre alt ist das größte Volksfest im Grönegau, das sich durch den Meller

Stadtteil Gesmold erstreckt. Immer im September wird hier von Samstag bis Montag fröhlich gefeiert.
www.gesmolder-kirmes.de

124 **Waldbühne Kloster Oesede**: Zur Waldbühne 13, 49124 Kloster Oesede. Von Laubbäumen umgeben bietet die 1951 gebaute Waldbühne 1200 Zuschauern Platz. Theaterstücke und Musicals stehen auf dem Programm ebenso wie Kindertheaterstücke. Die Waldbühne ist Mitglied im Verband deutscher Freilichtbühnen.
www.waldbuehne-kloster-oesede.de

125 **Museum Villa Stahmer**: Carl-Stahmer-Weg 13, 49124 Georgsmarienhütte. Die Villa wurde 1900 Wohnsitz des Fabrikanten Robert Stahmer (Eisenbahnsignalwerke in Oesede) und ist eines der schönsten Häuser in Georgsmarienhütte, ausgestattet mit einem über 100 Jahre alten orientalischen Bad.
www.georgsmarienhuette.de

ULRIKE KRONECK
Grundlos

978-3-8392-1429-9 (Paperback)
978-3-8392-4171-4 (pdf)
978-3-8392-4170-7 (epub)

»Ein psychologisch raffinierter Krimi mit zwei Ermittlern, die das Banale des Bösen kennen und den Dingen mit gesundem Menschenverstand und geistreichem Scharfblick auf den Grund gehen.«

Die verweste Leiche eines jungen Mannes führt Johanna Kluge und Jakob Besser von der Osnabrücker Polizeiinspektion in die niedersächsische Provinz, mitten in die Machenschaften von skrupellosen Drückerbanden.

Auch Lena Salmann bringt eine zufällige Beobachtung auf einem abgelegenen Autobahnparkplatz in Berührung mit dem alltäglichen Bösen. Ein altes Trauma bricht wieder auf. Das führt fast zwangsläufig zu einem weiteren Mord. Kluge und Besser stehen vor einem Rätsel.